CONSTELADO

千 里 远 景 ， 如 在 尺 寸 之 间 。

故乡慢慢明亮

杨献平 著

中国工人出版社

图书在版编目（CIP）数据

故乡慢慢明亮 / 杨献平著. 一北京：中国工人出版社，2023.9
ISBN 978-7-5008-8283-1

Ⅰ. ①故…　Ⅱ. ①杨…　Ⅲ. ①散文集－中国－当代　Ⅳ. ①I267

中国国家版本馆CIP数据核字（2023）第177202号

故乡慢慢明亮

出 版 人　董　宽
责任编辑　宋　杨　李　骁
责任校对　张　彦
责任印制　黄　丽
出版发行　中国工人出版社
地　　址　北京市东城区鼓楼外大街45号　邮编：100120
网　　址　http://www.wp-china.com
电　　话　（010）62005043（总编室）
　　　　　（010）62005039（印制管理中心）
　　　　　（010）62379038（社科文艺分社）
发行热线　（010）82029051　62383056
经　　销　各地书店
印　　刷　天津中印联印务有限公司
开　　本　787毫米×1092毫米　1/32
印　　张　10.75
字　　数　180千字
版　　次　2023年11月第1版　2023年11月第1次印刷
定　　价　48.00元

目录

南太行河山地理

公元10世纪中叶，彼时中国，有一个还没做皇帝的人，半路上遇到一对父女——老父死了，姑娘无依无靠。正逢乱世，一个弱女子投进去，就像一朵鲜花落入浊流浩荡的人世江河。出于古老的义气，或者天性中还没有泯灭的那点善良，迢遥长途，随时的危险，都是那么的不可预测，基于这一想法，不远千里，他把她送了回来，这令人感动，那位姑娘更是感激涕零，以身相许，而这个男人当场拒绝，甩头而去。后来做了皇帝，才得知她因思念他而猝亡的消息。

这时候，他已经不再是“凡人”了，而是宋太祖赵匡胤，他与其他人一般无二的嘴巴也被人们说成“金口”。赵匡胤感动之余，将那位姑娘猝亡的山“封”作望君山（要是平头百姓，最多叫望夫山），山的下面是一道峡谷，红色高崖犹如刀劈，再后来，人们在那里建造了水库，名为“京娘湖”。这就是民间故事“千里送京娘”。我不怀疑它的真实性，古老大地上，芸芸众生之间，什么人，什么事情都有可能发生。有次从望君山下经过，晚霞灿美，远山薄暮，高耸的峰顶，真像是一个端坐焦急东望的女子模样。

这里是南太行山麓——峰峦叠嶂，幽深高迈。望君山之后，众多的山峰高低不一，拔地而起，奇形怪状，峰峰相连，从太行山南麓一直延伸到著名的“燕山”。我曾有一句诗歌说：“燕山藏刀，幽州窖血。”无意义，但有确指。大地山川，从来就是人类生存生活，甚至相互攻伐的有力壁垒和关隘，也是地理上的阻隔与气候的分界。但是，山间纵横的道路，也并不都是人的作为和功绩，在遥远的古代，马、骡子、牛羊帮了先祖的大忙，牲畜的铁蹄和人的脚掌一起开凿深山，连通人间乃至世界。

从望君山向西，大片的峡谷之后，是高耸于晋冀两省的摩天岭（海拔 1740 米）。爷爷说，这山岭上先前长着一棵巨大的槐树，遮蔽了河北和山西大片地域。我们都是大槐树的子孙。我觉得惊奇，一棵树怎么能够那么庞大呢？后来我才知道，这只是想象。但槐树肯定包含了一个有意思的隐喻，我联想到“槐”字所蕴含的文化意义，还想到槐树在中国的历史乃至精神象征，如三公之象征“槐棘”，清人段玉裁《说文解字注》：“槐之言归也，情见归实也。”

而当我站在这座山岭上，却发现传说中的大槐树是乌有的，甚至连一棵幼小的槐树都没见到。只觉得高，可以看到晋冀两省附近的村庄，炊烟犹如青蛇，攀缘直上；山川纵横奇崛，植被茂密苍翠，牛羊在青草的风中哞哞叫喊，咩咩而鸣。站在修建于唐后期的峻极关前，清朝山西商旅在青石上踩下的印迹依旧光滑，茅草匍匐，大风凛冽，天地一片苍茫——向东的山峦参差不齐，我们的村庄就在其中，四周众多的山峰是怀抱也是牢笼，是挡风的自然高墙，也是限制肉体甚至梦想的巍峨幕帐。

摩天岭是这一带最高的山峰，其次是北武当山。道教名人张三丰曾在那里修行，并挥动长剑，与为害一方的妖怪打斗，得胜后插剑于百丈高崖，至今依旧隐约可见。我曾经爬过两次，高山之上，高坡倾斜，灌木横生，陡峭山坡令人双腿发软，气喘如牛。武安有人出资开发为旅游区，修了栈道，架设了缆车，在两峰之间修了铁桥，我第一次走时，正是隆冬，大风如雷，天地苍黄，一个人的身体左右摇摆，随时都有摔下深渊的危险。

下面是红色乱石，一些灌木长在悬崖上，身子探出，像望月的猴子或者凌空飞行的神者。在最高的峰顶，看对面的和尚山，真的像是一个身披袈裟的和尚，双手合十，朝西默诵。姿态虔诚得让人觉不到时间的存在。他们说，和尚山上长有仙茶，人喝了，可以医治百病，长生不老，但有一条成仙的巨蛇在那里看护。村里有人说，某日清晨，他看到一条屋梁粗细的大蛇，从和尚山凌空飞来，到下面的河沟，喝水后，又腾云驾雾返回。这大致是编造了，我在那里长到十八岁，日日都可以看到，可是没有一次看见横飞的巨蛇。

幼年时候，躺在夏天的房顶上，听任细风吹拂，树叶哗响——看着金黄的月亮，我总是会想起美丽的孤独的女人：嫦娥，还有那个不停捣药的白兔，以及砍伐桂树的吴刚，想着到嫦娥身边去，做一个奴仆，或者代替后羿的位置，等等。转身看到模糊成一团黑影的和尚山，梦想一个人，赤手空拳打败那条巨蛇，去采集一些仙茶，给爷爷奶奶和爹娘喝，让他们身无病恙，长生不老。

尽管我不可能做到，但从不怀疑自己的梦想，面对缥缈的梦想和神秘的传说，我总是可以展开想象的翅膀，神灵活现，而又不乏艰险地在内心进行一场自己的奇异旅行，我还听大人说，在大年初一夜子时，人若是骑在扫帚上，就可以飞起来，就像西方电影《哈利波特》所表现的那样——去到天庭任何地方，见到自己想见的神灵，尤其是美丽善良的仙女——我要她做我的妻子，给我生孩子，唱人间其他地方听不到的歌。

多年以来，不知是附近的山脉影响了我的心灵，还是人从它们身上衍生的那些传说侵袭了我的想象，使我经常耽于幻想，渴望奇迹——有很多次，我爬到这些山峰，仰望和俯瞰到的都是博大的，森林成为缩影，村庄成为磐石，炊烟就像神仙座下的祥云，但它们当中，也有一些被传说当中的凶狠狰狞的妖怪占据。

村子向后十公里，有一座状似乌龟的山，一边连着平坦山坡，一边连着万丈悬崖。很多人上去，却怎么也下不来，能够看见路，但不是路，看到的草也不再是草，就连天空也像汪洋大海。还有一座山，名叫鸡冠寨，有一年，一个放羊的人攀登上去了，下来的时候，怎么也找不到路，喊人没人应，只有大风在他耳边吹动。

另外一座是鹰嘴岩，村人坚决认为那是狐狸精的家，茅草茂盛，洞穴犹如洞府；抗战时候，村里一个人到里面躲避，不小心摔了下来。这种悲惨遭遇使得鹰嘴岩更为神秘和诡异，村人割光它附近的灌木和茅草，可就是不敢折下鹰嘴岩上的一根草茎。

所有的丑恶或者美妙都是由人所赋予，但人时常会被自己编造的故事所吓倒——我明明知道，高山之间都是草木，岩石和飞动的生灵。它们在人之外：幽深是一种习惯，自由是它们身体和内心的要求——有一年秋天的凌晨，我和父亲在山里遇到狼，它蹲在黑暗山冈，像是一块石头，锐利的眼睛发出骇人的光。听祖父说，山上还产有一种价钱昂贵的药草，村话叫“五灵脂屎（音）”，是寒号鸟的粪便，巢穴多在数十丈高的峭崖之上的岩洞里，人要采挖，须等到鸟儿出去觅食。腰里拴了绳子，由崖壁而下。找到一窝儿，可以卖到十两银子的价钱——村人多舍命采挖，每年摔死者多达十几人，但也有人因此过上了物质围绕的尘世幸福生活——但我至今不知那鸟儿模样，以及它的粪便对人身体的功用。

靠山吃山，太行山太大了，其中稀薄的土壤孕育了名目乃至脾性繁多的草，有的一无所用，只为牛羊及其他草食动物所享；有一些具备了祛病消毒功用，比如党参、柴胡、桔梗、黄芪等，如果按照李时珍的说法，连岩下滴水、风化石片、模样丑陋的蝎子和身为恐龙后裔的蜥蜴都可以用来为人治疗疾病，还有动物的皮毛、内脏、蹄足甚至器官。

我一直喜欢草药，尽管它们包含了铅，但也是干净的，相比那些生物合剂，少了许多人工的成分——在这里，我愿意逐一介绍：党参：长根。叶子和花朵不过是一种摆设，或是向众草证实自己存在的一种手段，更为了人们需要的时候，便于找到。有补血养颜和调经的作用。村里有不少妇女挖掘，用开水冲泡，呈淡红色，饮服，很有功效。柴胡：多生长在背坡细草稠密的地方。茎叶青翠，至老不枯，近闻有香气，通人肺腑，牛羊特别喜欢吃。根细长，年久者有虫噬之状，颜色黑，多直着向下生长，根系单一，细若猫须。李时珍《本草纲目》中说："柴胡根，味苦，性平，无毒。主治腹部胃肠结气，饮食积聚，寒热邪气。推陈致新。叶子可治突然耳聋，取之捣汁频滴即可。"

桔梗：喜欢在山顶或是阳坡杂草茂密处生长。根儿像小孩的手指，呈黄白色，八月时方可采掘。掰开，可以看到犹如蚁道的心。春天长苗茎，至秋天可长一尺多高。叶好像杏叶但比杏叶长，四枚叶子相对而生，嫩幼时可采来煮着吃。夏天开出紫绿色小花，颇似牵牛花。秋后结籽。其根，主治胸肋如刀割般疼痛，腹满肠鸣和惊恐悸气。黄芪：多数长在阳坡，阳光充足之处，即使石砾很多的地方，也有生长。荆芥：田间地边最为常见，垦有坡地的山坡多有生长。学名假苏，叶子尖而细，春天，其叶有辛香味道，可当野菜吃。秋后干枯，长出细针状的籽粒，扎人裤管，非用手摘不下来。其叶主散瘀血、除湿痹、祛诸多风邪，利血脉，助脾胃——但吃鱼肉后，不可饮荆芥水。

村人经常使用的是柴胡和黄芩，都是清凉去火，消毒消炎的，针对疼痛和上呼吸道感染——这样的病犹如药草一样常见。小时候，也曾扛着镢头，到山上采挖，一些可以直接用来泡水喝，更多的是卖给那些收购药材的，它们去向远方，为更多的身体疗祛病恙。后来，我觉得这是一个伟大的行为，充满人道主义和救死扶伤的悲悯品质。

也曾捉过蝎子——张牙舞爪的家伙，尖利的尾针有毒。有一次，它真的蜇了我的左手食指，迅速青紫，接着疼痛，顺着胳膊一直向心脏蔓延。我坐在夏天的中午，一声一声哭叫娘。娘告诉我，被蝎子蜇了后，越是叫娘越是疼痛——因为蝎子生下来，就把自己的母亲分而食之了。

这是动物的残忍——还有蜈蚣，个头儿虽然不大，但浑身是毒，我看到了就跑，尽管它追不上，但内心的那种恐惧是巨大的，足以让全身瘫软，心跳如鼓——接下来是笨拙的蜗牛，下雨后，它们从石头下纷纷爬出来，姿态十分优雅，但动作缓慢，充满危险，天空的燕子、麻雀、啄木鸟都会俯冲下来，尖利的嘴巴啄进它们的身体，灵魂消失，只有坚硬的壳从半空降落。

柳树，大致就是苏轼说的那种水杨或蒲柳——可以用来做箭杆，春天的绒毛也可以擀成毡子，小孩睡在上面，再炎热的天气也不会生痱子。杨树和柏树，这两种树大都与亡者有关，在他们的坟茔前后，织成绿荫。柏树籽和杨树叶芽、虫絮都是药材，但我不知道治疗什么疾病。只是听大人们说，寒食节那天，弄一些柏树枝，还有破旧的荆条篮子，再浇上一些人类的粪便，点着，熊熊火焰可以让人一年不生病。

再就是河里的蝌蚪和乌龟了。蝌蚪卵，像鱼眼，附在水草上，几天后成为黑色的蝌蚪，在水塘中成群游动。有偏方记载：捉蝌蚪在温水杯里，放上一些白糖后，一同喝下去，可以治疗鸡眼。在太行山南麓，没人以为乌龟是戴绿帽子的意思，而延续了古老的象征传统——“千年王八万年龟”，长寿依旧是太行山人对乌龟的主体印象。他们还有一个说法是：刚生产的妇女喝了王八汤，奶水特别充足，即使自家男人和孩子一起吃，也吃不完。

从前的南太行水源丰沛，即使干涸的山崖上，也有泉水滴落。小时候放牛，在很远的大裳山根下，有一汪清澈的泉水，被众草围绕，成为人和牛羊，乃至狐狸、狼、野猪甚至飞鸟共同的生命之源。十四岁那年夏天，我一个人去，正午时候，坐在阳光热烈的青色巨石上，用树叶舀水，清洗自己的身体。空旷的山谷，只有飞鸟的声音在林中传唱，黄牛卧在树下，大口嚼着阴凉。我平生第一次认真看自己的肉体，白色的美，匀称的美，生机勃勃的美，弹性的美，就连刚开始发育、未经污染的生殖器也俊美异常。清水拂过，一阵阵的清凉让我感觉到泉水在内心乃至灵魂中的那种奇异而美妙的韵律感。泉水之前，粗沙成堆，乱石横陈，看不到一滴水，它们隐匿，像是善于偷袭的地下兵团，三里之后，又悄然冒出来，似一群温柔的孩子，形成水泊，再涨满、溢出、流淌，细小的水越过粗沙和乱石，叮叮咚咚，敲着大地，走向人类的村庄。

再后来是池塘，微小的水聚集起来，成为一个整体，流进田地，庄稼们的喉咙是响亮的，尤其清晨和傍晚，咕咕的声音像是唱歌，青蛙蹦跳，蚊虫乱飞，就连那些不起眼的萤火虫，也趁着隆重的黑暗打亮了自己的灯，飞舞在大地和人的头顶。

多余的水总要逃跑，从地上，也从地下，拥有一种奔涌和贯穿的力量。那些年，我时常听到它们哗哗的响声，穿峡过谷，叮咚或潺潺，去向人可望而不可抵达的地方。沿途有人修建了水库，夏天，我和几个同伴经常去玩水。赤条条的身子从大坝上鱼跃而下，扑通扑通的声音，溅开一朵朵明亮的水花——我们大呼小叫，叫得整个村庄中午不得安静。中年人站在院子里大声呵斥，老年人则捋着胡子嘿嘿笑，还有一些同龄的女孩子，羞答答地捂住眼睛，从指缝偷看。

这是最为浪漫的乡村时光，成年人不敢赤裸身体，我们却毫无顾忌。水中的欢乐来自生理的萌动和内心的渴望，幼年的幸福似乎就是由一个个的细节组成的。有些时候，我们也会害怕，他们总是说幽深的水库中住着可怕的神灵，还有喜怒无常的妖精，我们太容易相信了，后来才知道，那是大人们为了劝阻我们不再玩水、吵闹他们而编造的“神意谎言”。

很多年的初夏时节，天旱，土地龟裂，庄稼枯死，水库里也只剩下了污泥和乱石，天空蓝得让人感到绝望，硕大的太阳光芒灼热，打在脸上，一片生疼，巨石上也很灼热，可以烙饼。6月，乌云从山顶覆压，电闪雷鸣，村庄黑暗，大地沉默，大雨暴降，骇人的声音由远而近，由小到大，如万千马蹄一样，踏过高岗、绿树、青草、田地和人类的屋顶。

有一些大树被一分为二，有些山崖坍塌了——暴烈的雷电就在头顶，闪电犹如巨型战斧，劈开大地。这时候，我是害怕的，时常躲在母亲身边，满心的仓皇——我知道自己害怕什么（迷信的传说）——或许只是对自然本身所具备的某些威力的一种内心认可。

大雨之中，山川成河，从高处，一泻而下，携带着黄色的泥土，到沟底汇合，向着东方，一路浩荡，到30里外的高山峡谷，它们被彻底截住了，两边坚硬的山崖久浸不化，雄伟的水泥大坝成为它们暂时的容身之地——有人说，唐朝的李世民曾在这里带兵打仗，至今遗迹众多，闻名遐迩——有好事的文人将之命名为“秦王湖”（李世民为皇前封秦王）。

有人在里面投放了鱼虾、螃蟹还有甲鱼——都是为人所享用，到冬天，结成巨大的绿冰，可以行驶车辆，还有人砸开一个窟窿，掏出鱼虾。每年春秋季节，都会开闸放水——来自太行山南麓的水，流向冀南平原，在田地里消失不见，这种消失是彻底的，只有其中一部分再次升到天空，成为云雾，更多的却成了固体的秸秆和茅草，还有结实的籽粒和粮食。

近些年来，太行山南麓的山脉纵横依旧，巍然岿然，植被依旧蓬勃，老牌的药草越发葳蕤，只是河流萎缩，水被迫转入了地。自由、灵性的狼绝迹了，还有狐狸、黄鼠狼和野猪——不知道它们都去了哪里：这么好的土壤、森林和山脉，应当是最好的生存疆场。现在，有人在摩天岭上修复了明代的峻极关；在北武当山上修葺了供奉的庙宇；还有一些人，在秦王湖购买了游船，夏天常常有人去玩，坐在如镜的水上，我不知道他们具体做些什么，两边的山峰犹如就要出击的庞大怒狮，两两相对，鬃发飞扬。

有一次登北武当山，在半山腰，遇到一个卖水果的老年村人——他说，每天，他都会早早起来，挑一担子苹果、橘子、梨子，到高崖下面等候顾客；在望君山，遇到一个肤色白皙的女子，一个人站着，面朝东方，表情凝重，她说：这个年代的爱情只剩下了似是而非的传说；在唐朝后期泽潞节度使刘从谏及其侄刘稹时期修建的峻极关，看到一个背着口袋的老年人，踩着清代山西商人修建的青石山路，艰难攀登，穿过古老的关隘，消失在山西的方向。还有一个放羊的人，坐在红色的石头上咿咿呀呀地唱——好像是民歌，尖厉的嗓音在风中跌宕。

个人史

我们家的房子，处在整个村子的最下方，这似乎也是一个颇有意味的现实征象。南太行山区大多数自然村，都建在斜坡上，各家的房屋从下到上或者从上向下，横七竖八地堆在一起，看起来无序，但都遵循了前敞后靠、左右扶挡之藏风聚气的传统。其中有三间红石房子，屋梁比锅底还黑，墙角时常挂着蛛网，窗户是木制的，粘着一层马头纸。对面住着另外一家人，向内的一侧，不由分说地矗立着一幢楼房，不过也是由诸多的石头砌起来的，年代也久远了。我的大奶奶以前住在那里。门外是几家合用的院子，正北方，是一道石头台阶。下了台阶，就是村里的麦场，连接着 202 省道。

20 世纪 70 年代，世界在一片黑白当中不断和解和对抗，其中的道理犹如中国古老的阴阳理论和日常现象。我出生的具体时间是春天，按照大地的习惯，最先盛开的是山后成片的杏花。那时候，一切都是集体的，杏树及其花朵也不例外。时代既是每个人的烙印，也是我们此生闪跃腾挪的唯一时空。生我的人，当然是母亲，还有父亲。母亲娘家在五里外的北街村，姓曹。接生的人是我的大姨妈，即母亲的同胞姐姐。

亲戚们都很高兴，但也有人恨。人世间就是这样，有爱就有恨。一个人被爱，也只有那么有限的几个人，被人恨也是如此。小姨妈或者大舅，给我起名叫显平，其实她们自己也不识字。但他们都是爱我的人。上小学的时候，我的名字叫杨现平。那个年代的人，似乎还没有户口和身份证之类的。这种情境，有些原始，也有些乌托邦的意味。

人生最初是一无所知的，这种懵懂的成长有些天然的成分，其中也有许多的变数甚至是不测，人人如此，人人也都会挺过来，继而长大成人。在记事之前，我肯定也不可避免地经历了一些世事，但都忘记了。人之初的诸多成长和阅历几近于零，但赖以存在于世的肉身和一直就在的灵魂却不会忘记。那时候，我只知道自己家在哪个村子，爷爷奶奶是谁，父亲和母亲的名讳，也知道周边的村子里，哪些人是亲戚，哪些人对我好，哪些人老欺负我。

后来，母亲断续告诉我，在幼年，我主要有这么几件有意思或者生死攸关的事儿。

第一，某年春天，她带我去了一次乡政府所在地，在照相馆里，很认真地给我照了一张黑白相片（戴着一顶瓜皮帽，穿着棉衣棉裤，脖子上围着一个薄薄的纱巾，左手提着一只白色茶缸，背后是一片开得正带劲儿的桃花）。第二，某年某日，她忙，就把我送到五里外的小姨妈家。母亲看我睡着了，她转身回到了我们村，下地干活去了。我醒来，使劲哭着找娘。这可能是孩子的本能和天性。无论小姨妈怎么哄，我还是扯着嗓子哭。小姨妈以为我哭一会儿哭没劲儿了，就不会再号哭了，转手又把我放在炕上。她没想到，我一个人竟然出了小姨妈的家门，哭着回到家里。直到现在，母亲还在说：五里路，谁也没给我说，一个两岁的孩子，竟然找回了家。

第三，有一年夏天，母亲带我到舅舅家玩。舅舅家住在一面山坡上，院子外面垒着一面一丈多高的石头墙，墙下是猪圈。大人们在吃饭，或者聊天，我一个人爬着玩，也不知怎么着，一头栽下三米多高的石墙，躺在了猪圈里，我还没来得及哭出声，一只老母猪哼哼着从窝里正往我那儿跑。母亲急忙从一侧小路奔到猪圈里，赶走了母猪，把我抱起来。母亲说，那一次，我摔下去后，头部三指远有一块三角石头，要是头磕上去的话，肯定早就没命了；再要是老母猪赶到，肯定会咬我一口。

第四,六岁那年初秋，母亲和父亲带着我到后山割草，拿着褥子，把我放在一块大石头上睡觉。第二天，我左手腕突然肿起老高，轻轻一捏就疼。父母亲找附近的几个医生，都看不出来是啥问题。又到医院拍了片子，也没找出原因。一个月后，我的小手腕肿得比大腿还粗。某一日，母亲带我去大姨家。大姨端着我的手腕看，忽然看到一个黑黑的东西，用针一挑，谁知道，拔出来一根两厘米长的黄荆棍儿。

第五，大致是三月，日光开始猛烈，有一天下午，一个外村的会嫁接果树的人，坐在我家院子里，一边用碗喝水一边对我母亲说：你家这小子长得俊俏，要是再大几岁，咱就做个亲家吧。那人我后来认识了，但他早就忘了他自己当年说过的话。

第六，村里的几家人，不管大人小孩都经常欺负我。还欺负我母亲，算起来，我们家和他们家，还都是没出三服的堂兄弟姐妹，他们家人多，妯娌、小姑、兄弟和孩子们加起来有二十来个，时不时咒骂我母亲，见到我在路上单独走，就趁机拧我或者打我耳光。

以上这些，都是母亲后来告诉我的，还特别强调说，我小时候是挨饿和挨别人的打长大的。关于这一点，我也知道，但现在基本上没有了印象。只记得，七岁那年春天，民办张老师偶尔来我们村，我见其他人喊他张老师，就拧着母亲的衣角，央求她早点送我去上学。

当年秋天，我如愿以偿。小学在北河沿村里，学校院子的前面，有两座庙，至今仍在，一边供奉龙王，一边供奉孙大圣。庙门前长着一棵硕大的核桃树，浓荫成片，每年春天，核桃树开出毛毛虫一般的花儿，满树挂着，像一场盛大的灾难，又像是虫子们的雕塑盛宴。秋天也能摘许多的核桃。不管冬天夏天，只要一靠近庙门，我就觉得冷森森的，浑身像结了一层冰。

到二年级，小学搬到马路边。老师也是民办的，姓曹。有一次，村里几个同学合起伙儿来打我，轮着往我脸上吐唾沫。我哭，母亲正好路过，见我受了委屈，上前就对姓曹的老师说：曹老师，恁管管那些孩子，别欺负俺孩子了？姓曹的老师可能当时情绪不太好，非但不理，还把母亲骂了一顿。母亲一把拉住我说：咱不上了，咱回家！而我却不愿意跟着母亲回家去，要上学，母亲哭着说，你愿意上就上吧，娘也是愿意让你上学。以后别跟人家（指欺负我的那些孩子）一起玩，见到就躲得远远的。

人们总是无端地怀有仇恨，相互之间的冲突也会祸及孩子。经常欺负我们的那几个大人和他们的孩子，竟然和我们家血缘还很近，他们都是我父亲的堂哥堂嫂，即先前住在楼房里的那位大奶奶的子女，他们的孩子也都是我的堂哥堂姐。其中最凶狠的，还是早年守寡了的大奶奶，即我爷爷奶奶的亲嫂子。那个老人家，她的凶悍和厉害在我们那一带名声显赫。有一年秋天，也不知道她到底犯了什么违法的事儿，公安局来抓她，她躲在路下边的一棵巨大的板栗树下，我看到了，正要说，却被母亲捂住了嘴。

母亲说，你要说了，咱们家可就别想再在这村里活人了，不被人家毒死，也会天天被人家打。我不明其意，母亲说，你爹是独苗，人家家里弟兄三四个，还有姐妹两三个。在咱们这里，谁家人多，谁的拳头就大，别说说话了，连放个臭屁都是有理的！再说，你爹和我要是出事了，不在人世了，咱家的一切就成了他们家的了。我似懂非懂。只是觉得恐惧。后来才知道，乡村一直有过继的传统，即如果兄弟几个当中有一个没有子嗣，老了之后，其他兄弟们的子嗣就会理所当然地继承他的一切。

乡村是一个独立的世界，有自己的一套规则。外来的干预只能触及表面，而不能深入其里。忽有一日，一个瞎眼的算命先生来到村子里，母亲给他盛了几碗饭吃。他睁着黑暗的眼睛说，你们住在村子最下面，旁边还有一座石楼，这在风水上不太好，人住低位，相当于被人踩着。母亲觉得这个外地人说得很对，向他请教改善的办法。那人说，唯一的办法，就是在其他地方修建新房子，抓紧时间搬过去。

十一岁的时候，我开始疯玩。但关系好的同学没几个，本村的两个，也都姓杨，但血缘关系较远，外村的有几个，虽然常在一起，只限于玩耍。那时候，村子长长的河沟里，修建了好几座水库，夏天燥热，比我年长的男孩子们都去玩水，脱光衣服，在深深的碧绿的水中犹如一尾白条鱼，还有的如鸭子。我身子虽然小，但怎么也浮不起来。一个年长的男孩子告诉我一个办法，即脱了裤子，在水面使劲倒扣，裤腿就饱胀起来了，然后用一根草把裤腰扎住，趴在上面，扑腾几下就会了。我如法炮制，下水扑腾了几下，身体就浮起来了。从此之后，一发不可收拾，几乎每天都去水库玩水。老师和家长知道了，逮住就把我和其他几个同学臭骂一顿。与此同时也有外村的孩子玩水被淹死的消息传来。我听到，吓得不敢再去水库。但不过两天，怎么也管不住自己的心和腿脚，就又跑到了水库里面。

为了玩水方便，夏天，我只穿了一件花短裤，里面赤裸裸的。某一个下午，上课铃响了一会儿，我才从厕所跑回教室，往自己座位走的时候，一个男同学突然伸手，把我的花短裤一把扯了下来，蓦然间，我一丝不挂，同学们哄堂大笑。女生则把头脸使劲儿埋在硬硬的课桌上面。我光着屁股，哇哇大哭。直到老师进门，我才捂着私处穿上花短裤。

也就是在这一年，我感觉到一个女孩子很喜欢我，典型表现是上课时，她老用眼睛不知所以地看我。后来，不知道怎么回事，那帮同学都说我和她以后就是两口子。我觉得愤怒但却又很新鲜，心里好像灌了蜜水一样，滋味又好，又胀痛。有一次，他们趁我和那个女孩子不备，硬是把我们推倒，且脸对脸（这种情景似乎在乡村很多见，或许是受大人的影响，孩子们对婚姻等事情开化得比较早，且比书本更具有吸引力和模仿性）。

人一生最开心的时期，应当是在小学阶段，即七八岁的时候，恬不知耻和天真烂漫相辅相成。五年级结束，随后的落叶和大雪，构成了乡村最常见的单调背景。过完春节，好像一夜之间，我觉得自己长大了，内心凭空多了岩石般的沉稳，以及风的变幻不定。

春天乍起，万物开始了再一次的蓬勃与葳蕤，河水在空旷的河沟里被绿苔拖曳，更多的鸟儿飞行在村庄和低岗之上。某一天，我和许多同学扛着杌子，背着空荡荡的书包，走了五里多地，到位于石碾子村的中学报到。

石碾子中学公路左侧的一道山岭，一排整齐的石头房子，简陋而又朴素，既有教室、伙房，又有老师的办公室兼宿舍。院子外面长着四五棵大核桃树，把整个学校都给遮住了。初一年级第二学期，原先和我不错的那个女孩子不知什么原因辍学了，我郁闷，有几次放学，坐在她家不远处的路墩上，想看到她，问问她为啥不去上学了。可一连几次，都没看到她。有一次正要回家，却看到她背着一些玉米秸秆，从下面的小路上慢慢腾腾地走了上来。我忽然没了勇气，兔子一样往自己家跑去。

初二，我迷上了金庸、梁羽生、古龙的武侠小说，托一个熟人去市里的时候，给我买了一套《射雕英雄传》，还珍惜地包了一层书皮。正在课堂上看，却被班主任发现了，他把我的书没收了！我无可奈何，脑子里全是黄药师、黄蓉、郭靖、西毒欧阳锋和江南七怪、全真七子和梅超风。想去找老师要，又怕挨训，只好忍着，到了晚上，幻想自己要是有一身功夫就好了，可以来去无踪，瞬间飞到班主任宿舍，把我的《射雕英雄传》偷拿回来，然后再神不知鬼不觉地放回去。后来我才发现，还有一个男同学也喜欢看武侠小说，放了学，就去他家借。他家和我家的方向相反，等我借到，就捧着书一边走一边看，一直捧着大把的黑夜走到家里，晚饭也不吃，躺在床上看，只看到外面风吹枯草如鬼行，枭鸣穿空如裂帛，害怕得浑身打哆嗦，才关灯睡觉。

有几次，看武侠小说看得不能自已，就逃学，躲在路边幽深的树林里，啃着娘给蒸的干粮，埋头看一整天的武侠小说。还有些夏天的中午时分，和一帮同学去水库玩水，站在高高的坝基上，喊着一二三，光着身子往下跳。玩得累了，上课不由自主地睡觉。英语老师、班主任老师、化学老师都训斥过我，有时候正睡得涎水成河，忽然眉头一疼，同学们都在哄堂大笑，抬头一看，一截粉笔头横在书本上。

有一次，我也不知道因为啥事，和邻村的一个男同学打了一架。我那次可能是真的被激怒了，打得很到位。那同学吃了亏，发誓要取我小命。其他同学还说，那小子是独生子，爹娘和几个姐姐都宠着他，肯定饶不了你。我说，他不饶我我也不饶他，打死谁算谁！这可能是我在初中时期说过的最牛气冲天的一番话。

大致是初三年级第一学期，我在石碾子村路边一个老太太开的小商店里买了一些东西，一年或者几个月，累计下来，大致有四十几块钱。后来，我才发现，这四十几块钱我根本没办法搞到，她的账是基本上还不了。因为我知道，没正当理由，母亲绝对不会给我一分钱。主要还是自己的家庭条件不好。欠的时间长了，那老太太有次遇到我母亲，就说了这事儿。母亲生气，打了我一顿，最终还是替我把钱还上了。

我如释重负，但这种行为，对母亲是一个伤害。在乡间，有句谚语说，前三十年看父敬子，后三十年看子敬父。孩子不争气，做了落人话柄的丑事，父母自然脸上无光，在很多时候，流言也是一种精神摧毁。

经由那位老太太的无意中不遗余力地宣扬，我一下子被村人看不起了，都说我是败家子，不成器的货色。

与此同时，我强烈地暗恋一个曹姓女同学（完全的一厢情愿和自作多情），在这个事情上，我主要做了以下几件事。1. 天天上课看她的后脑勺，因为她坐在最前面，也只能看后脑勺。整天神思恍惚。有时候把她想成是白蛇，我是许仙；有时把她看成是为了爱情不顾一切的祝英台，自己是梁山伯。甚至，把她看成是琼瑶笔下那些敢于冲破家庭和世俗束缚的女主人公。2. 某日，我鼓足勇气，把写有“爱上一个人，就像一头牛冲进丰美无际的草原”的纸条，趁下课空当夹在她的语文课本里。她发现后，先是大声问，这是谁干的，自己主动说出来，我就不告老师，不说，就告！问了几遍，眼睛灯泡一样把教室里的所有人扫了三五圈，见还没有人站出来，身子一扭，腾腾几步，出了教室门，把纸条给了班主任。班主任旋即赶了过来，在课堂上声色俱厉地问了几次。我坚持不吭声，打死不承认。班主任没办法，语气变软，对着全班同学说，不好意思的话，可以到他办公室说。可直到初中毕业，也没向他们坦白交代。3. 她家距离学校不远，每天上午放学，她在前面走，我就站在学校最西边的核桃树下面，看着她像蝴蝶一样消失在村里。4. 那时候开始写诗，都是情诗，学席慕蓉和汪国真的那种写法，可是没有一首给她看过。5. 我到市里一所高中上学，她在另一所，某日，我步行了 40 公里，去那里看她。可就是不敢露面，在学校大门外蹲了一夜，第二天早上，返回自己家。6. 几年后，我参军到西北，给她写了上百封信，她始终没回（后来好像是她一封也没看到，都让他人私拆之后，当众朗读，被村人传作笑话了）。

再后来，我仍旧做过一些出格的事情，比如过早地渴望奢侈生活，继续在各个熟悉的小卖店赊账买东西。此后，还有一次长达一个多月的出走经历，一个乡村少年，孤狼一样乘坐火车和汽车，游走在山西、河南、山东、陕西和东北一带，想的是遭遇奇迹，从此过上美好生活，但这类事情，在当代几乎不可能发生。经历了这一次，我的名声在附近村子里一落千丈，人人唾弃，凡是知道的，都在说：献平这个人绝对成不了啥好东西，将来不是饿死就是光棍一根到老。两个舅舅、大姨妈和小姨妈，还有母亲，都对我的言行咬牙切齿、屡屡劝止。其他人看到我，就皮笑肉不笑，明着暗着都讥诮。

几年后，我再进入高中，尽管也用心读书，无奈基础太差，自然不会考取大学。一个偶然的机会，参军到了西北的巴丹吉林沙漠。每次回来探亲，别人都是近乡情怯，我则是近乡心慌，每次都不好意思走大路，从邯郸、武安一带绕回家里。如此的成长经历，使我对村人充满了刻骨仇恨，也对自己的生身之地产生了强烈的鄙夷、恨铁不成钢及背叛心理。我曾经发誓，宁可死也不会再回莲花谷，除了爹娘和亲人，其他的，这里的人，我一个都不爱，更不会在心里想念。

这种极端思想显然是一种反弹，也是我和莲花谷之间不可调和的矛盾。很长时间，我拒绝与莲花谷任何人说起自己的心事，总觉得，它和我之间，横着无数条鸿沟，而且是无法跨越的，更是互不兼容的。直到我过了三十岁的年纪，忽然间，知道仔细检点自己内心和往事了，却蓦然发现，不仅是莲花谷乃至南太行乡村充满着因利益和个人好恶而产生的各种暴力及阴暗“景观”，这几乎是全人类的问题，只要有人群，这类情况就会普遍地发生，真可谓无所不在，又无所不及。

比如，早恋和我的那些过激言行是莲花谷人传统观念所不能接受的，遭受耻笑和侮辱不可避免，首先是我自己出了问题，而不是他们那一套世俗观和价值观发生了偏移。从另一个角度说，他们有意无意地伤害甚至恶作剧，对我来说也是一种反面的鼓舞。某一年，我自己当年的暗恋对象结婚了，这使我莫名痛苦，当时，我就暗暗下了三个决心。第一，这辈子绝不娶南太行任何一个女子为妻。第二，我一定要做好自己，要娶到一个比她更好的妻子（完全的功利主义，与莲花谷几乎所有人的人生观一脉相承）。第三，我必须做一个出色的男人，我热爱的，我喜欢的，我必须要去做，并要最终实现（纯粹为了某种世俗荣耀而做出的实际行动）。

与此同时，我也不容置疑地表示，这一辈子都不愿再回到南太行乃至莲花谷附近的城市或乡村，甚至觉得，人性当中所有的恶及恶行唯独我的故乡所有，为此，我没有必要和那些人再混淆在一起，在外面，即使穷困潦倒，也是可以安心的。

但我最终妥协了，而且来得非常自觉和彻底，这时候，我才确信了“叶落归根”这句话的深刻性和普适性。2007年，我们一家人回到莲花谷，几天后，又在附近一座城市买了房子。这时候我才发现，无论走多远，生活在哪里，莲花谷及其一切都在我的血肉和灵魂当中，我还是那个被人打来骂去，在课堂上被强迫脱掉花短裤、看武侠小说、“恬不知耻”暗恋那个女孩子的“我”，只不过有些时候看起来不大相像和不甚明显而已。

细究起来，我真正厌恶的，可能只是人性当中某些阴暗部分，乃至某一地域文化和世俗观念对某些个性甚至天性，不自觉的限制与挟制惯力，还有对某些美好愿望的误解、曲解和无意识的打击行为……而这一切，却不是地域本身的错，迁怒就等于无知，逃离就是背叛。

三十岁之后，我一次次地回到南太行莲花谷，它几乎原封不动，只是多了一些不认识的人和比以前更好看的房屋，还有新修的道路、校舍。我努力在人群中寻找从前的人，欺负过我的、鄙视和嘲笑过我的……想不到的是，他们有些人再也见不到了，南太行的沙土掩埋了他们；有些人已经皱纹纵横，老态龙钟，有些人灰头土脸，有些人一如我当年或者他们父母亲当年。2008 年 8 月，父亲罹患胃癌，这促使我的态度又发生了转变，对南太行，对自己的祖居之地，对那里的人，平生第一次觉得有某种亲切感，因此，多数时间，我看他们的眼光也出奇地柔和。

2009 年初春，当父亲在莲花谷某处真正躺下，莽苍山川之下，他耸起的坟堆像一句谶语，又像一面旗帜，像一声叹息，又像一个谜底。我哭着，也想到了很多。返回西北几个月时间里，几乎天天做梦，梦见父亲。有一次，我梦见自己和父亲躺在祖奶奶的房里，我清楚知道父亲病了，且命不久长，我一直在守着，可我却睡着了，等我忽然惊醒，父亲果真故去了。我撕心裂肺，大叫着爹，放声大哭……然后惊醒，兀自坐在床上，半天回不过神来。还有一次，我梦见父亲还像往常一样，在院子里修剪苹果树，光秃秃的树枝上忽然开出了一朵一朵的白花儿，父亲笑了一下，跳下树杈，迈着大步子，转眼就穿过村庄，往后山的野地跑去了。早年间，我就听爱讲故事的爷爷说，我们这一带多数人家的先祖，就是从后山那个方向，陆陆续续迁徙到这里来的。

而父亲跑的方向，正是我们南太行先祖的来路，当然也是后人的归处。

幼年的河北与山西

每到寒假，我都要跟着奶奶，到山西左权县看望老舅。老舅所在的村庄坐落在一色褐红的山间，村中和外面的道路，蜿蜒如匍匐的蟒蛇，曲折环绕，碎石铺满；天空犹如蓝色缝隙，直到中午饭后，才照见阳光。我第一次去，站在青石横陈的街道上，看到对面一道山坳里，有一座依山而建的石头房子，低矮的姿势，黑色的门扉，在冬天稀薄的阳光之下，与岩石草木融为一色。

那里住着一位中年妇女。据说，她嫁到这里的第一年，还没怀上孩子，丈夫就在煤矿被炸死了。有好多次，我在村子里遇到过她，衣衫简朴而整齐，头发梳得纹丝不乱，高高的发髻竖在脑后，一双眼睛明亮，脸白如盛开的棉花。村人说，丈夫死后，每天晚上，她住的地方都会有声响传来，不是有人敲门就是敲窗户，还从门缝往里面塞什么东西。久而久之，人们都习以为常了。一个夜里，一个男人正在全神贯注地敲打她的木板门，她忽然拉开门闩，手里握着一把磨得锃亮的菜刀，迎面砍去，那人倏地一闪，如受惊的豹子一样。

那时候，我还懵懂，听了半天，也不明其意，只是隐隐觉得，这可能是一种惯常的偷窃行为。第二年冬天，村里还有人说，上次那件事儿之后，没多长时间，晚上，她家又响起了敲门敲窗户或塞东西的声音，那位妇女也不吭声，佯装闩门睡了，悄悄提了一根粗大的木棒，躲在院子一侧。

可一连好几个晚上，也没有人来，除了狼嚎和虫鸣，村庄安静得近乎乌有。

某个夜半，人们仍旧在寒风中睡得香甜，她家又发出了奇怪的响声，那声音突兀而又谨慎，像蛰伏的猛兽磨牙，又像是夜风翻动枯了的树枝。随后是木板门打开的吱扭声，再一会儿，便传来门闩合拢的声响。从那夜开始，那种声音总是传来，却不像以前那般刺耳了。

有细心的人似乎觉察到了什么，纷纷在背地里猜测究竟是谁，于深夜和凌晨，进出她的家门？对这类事情，人们的触角和想象力无比发达，有人说，肯定是本村的某个人，外村的，谁会一晚上走那么远的路来她家呢？或许是张家男人，或许是姓徐那个老光棍，再或者，是隔壁曹家男人。这样猜来猜去，猜来猜去，村子里所有精壮男人都有了嫌疑，但谁也不敢确定具体是谁。

我和奶奶在老舅家住了一个寒假，几乎每个晚上，大人们坐在昏暗的灯泡下，眼睛中闪动着一种兴奋而狐疑的光泽，你一言我一语推测这件事。我虽然不明所以，但直觉认为，那个人一定是我老舅。那时候，他四十多岁，一直没娶上媳妇。奶奶每年来看他的主要“任务”，就是为他拆洗和缝补棉衣。晚上，奶奶住老姨家，我则和老舅睡一起。很多夜晚，我一觉醒来，屋里静得可怕，扭头一看，老舅还没回来。开始的几个夜里，我倒是不在意。老舅一个人，晚上没事做，经常去邻居家聊天。那时候，电视刚刚兴起，但很多乡村人家还买不起，偶尔有一家买了，其他人都会跑去观看，每次都要很晚才回家。

我盯着灯泡照耀的黑色屋顶，忍不住想：老舅晚上能去哪里呢？谁家聊天会这么晚了还不散？我忽然联想到了那位中年妇女，那个人该不会就是我老舅吧？他年纪这么大了，又没有老婆儿女。而那位妇女，也是一个人。就在我心里自以为确凿无误时，一天晚上，我跟着老舅到别人家去玩，我在看电视，老舅和几个上了年纪的人又在七嘴八舌地议论起这件事。

其中一个人说，这件事好怪，该是谁呢？另一个人说，可不就是咋的，这娘儿们守寡久了，就是守不住。再一个人说，这也没啥，都是活生生的人，要是我，也肯定守不住。

这些人在说的时候，老舅总是抽烟，没说一句话，直到众人的眼睛先后转移到电视屏幕的时候，老舅敲掉一锅旱烟，吧嗒着厚嘴唇说，这个啊，谁知道是哪个不是人的坏东西干的呢？腿脚可能保不住了！说完后，还一脸憎恨和鄙夷地往地上吐了一口唾沫。

老舅这诅咒和动作，使我之前的“确凿无误”一瞬间崩塌。人再傻和无耻，也不会骂自己，尤其是诅咒。和老舅躺在炕上，听着外面呼啸的寒风，我想了好久，怀疑是自己错了，但又觉得没错。就这样，反复想着，肯定和否定着，不一会儿，我就又睡着了。

好多天后，再一次在夜间醒来，老舅的铺盖还像往常一样，整齐地蜷缩在墙角。

过了正月初五，年味消散，老舅说，过年就是多长一岁，一个个的年过了以后，人就老了，你们这些孩子就长大了，慢慢也和我们一个样儿了。对他这句话，我不以为然，嘴里嗯嗯应着，心里却想，长大，还早着呢。

正月初七早上，老舅的村里有人拆老房子，人喊马叫的，白色的灰尘在刚刚爬上山岭的日光中飞旋。忽然有人喊：长虫！长虫（蛇）！霎时间，很多人围了上去。

果真是一条青蛇，蜷成一个圆圈，还在睡觉（冬眠）。奶奶早就对我说过，山西的蛇有毒，咬人一口就得送命，每年夏天，蛇要咬死这村里的好多羊只。我站在旁边，看着冬眠的毒蛇，全身发冷，心脏发颤。其中一人，用铁锨把蛇铲起来，扔到河滩上。

晚上，我对奶奶说，今儿早上看到蛇了，奶奶坐在火炉边，一边给老舅缝衣服，一边轻描淡写地说，这有啥稀罕的？哪座房子里要是没蛇，就住不起来人。老舅也说，这是一个讲究，不管哪座房子，都有蛇，要是没蛇的话，那房子就不好，主人没啥福气不说，子孙后代都没有！奶奶又说，听说去年夏天的时候，寡妇桑妮子在北山上放羊，不小心被蛇咬了手指头，要不是她及时把毒血吸出来，她恐怕早就死掉了。

我惊恐问，桑妮子是谁？老舅顺口说，就是汉子（丈夫）在松原煤矿被炸死在井下的那个妇女，就住在那边的山坳里。我脑子里突然出现一些奇怪的问号和画面，但什么也没有说，只是看了看老舅，又看了看奶奶。

元宵节后，春天就踩着东风脚尖，来到了河北、山西。村人挑着扁担或推着架子车，往地里送粪，有的抡着镢头翻松田地。村庄内外，到处蓬勃温暖，东风带着桃花、杏花和梨花的香味，从四面八方飘溢。我和奶奶返回河北自己家。开学第一天，以往清一色的男老师中，蓦然多了两个衣饰光鲜的女老师，高跟鞋敲着教室外面的水泥地板，鼓点一样，一遍遍地敲打我们的耳膜。

女老师的到来，无意中提高了我们的听课质量，以前调皮捣蛋的同学也都像是忽然间接受了神仙的指令，老实了许多，上课不再趴桌子上睡得哈喇子直流，或者相互胡乱传纸条，传播不正当、不文明的消息了！就连痴迷金庸武侠小说的我，也收敛许多。有一天自习，我拿着语文课本去找新来的女张老师请教。走到她办公室兼宿舍门口，敲门，没人答应，下意识地推了一下，门竟然开了。

张老师在，还有去年来的男曹老师。我怔住了，他们也怔住了，曹老师和张老师双臂互相抱着，一起扭头看着我，眼珠子一动不动。我忽然间明白了什么，心脏狂跳，扭头跑回教室。坐在凳子上，脸庞涨得通红，喘气很粗。老民棍子问我咋了，慌慌张张的，像做了贼。

校园四周的斜坡上，长着很多核桃树，枝叶茂密，冠盖庞大。中午，老师午休，我们趴在核桃树上说淡话或背课文。这件事后，我发现自己一下子长大了，一瞬间似乎明白了很多东西。尤其是上《生理卫生》课，看到课本上素描的男性和女性生殖器时，就有一种想知道自身和女生生殖器官到底是什么样子的冲动。

然而这是隐秘的，谁也不能告诉。我脑子里经常出现的一个问题：为什么一定是那样，而不是另一种样子呢？为什么不同？都是一样的人，为什么要有性别？以前，当我问起母亲自己是从哪里来的，她总说：石头缝里蹦出来的，或从茅房里捞出来的。

曹老师和张老师的那一幕在我脑海悬挂了好长时间，最后，我确认他们当时是拥抱在一起亲吻，我敲门，他们或许真的没听见；门打开，他们也像我一样猝不及防，一时没转过弯儿来。

没过多久，曹老师和张老师的事情在学生间传开了。关于此事，我最先对同桌兼同村堂哥老民棍子悄悄说了。那一天下午，放学的铃声刚刚响起，我就和老民棍子一蹦三跳地出了校门，清风一般掠过院子，快到家的时候，太阳还老高，孤独的少妇一般，浑圆地站在西边山岭上，火炭一样烘烤大小村庄。我俩靠在一棵核桃树杈上，在叶子的掩映下，我把嘴巴挨到老民棍子的耳朵边，轻声描述着曹老师和张老师亲热的场景。

第二天，因为这件事情，我和老民棍子翻了脸，我骂老民棍子就是一个叛徒、无耻小人，还有贼奸细、坏特务，他也骂我是小人心，度他的君子之腹。老民棍子指着天空，拍着胸脯说：谁要是给别人说了曹老师张老师的事儿，谁就不是人养的！在乡村，最忌讳最恶毒的咒骂就是“不是人养的”了。我不信，火气攻心，冲过去就是一拳，打在老民棍子鼻子上，扑哧一声，鲜血冒了出来。

我还没回到家，老民棍子母亲带着他已经在我们家了，老远我就听到，老民棍子母亲对我母亲一遍一遍地说：“看你孩子把俺孩子打成啥样子了！”我母亲连忙赔不是。我没有躲开，昂首挺胸地走进自己院子，母亲看到我，一把拉过来，抡起巴掌就是一顿狠揍。我哭喊起来，老民棍子母亲才说，孩子们之间闹事，家长教育几句，以后不再犯就行了。我背着书包，站在院子里，哭着看他们离开。母亲问我为什么打架，我支吾半天，也没说出缘由来。

叶子变黄，秋风一阵紧似一阵，最先衰落的是硕大的梧桐树叶，硕大的叶片，在空中跳着我看不懂的胡旋舞，再嚓的一声落在地面上；柿子树叶子变得紫红和血红，可能敷了霜的缘故，沉甸甸的，不停从枝头奔赴地面。村人都在忙着收割玉米、谷子和豆子，然后浇水、翻松土地、播种冬麦。

在深山待了一个夏天的羊群回来了，远远地就嗅到一股浓重的腥臊味道，沿着曲折的河沟，在枯草和岩石上飘荡。每年这个时候，是羊发情的时节，公羊的睾丸肿大，臊味四溢，跟在一只又一只的母羊身后，嘴巴一边发出奇怪的声音，一边强悍而又快速地爬上母羊后背。

看到这里，我心里有一股说不清楚的滋味，尤其无意中和女同学一起看到的时候，脸一红，急忙走开。下第一场雪时，我们家的母羊生了一只雪白的羊羔，很可爱，为了保证母羊有奶，小羊羔能活下来，每天放学，我就拿了黑豆和玉米，到羊圈外面，先把母羊拉到外面来，再抱出小羊羔，让它们站在院子里吃。小羊羔很可爱，全身雪白，身体颤巍巍地在母羊的后胯下摸索半天，才找到奶头。

这时候，公羊们老实了很多，不再像秋天时候那样喧哗和骚动。见有人来喂，公羊们也按捺不住，挤着抢吃。我看到了，有一种说不清楚的厌恶，一脚踢过去。但它们每一只都皮糙肉厚，这么一点打击力，根本不当回事，我气急，找了一个木棒，一顿乱打，公羊们才咩地大叫一声，趔趄着跑开。

没过多少天，好几头母牛也下崽了。老民棍子家的牛是一对母子，前两年，母牛生下那头小公牛，但母牛今年生下的小牛，竟然是前一个小公牛和母牛的。我觉得别扭，当和好如初的老民棍子，眉飞色舞冲我炫耀时，我没好气地对他说：你们家的牛是小公牛和他娘生的，还谝个啥啊？

老民棍子愣住，看着我，嘴巴半天没合拢。眨着眼睛，好一会儿，低头嗯了一声。几天后，老民棍子家的小公牛掉了一只角，血淋淋的。他告诉我，是他拿了棍子，把小公牛的一只角砸掉的。他说他怎么看那小公牛都不顺眼，抢吃抢喝，还用角抵老母牛和刚生下的小牛犊。说完，还怒气未消似的，朝地上吐了一口。

腊月，我们这个班里又出了一件大事：朱安民母亲跟一个外地人跑了，一时间，十里八乡的人都在议论。朱安民十几天没来上课，老师们一脸的无奈和可惜，我们心里也都很难过。有一天中午，曹老师带着我和老民棍子去朱安民家里，还没进门，就看到朱安民一个人坐在院子的石头上，耷拉着脑袋。进屋，他父亲在炕上躺着，眼窝深陷。

寒假第三天，曹老师要结婚了，我们几个同学买了东西去他家祝贺，到了他家里，我们才知道他的新娘不是我们的张老师，而是乡政府一个干部的女儿，长得也非常俊俏，只是皮肤黑了些。我觉得这事儿不好，老民棍子说他也想不通。我们两个埋头吃了饭，就匆匆告别了。此后，又过了好长时间，才下了一场大雪，足有一尺多深。天一放晴，不到两天时间，向阳处的积雪就融化了。

我和老民棍子，天天扛着大斧头，背着篮子，到山上砸朽烂了的木桩子，背回家里当柴烧。两个人哼哧哼哧砸了半天，装满篮子，就坐在日光照耀的枯草上说淡话。老民棍子眼睛闪光，一脸向往地对我说：他喜欢校花裴莉莉。他还告诉我，他觉得裴莉莉身上有一股叫他脑袋发木的气息，见到她，就不知道自己究竟是谁，要干啥了。老民棍子还说，老师刚给我们上《生理卫生》课时，他还偷偷趴在女厕所上面的地里，偷看过裴莉莉上厕所。

说到这里，我心也跳了起来，嗵嗵像闷雷。我问老民棍子都看到了啥，老民棍子侧脸看了我一眼，不屑说，这事能给你说吗？我转身看着他的脸，觉得迷惑，问他为啥不能给我说！老民棍子用鼻子哼了一声，说，这是两口子间的事儿，能给你说嘛！大年初三上午，我又跟着奶奶，乘坐长途班车，去山西看望老舅、老姨和老姨父。河北到山西，不过一道山岭，海拔却凭空高出了1000多米，汽车爬上山岭，风一吹，冷得像刀子，轻而易举地穿过衣服和皮肉，刮骨头。到左权县拐儿镇下车，西风扑面，还卷着尘土和碎了的枯草，吹得人眼睛都睁不开。奶奶带我到一个熟人家里，喝了一碗米汤，烤了一会儿火，才步行往老舅的村庄走去。

老舅的村庄还是以前的模样，只是多了几间新盖的石头房子。进村，我又看到了那位中年妇女，头发照样梳得油光水滑的，发髻仍在脑后。见到我和奶奶，远远打招呼，奶奶应声，我背着布包，气喘吁吁地走。老舅闻讯，迎面走过来，接过奶奶背着的布包，又接了我的。

我注意到，这一次到老舅家来，很少有人再议论那位中年妇女的事儿了，连老舅都不多说一句。我想，大家都知道了，再说也没意思。后来，有一次去老舅的邻居家玩，那个老太太很唠叨，先是问我河北这边的情况，又说一年不见，我一下子长这么高之类的。

我觉得很没意思，想走，她却说，你老舅要是和桑妮子合起来就好了。我怔了下，嗯了一声，走出了她家。晚上，又躺在老舅炕上，因为火烧得大，很烫，翻来覆去睡不着。我又想起老舅邻居那句话，总觉得不舒服，不停地想，那个中年妇女，一个人过肯定比和老舅一起过好。

初中二年级后，我再也没去过山西老舅家。高中毕业之后，我没有考上大学，不久后离开家乡，在数千里之外的巴丹吉林沙漠，成为一名军人。天长日久，河北老家和山西的那座村庄在记忆里很快褪色，记忆都开始模糊。第二年，第一次回到故乡探亲，在村外的马路上偶然遇到曹老师，他已经是一个孩子的父亲了，我打了一个招呼，匆匆走了。脑子里又想起当年的那个情景，还觉得，既然亲了人家张老师，为啥要和别的女人结婚呢？这曹老师，实在不像话。尽管过了好几年，因为这件事，我还是不想和他多说什么。

也遇到过其他同学，他们说，朱安民也成家了，媳妇是从四川一带买来的。老民棍子在铁矿打工，被塌下来的石头砸死了。这些消息，让我伤感不已，也觉得恐怖，短短的几年时间，当初的很多人不在了。当年的同学，基本都结婚当了父亲，还有几个，因为各种事故亡去或病故了。没事时，我坐在院子里，看着对面马路上人来车往，父亲养的几只小尾寒羊在院子下面吃草，五只之中，除了一头公羊外，其余都是母羊。

春节前几天，老舅从山西来到了我们村。当天中午，我去叫他到我们家吃饭。老舅明显有些老了，红色的脸膛皱纹深刻。饭后，父亲对老舅说，舅，你当年要是把桑妮子娶过来也挺好，俩人一起过日子，总比你一个人孤单着好。老舅笑了笑，说，咳，你舅舅我没那个福分啊！前些年，人家早嫁到了拐儿镇了，和咱村（老舅所在的村庄）挨得不远。说完，老舅低下头，在地面上狠狠地磕掉了烟灰。

我在旁边坐着，蓦然想起当年在老家时候的想法，心里有些惭愧。2005 年，我也结婚好几年了，有了自己的儿子。夏天，再一次回到老家，村庄还是以前的那般模样，所有的牛羊都被卖掉了，说是为了封山育林；只剩下四处乱窜的狗，咯咯乱叫的鸡。很多次，路过当年和老民棍子谈论隐秘欲望，说起曹老师和张老师在办公室那一瞬的地方，忍不住停下脚步愣了很久，当年的情景历历在目，可惜，物是人非，最可悲的是，老民棍子已经不在这个人世了。

天气晴好，我和弟弟，骑了一辆摩托车，又去了山西，曲折爬上山岭，穿过一条很长的隧道，再行驶几十公里，就到了老舅的村庄。老舅很高兴，晚上还买了啤酒，两个人坐在照旧昏暗的灯光下，说了好多话。这时候，老舅真成了老人，须发皆白，腰身弯曲，二十多年，简直就像一场梦境。老舅的那位邻居还健在，头脑清晰，反应敏捷，还像以前那样喜欢唠叨，一说话嘴角就冒白沫。她开玩笑说我差点成了她的女婿。我不明其意，她笑着给我说，我二十岁的时候，老舅私自给我做媒，想我娶她的二女儿为妻。

我笑了笑，忽然有些伤感。

村庄对面山坳里的那座房子早就坍塌了，成了一堆废墟，院里长满了荒草，其中还有几朵花，是山上常见的野生杜鹃。我在那儿站立了一会儿，不由得想起那个叫桑妮子的寡妇，还有她在村里的那些传闻，觉得有些伤感。我心情惴惴地问老舅说，那个桑妮子现在咋样了？老舅叹了一口气，好像还在拐儿镇，不过，还有人说，她又嫁到了左权县另一个地方，还有人说，桑妮子好像出车祸，不在世了……拿不准，反正后来再也没有见过她。

我有些恍惚，只觉得，人的一生，实在难以预料，每个人都有自己的命运轨迹，也似乎是不可更改的。想起当年，我还是一个小孩子，在老舅的这座村庄里跑来走去，听说了一些事情，看到了一些人。而现在，那些房屋还在，尽管有些破坏或者干脆成了废墟，可当年的人，却都不见了，有的远走他乡，不知所终；有的归于地下，只能用越来越单薄的坟头，来证实他们曾经存在过。

南太行旧年人物（二题）

小胡子铁匠

南街村有一个铁匠，记得他姓曹，至于叫啥名字，忘了。认识他非常偶然，具体得益于同村的小六子。某一天放学后，我和小六子蹿出校门，布鞋脚板甩起两股尘烟，沿着土石的转盘马路，像兔子一样奔跑。到了村口，气喘吁吁一阵，先后爬上一棵核桃树，两个人找了合适的树杈，骑稳当了，伸手摘几颗青核桃，用刀子缓缓旋开，吃里面的仁儿。

如此好时光，只是吃肯定枯燥无趣，就像好酒的人喝酒，没有下酒菜，还不说点什么闲话和淡话，肯定没啥意思。我俩吃得满嘴流油，有点尽兴了的时候，我忽然没头没脑地问小六子说："小六子，你说，咱们将来干啥？能干点啥？"小六子想也没想，胸有成竹地对我说："我当铁匠！俺亲舅舅那铁匠当得好呀，连武安和邢台那边的人，大老远地，都到俺舅舅那儿买农具！我以后就跟着俺舅舅当铁匠，肯定不缺钱花。”我听了，竟然语塞，不知道该说什么。我们家的亲戚当中，没有一个会手艺的。但为了给自己长面子，我也大声对小六子说：“铁匠有啥好的？将来啊，我一定会走得很远，进大城市，住十层以上那么高的楼房。”

我刚才的问话，有点像灵魂之问。那个年代的乡村，人还很多，1000个人当中，能有一个人上个大学，出来做一名人民教师，那就是祖坟上冒青烟的大好事了。对于我和小六子这样的，上学成绩不好，家境又都一般，将来做个铁匠，极其符合实际。而我当时说的进城市，住楼房，完全是恬不知耻、吹牛。

小六子当即反唇相讥，斜眼看着我说：“不是我笑话你，你这是做梦坐飞机——净想好事儿！”我脸上有点挂不住，但除了小六子之外，我没有一个像样儿的朋友。他的话虽然使得我难堪，但也不好发作。我惭愧地低了一会儿脑袋，拿着小刀，像旋核桃仁那样把自己的长指甲修理了一下，努力挤出一脸笑容，把话题扯到自己心里喜欢的女同学身上，我一脸甜蜜地对仍旧在吃核桃的小六子说：“我将来一定娶张春莉当媳妇，那样的日子，肯定很美，很幸福！”小六子嗯了一声，笑着说：“据我本人的精准预测，这个嘛，倒还有二分五到三分的可能。”

第二天下午放学，落日还在庄稼和人的头顶摩挲，整个村庄的山岭和河沟，都洋溢着一种吉祥的金色光泽。小六子说："我带你去见识一下啥是铁匠。"我说："我以前见过的，就是抡大锤砸铁呗！"小六子脸红了一下，然后笑着说："你只知其一，不知其二。为了让你小子长点见识，见见世面，现在就跟我走！"说着话，我们两个出了学校的院子，四条腿蹦跶着走到了南街村的村口。

远远地，就听到了叮叮当当的打铁声。

这是一座建在河滩边的村庄，背后是一截小山岭，岭上长着一些常青的柏树。拐过一道弯，小六子率先停住脚步，有些自豪地对我说："马上就到了！"我一抬头，只见一间黑黑的房子，前面搭着一个凉棚，凉棚下面是两口炭火炉。再往前是一道石头垒的河坝，不高，大人抬抬腿就过去了。河坝外面，就是巨大的干河滩了，堆满了光光的石头，有大有小，坐着拖拉机从上面过，再结实的屁股也要颠成八瓣儿。

他舅舅正在打铁，火花乱溅，有一个人抡锤，他舅舅用火钳夹着一块生铁，一个膀大腰圆的小伙子拿起铁锤，抡起来，然后不停地轻轻重重地砸。不一会儿，两人的脸上和背上就流出了细密的汗珠，像水洗的一样。看了一会儿，我觉得实在没啥意思，就说："小六子，咱们该回家了啊！"小六子没动地方，仍旧津津有味地看着，然后一脸骄傲地看着我说："咋样？"我问他："啥咋样？"小六子说："俺舅舅啊，有本事吧！"我转身走了几步，小声说："抡锤太使得慌（累）了，我将来肯定不干这活！"小六子的脸立马耷拉了下来，像个腌茄子，理都不理我，一个人甩着步子过了河滩，往我们村方向走。

我知道小六子生气了，心里过意不去，第二天一大早，早早跑到他们家叫他一起去学校。小六子看到我，还是一脸不高兴，也没吭声。他娘说："稍等等，六子吃了就跟你一起上学！"我在他家院子的梨树下站了一会儿，想独自走，又觉得一个人孤单，只好硬着头皮等。

两个人走在路上，开始只有四只脚在噗噗响，声音单调得烦人。我说："小六子，你还生气呢？"小六子看看我，鼻子里还呼着粗气，说："那么好的活儿，你还说累，不累能挣到大票子吗？活人能不累吗？"我脸红了一下，说："我觉得你说得对，当铁匠能挣钱，真是个好活儿！"

小六子笑，我也笑。

不知不觉，冬天又来了，因为距离学校远，我们这些山里的孩子，只能住校。我住在我舅舅家，小六子住在他舅舅家。这时我才知道，做铁匠不仅累得很，而且每天还起得非常早。通常，太阳还在东边的树梢上挂着，打铁的声音就从河谷响起，连同冬天的深重寒气，一同进入村庄，震落了草叶上的尘土，也惊醒了山里的野鸡。这时，村人大都还在土炕上做梦，铁匠就把他们敲醒了。

铁匠铺的炭炉子火焰通常不高，红色中略带淡黄，火苗上压着一块类似半个地主帽儿的东西，很是耐烧，再惨烈的火焰，也不能损它分毫。我问小六子那是什么，小六子转着小眼睛想了半天，又蜷起食指，在太阳穴敲了几下，也没有想到。

每天早上，我都看到，铁匠铺里的三个上身裸着，只穿了一件油布围裙的男人，面孔黑得跟炭一样，手臂上的肌肉一疙瘩、一疙瘩的，很健壮。一个男人坐在炉子一边，使劲儿拉风箱，每拉一下，火苗就蹿高一次。火苗突突，发出呼呼的响声，火苗儿形状很是尖利，像刀子，能伸能缩。烧到一定程度，另一个男人站起身来，手拿火钳，探进炉火，将锄头、铁板或是斧头、镰刀等家具用火钳子翻翻，再烧一会儿，再用铁钳子夹出来，放在专用的铁墩子上，手里提锤的男人迅速往自己手掌上吐一口唾沫，抡起铁锤，砸向全身通红的铁块子，乒乒乓乓一阵，铁块子基本成型，火焰渐灭，变作焦黑色。

锻打的火候到了，手拿铁钳子的人奋力夹起，转身放进脚边盛满清水的盆子里，嗤的一声，冒起一团白烟。如果还没烧好，或是缺少了工序，就再放进炭火，继续烧灼。再取出另外一块儿，又是一顿敲打。

几乎每天都是这样，和小六子一块儿，从铁匠铺前面走过时，小六子的神色一如既往骄傲莫名。有一天早上，小六子说："你还说打铁累得很，我敢保证，就你这样子的人，肯定连俺舅舅抡的那个大锤都提不起来。"我不服气，就和他打赌，赌两块钱，谁输了谁买一包饼干，两个人一起吃。

我说行。放学后，两个人跑到铁匠铺。小六子一进去，一个脸长而瘦，嘴巴上长着一撮小胡子的人笑着对小六子说："六子，放学了啊，一会儿去家里吃饭！”

不用小六子介绍，我就知道这人肯定是他舅舅。

我使尽吃奶的力气，憋得面红耳赤，才使那个状似牛脑袋的大锤离地三厘米，坚持不到一分钟，狠狠地扔下了，砸在黄泥铺就的地面上，发出一声闷响，锤子周边的干土都裂了缝儿。喘息未定，我对小六子嚷：“你输了。”小六子脸色涨红，说，“这不算，要离地一尺才行。”我说：“小六子，你耍赖！”小六子说：“开始就这样说的，你自己没听清，不能怪俺没有说！”我气急，就和小六子吵了起来，以前的友谊都变成了气恼，谁也不让谁。直到最后，都点名道姓地互相骂对方的爹娘。

我光顾着回骂小六子了，忽视了他舅舅和他娘是亲兄妹这层关系，骂的话也不堪入耳，何况又在铁匠铺里面。瘦铁匠先是蹲在地上抽烟，看着徒弟们的操作，继而把脸转过来，把皱纹和汗碱包围的眼睛，一下子闪到我的脸上来。

不知什么时候，他的脸就和我的脸一般红了。他忽地站起身来，鼻孔里的气流吹得胡子颤动。甩掉烟头，两手往背后一插，张口就骂我小兔崽子，杂种！还大声说我爹娘这样那样的不好。我气极，也骂他。他舅舅更生气了，上嘴唇的小胡子一耸一耸，苍白的脸色变成了酱猪肝儿。

骂着骂着，他右胳膊猛地一伸，往外面的河滩一指，对我说，你给我滚出去！

这时候，我才醒悟，我在人家的地盘上。别说人家骂我，就是打我，我也不占理。我赶紧退出来，站在外面的河滩上，和小六子对骂。没想到，小胡子顺手捡起一块烧白了的焦炭，冲我砸过来。我看见飞行的白色焦炭，在空气中不停旋转，摩擦出呜呜的响声，呈圆弧状飞来。

我下意识地蹲下，飞行的焦炭从我的头发上擦过。

这一次，我把小六子恨到骨头里了，还有他当铁匠的舅舅。一个人走在回家路上，胸中怒火燃烧，我想报复小六子，报复铁匠。

我害怕的不是小六子，而是他比我大几十岁的铁匠舅舅。

可我又拿他们没一点招儿，只能在心里恨不得小六子被石头绊倒，摔个鼻青脸肿脑袋再蒙三天，也恨不得让他当铁匠的舅舅在抡锤时不小心砸伤手指和脚……可这只是我自己的一种幻想，成不了事实。回到家，我对母亲说了这件事。母亲也很生气，说："两个小孩儿闹着玩儿，大人掺和进来骂俺不说，还拿石头砸俺孩子，那铁匠真不是个东西！以后不去他那儿做农具了，宁愿多跑十里地，到蝉房村去做。"

蝉房村是我们乡政府所在地，距离我们家十多里的路程，母亲说到做到，家里的锄头和镰刀等坏了以后，哪怕天气再热，她也一个人，迈着早已经走惯山路的脚板，往返三十里地，到蝉房去买农具，蝉房铁匠铺做的农具卖得也不便宜。尽管如此，母亲再也不去小六子舅舅铁匠铺了。这件事，让我也有了一个想法，那就是，无论什么时候，人就是要有骨气。

许多天后，我和小六子的仇恨渐渐消散，可对他的铁匠舅舅怀恨在心，以至于我和小六子再次言归于好之后的很长一段时间，我宁可多走一段路，也再不愿意从他舅舅的铁匠铺前经过。在我的内心，对铁匠铺和那个小胡子铁匠，总怀有恐惧、怨恨甚至另外一种难以言说的心理。

所有这些，小胡子铁匠当然意识不到，或许他早就忘了。

往后的时间，铁匠继续打铁，并没有因为少了我们一家的生意而倒闭和破产，我也偶尔从铁匠铺前经过，听见里面传来的声音，看见小胡子铁匠和他的徒弟们，心里有种很奇怪的感觉，是怨恨，又不太像。

铁匠铺打铁的声音传得很远，有时候比下课的钟声还要响亮，当当的，节奏感很强。每一次听到，都会想起那次不愉快的事情，想起小胡子铁匠的那张脸。直到现在，仍没有在我的记忆中黯淡。

所不同的是，我在渐渐长大，他在慢慢变老。在时间当中，人和人才会绝对平等。

初中毕业，我到县二中读书，因为有直接通往的客车，除了逢年过节去一次铁匠所在的村庄，探望舅舅一家之外，其他时间我不去。直到有一年冬天，奶奶带着我去她的一个远房亲戚家，因为只有一条路，我再一次不可避免地路过铁匠铺，但小胡子不见了，抡锤的人是个生面孔。我问奶奶说：“那个老铁匠呢？”奶奶叹了一口气，说：“小胡子铁匠患直肠癌死了，也就是上个月的事儿。”

再后来，铁匠铺换成了小饭馆，叮叮当当的打铁声消失了。铁匠铺彻底消失了，想起那个小胡子铁匠，心里还是怪怪的。

没有了铁匠铺，并不代表村人不用农具，村庄进入了机械化时代。母亲说，集市上到处都是卖农具的，又不贵。再说，现在，人都觉得种地划不来，一年下来，能顾住一家人吃就不错了，还不如外出打工挣的钱多。除了一些老年人仍将田地当作宝贝伺候之外，年轻人基本上都没有了种地的心性，下地干活儿少了，买一件农具几年都不坏。没有了需求，没有了钱赚，谁还当铁匠？！

村人听不到打铁的声音，一时不太习惯，时间一长，也觉得没什么。生活还是原来的生活，日子还是一样的日子，只要自家过得好，别人的事情在心上搁一段时间，随后就如水一样流走了。

美好女子柳妍妍

阳光在西边山坡上晒焦了欲飞的绿叶，青石的房顶直对变幻不定的天空，被高大的梧桐遮去大部分阳光的院子里爬满了黑色的蚂蚁，很多的灰雀在柴草堆上飞来飞去。柳妍妍和她父亲出现在我家门前，好像在附近的某个地方干活，结束后，路过我们家。父女俩汗水满头满脸，衣领和袖口上还带着一些碎草芥。他父亲坐在我家院子里，柳妍妍从我母亲手中接过开水碗，小嘴巴吹皱了白白的开水，然后小口小口，貌似欲擒故纵地喝了起来。我坐在门槛上，觉得她吹开水的样子很美。

母亲和她父亲先是说了一些家长里短的事情，停住话头，她父亲大口喝起了温度适中的开水，眼睛瞟着我，看了一会儿，突然笑了一声，说，你儿子长得挺好啊！要是跟俺闺女如燕岁数差不多的话，咱们两家做亲家，俺觉得也挺好。这时候，我还在专注地看柳妍妍喝水，听她父亲这样一说，心里惊了一下，然后不自主地把头再次毫不迟疑地转向了柳妍妍。我发现，柳妍妍那张本来被太阳晒红的脸更红了，仿佛傍晚的火烧云。

我也是，脸也跟着烫了起来，不由得低下了头。然后又猛然抬起，专注地看着把头扭到另外一边的柳妍妍。

柳妍妍眼睛很美，像是冬天屋檐下状如小球的冰晶子，她的眼睫毛长得似乎可以做扇子。喝完了水，她父亲带着她就走了。看着她袅袅婷婷，逐渐离去的背影，我心里巨浪滔滔，澎湃不已。从那一天开始，我就常常天真地想，我要是真的娶了她的话，夏天就不用再买蒲扇扇凉了。那时候，我就坐在她的旁边或怀里，她眼睛不停地眨巴，我就会觉得很凉快。

有一次，母亲打我，我跑到院子里，大声对她说，娘，你别打我了，我都是有媳妇的人了。人家看见笑话哩！本来怒气冲冲的母亲一下子乐了，笑得弯下了腰，蓝方格布衫不停抖动。

后来我才知道，那时候的柳妍妍正在读小学五年级，上学、放学的时候，都从我们村前的马路上经过。关于她父亲和我母亲说的那句话，本意是一个笑话，随口说说而已，然后就忘在了脑后，可我却记得很清楚。每天到马路口，专心致志地等着她上学和放学，为的是能看到她。夏天，我一个人坐在被太阳烧热的石头上，托着下巴，等她出现。有时候去得早了，我就拿一根木棍，找几眼蚂蚁窝，把它们破坏掉；或者注意坡上的草丛，期待发现几个鸟窝，最好有鸟蛋。有一次在附近的一棵老板栗树上发现了一个鸟窝，我就爬上去掏，突然窜出来一条花蛇，忽地一下钻到我的袖筒里面，我惊慌失措，一下子倒着摔了下来，后背很疼，但没有受伤。我正要咧嘴哭，却看到，柳妍妍背着碎花布书包在马路上出现了，硬生生地把到了喉咙的哭，咽了回去。

再一年夏天，我也背着书包，走进了小学的门槛，而柳妍妍却到乡中学读书去了。据说那里的教学质量比较好，她父亲的最大心愿，是想让她能够考上一所师范学校。那时候师范学校毕业的学生，基本上都会分配到各个学校做教师。可柳妍妍并没有遂了她父亲的心愿，而是考上了一个技校，学的是果木栽培之类的。有一段时间，她跟着她父亲在邻村的山坡上修剪苹果树和板栗树。我看到，柳妍妍好像满脸的忧郁，长长的睫毛上总是挂着一层灰色的雾水。

我故意从她身边走过，使劲咳嗽了几声，她也没有回头。

我黯然。尽管如此，对于柳妍妍，我还是念念不忘。在心里真觉得她就是我指腹为婚的未来媳妇了。十五岁那年春天，电力局开始架设通往我们村的市电线路，虽然向村人收了不少钱，但大家都没有怨言。施工队人手不够，就组织了村里的闲壮劳动力，主要是栽电线杆子。有一天放学，我看见柳妍妍也在施工人群中，上衣鲜红，头发高缯，斜着的身姿挺拔饱满，像一张充满弹性的弓。我坐在路边的石头上看了起来，那么多人在一起喊着劳动号子，震得周边的山沟嗡嗡响，而我却充耳不闻，我只觉得，正在干活儿的柳妍妍在我眼里有一种说不出的美感。

没过多久，我听说柳妍妍和电力局的一个职工谈恋爱。那个小伙子，家在市区，又是电力局的职工。人们说，柳妍妍想身子一扭就进城，那是做梦坐飞机，净想好事儿！可不管村里人怎么说，柳妍妍好像还和那个小伙子经常一起。这使我觉得自己的未来瞬间暗无天日了起来，但又无计可施，只能每天在内心焦灼不安。有几次，我跑到施工现场，想把那个小伙子骂一顿，可又不敢，只能远远看着。这时候的柳妍妍，总是站在高高的水泥电线杆子下面，仰着她那张美丽绝伦的脸庞，死死地盯着那个在上面接线的小伙子。

正当我觉得绝望的时候，在马路上遇到柳妍妍，她的脸色却很难看，煞白，沮丧的神情一目了然，两只眼睛似乎也肿着。还有一次，我忽然看到柳妍妍一个人捂着脸，从马路上仓皇跑过，脚步趔趄，头发凌乱。不过半个月的时间，原来身条丰腴的柳妍妍却瘦得吓人，颧骨高耸，白皙的脸上满是泪痕。距离她很近的时候，我想说点什么，可又不知道说什么、怎么说。几个月后，电力线路架设完毕，通电的那晚，村里干部在乡饭店请电力局的人吃了一顿，柳妍妍也去了，但没有吃饭，一个人站在饭店门前的石桥边上，不断地往挂着门帘的饭店门口看，那时候，里面猜拳行令的声音可谓一浪高过一浪。我远远地看见了她，走近时，想问问她饿不饿，努力了几次，但没有勇气说出。

1990年正月初六，柳妍妍出嫁了，据说，她的婆家在五里外的郭庄村。男方用车子迎娶她的时候，我坐在她家左边的一座山岭上，扯了一根焦黄干枯的茅草放在嘴里咬，淡淡的苦味弥散开来。柳妍妍穿着一身绣着黄花的旗袍，头顶一块红色头巾，被一个门牙外露的妇女搀扶着，下了院子右边的青石台阶，低头钻进了一辆红色的桑塔纳轿车。很多孩子大声叫着，震耳欲聋的爆竹声在低纵连绵的沟谷里炸响，很多的乌鸦飞起来，遮住了本来就很稀薄的阳光。

柳妍妍出嫁引发了我的伤感，但村人说：柳妍妍终于走上了正路，一个乡下闺女想进城给人家当媳妇，比登天还难！

可没人知道我的心思，他们说的时候，我躲在一边，抓起一块黑色的卵石，使劲投向几近干涸的河谷。高考后的那年秋天，我跟着父亲在地里干活，柳妍妍父母也在。正干得热火朝天，听见有人大声喊娘。柳妍妍母亲站起身来，看了一下，答应了一声。我看见一个抱着孩子的妇女，站在马路边，旁边还站着一个穿灰色夹克的男人。

我想那就是柳妍妍了，她的声音粗糙和沧桑了许多，但我还是一下子认出了。她走近的时候，我侧身看见，她的脸，不知道什么时候变得黑红了，大大的眼睛显得浑浊，长长的睫毛不见了，眼神很迷茫。我有点惋惜。再看，却发现，她两眼周边，居然有了皱纹，细碎的，像是那年冬天落在沙土地上的草芥。

她男人在后面跟着，穿着一双黑色皮鞋，从我面前走过的时候，脚掌上带了一大块湿泥。他提腿甩了几下没甩掉，转身走到地边，在一块凸起的红色石头上剐蹭了下来。我父亲也看到了，等他离开，用手掌把那块湿泥抠下，顺手扔在了自家地里。

南太行方言释义发微（组章）

地域方言与小语种

赵四家分的田地在另一个村子的下面。南太行乡村一座接着一座，田地和树木也交叉在一起，犹如儿女亲家，盘根错节。比如，赵四家的娘儿们（成年妇女，也指媳妇儿）就是他亲娘表姑姑的闺女。大地上的人们，总是以姻亲的方式，使得彼此保持着一种活力，从而生生不息，往来成古今。正是仲春时节，麦苗一天不看，就又蹿了一指多高。套种的玉茭也混杂其中。刚下了一场雨，村人趁机撒化肥，期望着麦子和玉茭都能长得好，有个好收成。

干了半天活儿，汗都流干了。喉咙像是被刀子划了几下，就要渗血的样子。走到张五家门口，一个身材矮得能当碾磙子的娘儿们正在往铁锅里舀水，用的是那种塑料瓢，站在张五家院子下面，赵四感觉自己好像被太阳钉在那里了一般，浑身无力，还有点眩晕。他努力站稳脚跟，张了张干裂的嘴巴，嘶哑地喊说，有水没？给俺喝点呗。张五的老婆扭转肥壮的屁股，看是赵四，嗯了一声，说，家里倒是有水，就是有点“温不特的”了。赵四哑着嗓子说，哎呀呀，“温不特的”水，正好。

“温不特的”，是南太行乡村的方言之一，主要用来形容快要失去温度，但还有点热劲儿的开水。一般下地干活的人，口干舌燥之时，最喜欢的，还是60摄氏度以上的熟水甚至开水来解渴，这一带的人，脾胃都是畏寒，即使夏天，气温烧得人少皮没毛，一般人还是不敢喝凉水吃冷饮，最多抱住一块西瓜如狼似虎，风卷残云。

喝了一大碗“温不特的”水，赵四的头脑才逐渐清晰起来。张五的老婆说，哎呀，俺看你这样儿，该不是霍乱了吧？赵四说，也说不定。哎呀，这天，热得人没着没落，就想躺在凉炕上睡大觉，连个身都不想翻。

张五老婆随口接话说，可不就是咋的，俺看啊，整啥事儿也不要太拼了，再说，咱们这儿，就这么点儿地，使死犯活，也打不了几个粮食籽儿，能够一家三口人吃，那就很不赖的了！赵四说，可不就是咋的。要不是祖祖辈辈这么过来的，俺自己又没啥本事儿，不然的话，就是（即使的意思）这地撂荒，蒿草长到天上，俺眼皮子都不抬一下。

如此一番对话，使用的全是方言，而且是南太行乡村专属的“小语种”。这一带乡人的日常语言大致的音调，演员王宝强是最好的代言人，他的口音，和我们南太行乡村方言高度接近，也有细微差别。比如“温不特的”，邢台市周边乡村和县域称温开水就叫“窝朵的水”。沙河市周边的农村大致相同。内丘、南和、隆尧、南宫、清河等地说“行”“中”叫作“振”，就是“好”“可以”的意思，南太行乡村只说“行”，也就是“同意”“好”“可以”的意思，“振”和“振先”则是用来表扬某个人有能力的专属词语。

地域方言的差异，反映的是自然地理和气候对人语言的塑造与影响，当然，地域方言也总是会受到社会方言的影响。南太行乡村方言整体为北方语系，且十里不同音，以山川河流为分界，即使相邻十多里的乡村方言和风俗也不相同。比如，我们村向西南，沿着盘山路翻过一道山岭，进入武安市地界，乡村民众的方言则出现了大的变化。

武安西部山区的方言，与山西左权方言接近，但又夹杂了邯郸方言。当地民众说话有点啁，也就是舌头打卷且语音多玩绕，前舌音用得多，一般很难听懂。再向北十多里，到今之邢台市信都区所属乡村，其方言与我们这边大致雷同，可又有细微区别。比如“8”这个数字，我们这边接近普通话发音，而这一带的人们，“8”的发言类似“扒”，且语调上扬，发音重，听起来格外突兀。

晋人葛洪《抱朴子 · 钩世》说，“古书之多隐，未必昔人故欲难晓，或世异语变，或方言不同”。方言之中，包含了一方地域民众的风俗文化、世俗心理与精神要求，几乎每一句话都可以采取语气轻重缓急、表达对象的差异、时间和场合的不同，从而形成不同的表达语意与情感告知态度。比如，南太行乡人表述自我身份的时候，在大的方面，自称为“庄户主人”。意思是农民，带有强烈的自卑气息。而沙河市等地则成为“庄屋主人”。两者意思雷同，心理和情感也高度接近。而“山金”则是身处平原或稍微开阔之地的农民对于山里农民的一种轻蔑表达，即土气、没见过世面、死脑筋等意。

这是十足的小语种，一个小地方的语言流传，拥有这种语言能力的人极少，若不是王宝强把这种貌似有些“憋巴”的语言，带到影视剧中，广为人知，估计再有一万亿位的语言专家，也不会注意到南太行乡域的这种地域方言，小语种。包括我，尽管多数时候使用半生不熟，南腔北调的普通话，但总是会冷不丁地冒出几句南太行方言。而且，只要和母亲、弟弟，以及其他乡亲们说话或者通电话，我都会自觉地切换回出生地方言。

相对于广阔的世界和人类社会，以及诸多的文化和文明，南太行乡域只是其中的一颗不起眼的“芝麻绿豆”的烟火存在，它远在深山，也近在人前。得益于顽强的人本主义和对生命（子嗣后代）的看重与珍惜，一直到现在，我们南太行乡域方言尚还没到“灭种”的地步，这实在令人欣慰。爷爷还在世的时候，会说，“清荡（早晨）”起来，不是“灰不黜的（阴天）”，就是

“明晃晃的（白天）”，“老烨儿（太阳）”照房顶，也照“茅的（茅房）”。等到天黑了，月亮明，星星也明，要是没星星月亮，煤油灯下，啥也能看清。

面　的

“俺这么大（老）了，给俺个面的。”张四柱近乎哀求看着张流水说。张四柱年长张流水二十多岁，论辈分，张流水得叫张四柱一声叔，而且，他们两家的血缘还不远，张流水的爷爷和张四柱算是亲叔伯兄弟。这种关系，在南太行乡村比比皆是，熟人社会，再加上血缘关系，使得整个乡村变得你中有我，我中有你，相互之间是扯不断的血缘关系。可张流水看着张四柱下巴上的几根白胡子，笑了一声，说：“张四柱，你算哪门子葱？”张四柱一听这话，本来就黑的脸骤然发紫，继而发亮，连脸上密布的褰绰纹都不见了，眼睛瞪得比牛眼还大一圈，鼻孔和口腔里进出的好像不是空气，而是燃烧的柴油。

所谓“面的”，就是“面子”的意思。这张四柱和张流水两家本来平安无事，同在一座村子里，祖祖辈辈之间，虽然也有一些冲突和矛盾，但都是小事儿，拿不到台面。可这一次情况有所不同。原因是，张四柱的外孙女嫁给了张流水条船（挑担）曹安新的儿子，两口子一开始还挺好，可过了一年，曹安新的儿子在外面打工的时候，居然和一个来自四川的女子谈对象，两个人热得像是不干胶，又像是“狗练蛋（即发情的雌雄狗）”，张四柱的外孙女当然不干了，要离婚，可曹安新的儿子说，离婚可以，家里的一根火柴棍儿都不能带走！可张四柱和他的闺女、女婿，还有外孙女都觉得，这又不是外孙女的错，理应分财产。

如此一来，事情就闹僵了。要说，张流水一个当姨父的，没有掺言的权力，可事情就是那么蹊跷，张流水和他的“条船”关系铁得不一般，他那个挑担和小姨子对他言听计从。得知这一消息，张四柱觉得，无论如何，张流水也给他几分薄面，可没想到，张流水就是一根梆硬的“硬杠头（倔强、不变通的意思）”，一句话把他顶了回去。

站在张流水家的院子里，张四柱怒火冲天，脸部变形，全身都在打战。按照他年轻时候的性格，早就一耳光扇到了张流水瓜皮一样的脸上。可他也知道，自己老了，肯定不是张流水的对手。深吸了几口气，身体不颤抖了，叹息一声，转身走出了张流水家的院子。

美 美

“赶紧让孩子吃美美！”从地里回来，一身热汗还没落，婆婆催促刘秀花说。刘秀花一边嘴里叫着孩子的名字，一边走到水龙头跟前，拧开，哗哗地洗了手，又用清水抹了几把脸，然后双手在自己大腿和屁股上来回擦掉水珠，嘴里说着“儿啊，别哭了，娘来了，吃美美，吃美美”。

刘秀花接过孩子，拉过一张小凳子，一屁股飞速坐下来，掀开衣襟，露出两只饱胀的乳房，把其中一个奶头喂到嗷嗷哭的孩子嘴里。孩子一吃到奶，立马停了哭声，小嘴嘬着娘的奶头，使劲儿吸奶吃。嘴都被占住了，塞满了，也得到了想要的东西，自然也就不再哭闹流泪了。

这是南太行乡村极其常见的情景，即谁家的孩子要是哭得不行，哄不住，最常用和最直接的办法，就是让孩子吃“美美”，所谓的“美美”就是女性乳房。这个称谓，不知从何时传下来的，但可以肯定的是，全中国方言中，肯定只有我们南太行乡村这么叫。我不知道起初将女性乳房命名为“美美”的人具体用意，但可以肯定的是，“美美”这个名词当中肯定体现了一种赞美与爱意，当然还有感恩。

南太行乡村人说，闺女家（专指未婚女子）在娘家的时候，把自己的“美美”捂得严严实实的、看得紧紧的，一旦结了婚，有了孩子，就有了一种“公共”的色彩，但这种公共并非贬义词，而是女子一旦成了妇女，当了孩子的娘，不管啥场合和时间，只要孩子饿了，就得解开衣扣，把“美美”露出来，奶头放进孩子嘴里。这是当娘的责任和义务，同时也体现了母爱的无私与“旁若无人”。当然，妇女们在喂孩子吃“美美”的时候，公公、大伯子及其他异性直系亲属得自觉避开。若是小叔子或者其他堂小叔子之类的，不但可以不避开，还可以跟嫂子开玩笑，更有甚者，还会趁机上前摸一把。

大致2000年前，夏天时候的南太行乡村，几乎每到一处，都可以看到裸着“美美”奶孩子的妇女，坐在树荫下，或者院子的凳子上，以及扎堆儿聊天的人群中，还有田间地头，等等。现在，如此的情景几乎见不到了，更多的妇女，在人多的地方，都会拿其他的衣服挡住自己的胸部，在自己家里，则一如既往地不管不顾。很多人觉得妇女当众不加遮蔽地奶孩子是不文明的行为，其实，我们每个人，都是通过母亲的“美美”，慢慢地与这个世界和人世间建立种种联系，并独立成人的。正如已经九十八岁的喜娥大娘早年说的话：“谁不是吃娘的奶长大的？谁不是爹生娘养的？”

时　光

“唉，俺过的这个时光啊……”话一开口，曹秀娟就哗哗地泪流了。她的娘家在北街村，婆家在南街村。两个村子之间，就隔了一道大河滩。河滩里堆满乱石，有青色的，也有红色的，还有白色和黑色的，满满当当，严丝合缝地铺在两个村子之间。两岸靠近村子的地方各自打了河堤，也都是石头加水泥垒砌的。

曹秀娟的男人叫白安林，性格实在得有点木讷，人高马大，种地倒是好手。当年，白安林爹娘请媒人去曹秀娟家提亲的时候，曹秀娟爹娘对白安林很“待见”。两个村子，这边上茅子那边就能听到声音，谁家咋个家境儿（家庭情况）、哪个乡亲咋个秉性脾气，等等，心里跟明镜儿似的。老两口儿都是过过苦日子，挨过饿，鬼门关走了几遭的人，日子好过了，把种地和打粮食当成了世间最重要的事儿，也格外“待见”会种地，爱种地的人。再说，白安林的爹娘为人也实在，在村里“稳气”（老实、不招惹是非的意思），也都挺能干，白天黑夜都在田里劳动，两头见星星的人。

这么一来，白安林就成了曹秀娟爹娘心中的理想女婿。

曹秀娟，自己也没主见。听了爹娘的话，稀里糊涂地就嫁给了白安林。开始，两口子一起下地，你干我也干，其乐融融，还生了一个儿子和一个闺女。可人算不如天算，全国改革开放了，不爱种地的人东跑跑西跳跳，倒腾个木头、矿石，或者骑着自行车走街串村吆喝卖点小东西，还有的，贷款买了卡车、客车，跑起了运输，不几年时间，不少人就成了“万元户”“致富能手”，就连村里一贯“胡来散逛”（游手好闲）的“流光锤（二流子的意思）”白德亮，也摇身一变，从人人踩在脚底下，一下子变成了乡镇企业家。

懒汉二流子都翻了身，成了人上人，白安林和曹秀娟两口子这才发现，把自家田地种得再好，打的粮食也就够一家四口人吃，即使多余了，卖的钱，连孩子的学费都交不起。这不，大儿子要去读初中了，别人家一个星期给孩子两块钱，有的给五块钱，可白安林和曹秀娟一个星期给孩子一块钱，都拿不出来。

想到这里，曹秀娟忍不住嘤嘤地哭了起来，先是独自饮泣，心口疼，想到伤心处，嗓门自动调大，而且越来越大，在还没有完全黑掉的黄昏，犹如狼嚎，格外凄厉与悲凉。只听曹秀娟一边哭，一边埋怨白安林说："俺跟你个榆木疙瘩头的男人过的啥时光啊，俺曹秀娟这辈子，都毁在你白安林手里了！"曹秀娟所说的"时光"，并不是书面语表达的那种明亮与愉悦，在南太行乡村，"时光"一词，就是"日子"，前面再加一个"过"字，就是过日子。主要是指自愿或遵守媒妁之言、父母之命结成夫妻两个人，及其在有限时间内，形成的家庭单元的人间"光阴"和"日子"。

草　驴

大喇叭站在山岭上喊说，封山育林了啊，封山育林了啊！谁家的羊、牛、驴和骡子都不能留了啊！谁留了也可以，只要你家的驴、羊、骡子、牛一上坡，逮住就罚款，谁也不能轻饶！这一天"清荡早晨"（起来），大队支书就钻进大喇叭里面，朝着几座自然村高声宣布。他的话人人都能听懂，因为他也是当地人，还是"庄户主人"，"庄户主人"不是坐拥大片土地的"庄园主"，就是农民的意思。不过，他早年当过兵，光荣加入中国共产党，退伍回家当了几年的“庄户主人”，后来被选拔推举为我们村的党支部书记。

南太行乡村的人们都很听话。这大致和他们的地域文化秉性有关，历史上，河北作为元明清的京畿之地，拱卫京师，战略地位重要，但遭受的灾难也频繁而惨烈。现在的居民大都是明洪武至嘉靖时期，分别从山西、山东、江浙一带迁徙而来的。被安排在偏僻之地安家落户的先民，以出身低微居多，还有少部分是被重点“防范”的。长期的隐忍与底层生活，使得南太行人养成了说话语调轻、匀速、平、低的习惯，除非打架斗殴时候忍不住怒吼，当然，娘儿们（此处专指已婚妇女）之间口水飞溅、骂爹咒娘，也会调门奇高，且充满愤怒与痛恨的爆破力。

几天时间，村子里原有的一百多只黑山羊就没了踪迹，高高的山坡上，一时间少了黑色的缓慢移动的“乌云”，近处的坡面上，也不见总是摇着尾巴驱赶蚊蝇的黄牛、骡子和黑色驴子。包产到户的时候，我家分到了五只黑山羊，两头羸弱的老牛，还有一头驴子。封山育林之初，村子内外不时传来山羊痛苦的咩咩声，还有公牛母牛绝望的哞叫。血腥的味道在春天的空中，被风搅动，以至于整个南太行乡村内外，都充满了一种无奈但又显得仁慈的气息。

我家的五只羊其实已经繁殖到了十二只。其中几只公的，出生几个月，就被骟了，长到膘肥体壮的时候，被卖给了羊贩子。羊贩子目的明确，就是杀了卖肉，再卖羊皮。据说，公羊的腥臊味儿太重，肉不好吃。骟了，味道相对好点。这使我无端地想起太监一词，还有这个职业。每年春秋季节，无数的羊蛋被割下来以后，村里有人弄了大锅，炒了吃。我吃过一块，好几天都觉得胃里有一只小羊在咩咩叫。我们家的一头公牛，壮实勇猛，是犁地的好帮手，可要封山育林，留不得，也卖了，不知道它的命运如何。还有一头母牛，垂垂老矣，母亲也舍不得杀了，但又不让留着，只好也卖给了牛贩子。

最终，我们家只剩下一头草驴。所谓的草驴，就是母驴的意思。南太行乡村人称公驴为叫驴。而且，那头草驴大致两三岁的样子，我们家和一个堂伯家共有。无非平时用来推碾子用一下，其他时候，完全就是闲置。有一天“清荡”起来，堂伯说，驴黑夜里没了，看样子被人偷了。于是乎，发动人四处寻找，最终在武安市活水乡附近找到了偷驴贼，几个男人冲上去，把他打了一个鼻青脸肿，扔在路边的草堆里，把驴牵了回来。堂伯说，那偷驴贼是邻村一个男的，年纪不大，此前没听说过他有手脚不干净的毛病。这一次偷我们这头驴，也是临时起意。

因为是草驴，也有发情的时候。堂伯和我父亲商量，准备牵着去武安一个村子给它配种，万一再生一个驴子或者骡子，两家正好分了。有很多时候，“心想事成”这个词正是它的反义词，配种好几次，那头草驴也没生下半个驴子，整个骡子。依然故我，基本上吃了就睡，睡了就吃，连蹄子都长得歪歪扭扭，走路都困难。

某一天黄昏，父亲和堂伯商量了一下，决定把这头草驴也卖了。第二天早上，村人都觉得少了一点啥，凑在一起说，这可是咱村最后一头驴子。以前夜里和“清荡”，都会听到驴叫，一次是夜里十二点整，一次是早上六点半，比马蹄表还准。不知从啥时候开始，公鸡也不打鸣了，母鸡开始打，没一点准头儿。从今往后，要想再听到鸡打鸣，草驴叫，就得自己学，自己叫。估摸着，再咋学，也学不像。毕竟，这世上啥就是啥，别的再好，也顶替不了。

整啥唻

露水打湿裤腿，冷风一下就钻到肠子里了。再或者，昨晚的汗水还黏糊糊的。一年四季，人间的气温，和人的感觉总是迥异的。类似我们南太行这个地方，四季太过分明，好像分久必合、合久必分的某些疆域与壁垒。太阳升起，人们在村路或者田间相互遇到，都会说一句：整啥唻，或者恁整啥唻。这两句话的意思相同，都是询问对方去干啥。相当于城市人之间某天初次见面，相互问你好之类的。

人生总是一天一天过的，谁也不多，谁也不少。时间最公平。黑夜像一群幽灵，被晨曦驱赶之后，余下的，就是光了。人起床，去茅房解决了废物问题，再回来，胡乱洗一把脸，再沾湿了毛巾，把脖子和胳膊等明显处擦一遍。女人开始抱柴火，提水做饭。男人则提着镰刀或扛着锄头下地去。孩子们该上学就上学，背着书包，书包里放着柿子、元枣和炒黄豆、花生之类的小吃。

看到附近路过的人，要是两家没啥仇怨，就会高声说：整啥呀！说这话的人，其实不管，也管不到人家要整啥或者不整啥。这句话，只是一个礼节性的打问。在乡人看来，一个人和另一个人，一个家庭和另一个家庭，都是单独的个体，哪怕亲兄弟姐妹，同族的血亲，只要各自成了家，无论啥事，都只能是某一家人的“内政”了，别人无权干涉。

已成家另过日子的儿女们，如果遇到爹娘，也只能先喊爹娘之后，再问爹或者娘去哪儿呢？怀有孝心的人，都不会直接对爹娘说：你整啥咪。否则，就会笑话为“二八扯”或者“不够数”。爹娘当然不高兴。如果爹娘自行到儿女家里找东西找不到，儿女是可以用“整啥咪”问一下的，但语气要轻，整啥咪，这三个字都必须是平声，若是语调突兀了，有高有低了，爹娘就会以为，儿女在责怪或者嫌弃他们老而无用，抑或对他们有意见。

这是血亲和平素无怨仇的村人之间打招呼的口吻，若是两人或者两家有矛盾，平时见面扭鼻子扯脸，不说话正常，咬牙切齿、怒目相对也算本分，再相互呸一口也不觉得有啥稀奇的。要是两人凑在一起，要开始打架之前，便会相互大声怒斥：你娘的你整啥咪！整啥咪！你整啥咪！另一个也会迎上去说，你整啥咪，操恁娘的你要整啥咪！两人一旦破口大骂，多半会拳脚齐上，相互打得头破血流，鼻青脸肿，嘴歪眼斜。要不是有人拉架，或者一方示弱，赶紧找个空子溜掉，估计会打出活人脑子来。

世上的怨仇名目繁多，也千千万万。有些人脾气暴躁，一言不合，挥拳甩锤。有些人阴暗或者阴毒，不和仇家正面交锋，背后捣鬼。以前是踩坏仇家庄稼，或者以砍掉和自家不对付的人家的树苗为基本报复方式。现在手段略高明，用硫酸烧毁别人家的财产，如成年大树，刚栽的经济苗木等，再甚者，还会在大年三十或者初一，趁“仇家”正在“欢乐祥和”之际，自制炸药和雷管，直接在人家房顶炸响。

这也是过去年代的事情了。时代进步了，报仇和解恨的方式也更新迭代。采取的方式更隐蔽，也文明了。谁家有钱，有掌握一定社会资源的亲戚，或者自己家里有类似的权利，可以调动更多的社会关系，对待自己讨厌和有怨隙的人，就会采取更彻底、更具有羞辱性的方式。如，一家和另一家人打架，人口少的吃亏了，但没有更大的关系和钱财，不仅满盘皆输，且还会被有关公职人员劈头盖脸训斥一顿，甚至判个没理。想要反抗的话，当然也可以，你可以随便去申诉。而胜者，则听之任之，根本不担心对方会有什么“撒手锏”。

不松活

南太行乡村的山高，石头也多，以前人家盖房子，全部用石头，从打地基，一直到覆顶。离开石头，村人就没法遮风避雨，生儿育女。石头多在比较远的山里，还得找可以成块，成片的。成块的，容易凿开，也比较容易搬运；成片的，便于一处就凿够盖房子所用的石料。在众多石头中，不仅需要可以砌地基的，还得要门脸石、门顶石等特殊用途的“石料”。这两块石头，不仅要长，还要宽。其他的石块每块只有几十斤重，门脸石和门顶石至少有三四百斤重。面对这样的“庞然大物”，再威武雄壮的男人，仅凭个人的力量，也奈何不了，就得找人来帮忙。帮忙的人来了，看到这两块石头，基本上都会暗自吸一大口凉气之后，说，哎呀，这家伙，可不松活。

不松活就是很艰难，很吃力的意思。多用在干农活与凿、运石料和大量木料等重体力活儿上，也可以用在人身上，如谁家一口气生了七八个孩子，家境又不好，人见了，或者说起来，就会怜悯地说，哎呀，他们家的日子可不松活！意思是，他们家的日子可不太好过，吃力得很，爹娘得好好干，拼命干，才能把孩子们都养活住。

现在，即便再能生的人家，也不过四个孩子，再多的人也不生了。不像从前年代，人想生不想生，只要怀孕了就生。

现在多数人家也不用石头盖房子了，除了地基，都是红砖。老人们看到，说，这泥烧的东西，哪有石头结实耐用，还冬暖夏凉啊！年轻人说，现在都这样了，红砖盖的房子又漂亮好看，再说，现在都时兴这个了。

这是严重的代沟，也是时代特征在乡村的另一种体现。老了的人喜欢结实耐用的，年轻一点的，喜欢外观好看的。正如老人们会经常训斥自己的孩子们说，别整那些中看不中用的东西！孩子们则反对说，中用的不如中看的管用！

这两种思维和意识的冲突，最终以老年人的彻底失败而告终。

当老人生了病，特别是绝症，如各种癌症。倘若儿女们家境好，人不觉得有什么，若是老人自己和儿女们经济条件都一般，甚至中等偏下，家里老人得了绝症，其他人说起来，也会用“不松活”来形容他们家的经济负担重，生活得不易的现实情境。

这话还可以用来形容病人病情、缴纳彩礼钱、盖新房困难等。

但也有人说，“不松活”是人一辈子的常态，无论做啥，都是“不松活”的，尤其是老人们常说，人活这一辈子，凡事都难，可不松活咪！此外，这句话还可以用于男人对女人的某种判断，如某女太胖或者体格过于健壮，而其夫又看起来相对不够孔武有力，其他人在开玩笑的时候，就会用“不松活”来形容女夫在某些隐秘时候的吃力情境。当然，这肯定是戏谑之言。

死气马趴

山岭或沟壑之间，那在缓慢移动的，看不到人。但都知道，这是人背着这些柴火在移动。背的工具，当地人就称之为柴架子，形状如大写的“H”，又像一个“井”字，两边分别有两个襻带，挎在双肩上，主要承重，后面是空的，但可以用绳子将柴火捆住，放在柴架子上，再竖起来，就可以背动了。

不仅柴火，还有玉米和玉米秸秆、谷子、土豆、黄豆、麦子和麦子秸秆等，都可以这样背，小的东西，加一个黄荆条编织的篮子或者篓子就可以了。尤其是冬天，人在背柴火的时候，那种躬身哈腰，在山上挪动，或者从山上向沟底行走的样子，我们南太行乡村人就会想起“死气马趴”这个词。它主要用来表达人在劳作时候的可怜样子，更可以表达苦难生活情境。比如，父母在教育、鼓励孩子争气、上进的时候，会说：“俺死气马趴地干活，这还不是为了你？为了咱家日子好过点？”

多年前的南太行乡村，经常出现这样的一幅情景：大风吹袭的山岭，人间酷寒，只剩下了穷山瘦水，以及残留在树枝上的红柿子残骸，挂在长刺密集的树枝上的酸枣，除此之外，都是空的。一个人这样在山里打柴和背柴的样子，让不知人间此苦的知识分子能瞬间悲悯全人类。往往是天色将暮之时，冬天太阳下沉，几乎是眨眼间的事儿。背柴的人必须赶在天黑之前到家，否则，山里的路乱石横陈，还有些石头是倒三角形的，人体碰上去，非死即伤。

我少年时代，也死气马趴过，但当时没有想到苦，只是觉得累，大冬天的，还出一身臭汗。另外，就是想着早点到家，放在柴架子和柴火上，赶紧坐下来休息，再吃饭。那个时候，我觉得人生基本上就是这样的。无论我们，无论他们，无论城市和乡村，也无论非洲和亚洲，欧洲和大洋洲。可现在看来，这样的生活，也唯有山里的人们才这样，平原地带的用农用车，或者用架子车，还比较省力气。

关于“死气马趴”这个方言，大致是我们南太行乡村先祖生造的，在很多地方，我没有听到过，也没有在相关的书本上看到这个词。也就是说，这个词是原汁原味的南太行乡村方言，它所表示和形容的人事，或者人的生活的艰难情境，似乎也具备了专属性和唯一性。

方言“死气马趴”，在很多时候，也用来形容人挣钱的艰难程度，比如那些只能在山上摘酸枣、捡板栗和割黄荆编织各种用品卖钱，才能够维持基本生活的人们劳作与生存情境等。

得劲儿

“你那边儿得劲儿不？”“得劲儿！”“你那边咪？”“得劲

儿！”这样的对话，一般出现在两个人或几个人共同劳动的时候，可以是夫妻，也可以是搭伙人。比如，两个人合着抬起一块大石头，目的地又远，需要走几步、几十米甚至几百米，两人抬起来，用肩膀，或直接用手，抬的过程中，两人都会相互问下得劲儿不。意思是，（你觉得）合适不合适，行不行，有问题没？主要是问对方抬得称手不称手，有没有不妥当的地方，比如，手没使上劲儿，或者放得偏了一点，用不上力等。

这在我们南太行乡村很普遍，特别是干重活的时候。如抬石头、抬大木头和其他大型物品，需要两个以上的人一起完成的，相互之间才会这么打问。一是保证安全，别谁抬得不到位，不舒服，突然松手了，出了偏差，砸到了自己手脚，同时也会殃及其他人。二是相互之间表示关心，用这种方式，提高合作的有效性与密切性。这时候，用得劲儿和不得劲儿来进行问答，很经常，也最有意思。

但这个词儿也更多地用于男女之间。当然夫妻最多。它的意思，主要是舒服和不舒服的意思。当然，这个事儿比较私密，属于夫妇之间的交流，与其他人无关。当然，也还有情人之间。

得劲儿不得劲儿，有时候也会用于农具用得顺手不顺手，干活的时候，是不是心情好甚至愿意干等方面。还可以用于个人身体，坐的位置和屁股下的垫子、椅子、凳子等。比如人觉得自己病体恢复了，就会说，现在觉得得劲儿了！再比如，买了一张新床，或者一张新家具，坐上去，感觉一下，也会说得劲儿、不得劲儿。但是，在南太行乡域，得劲儿的这个“得”不能叫“de”，正确发音应当是“dei”。

够喝一壶了

那小子，够他喝一壶了。

这句话包括了“吃力”“危险”“艰难”三方面意思，通常，可以用同情的口吻，也可以是幸灾乐祸的。比如，一个人做错了什么后果严重的事情，同情的人会说，哎哟，这下可够他（她）喝一壶了。哎呀，你得好好整（或好好对付、处理等）。要是存心落井下石的人，则会笑着说，这下，够他小子喝一壶了！娘的，活该，真活该！

春天，人们不仅忙着翻松土地，点种种子，还忙着栽树。这些年来，板栗树又成了南太行乡野的新宠，此前是苹果树和核桃树。为了多挣点钱，人们纷纷把分给自己的荒坡斩草除根，扒皮抽筋之后，再栽上板栗树苗。大致从20世纪90年代初期开始，我们南太行乡村每年都很干旱，尤其春天，有时候连一点雨都不下。村里唯一的小河没水了，人们就开始掘井，用水泵抽水浇树苗和其他庄稼。

村里的张四起虽然手里不缺钱，可还是很爱惜自己那点山坡，也学着其他人，种了不少板栗树 ，头一天下午，张四起和自己老板种了二十多棵板栗树苗，累得腰酸背痛，但心里还是喜滋滋的。第二天一大早，怀着喜不自禁的心情，张四起背着双手，哼着豫剧《打金枝》，迎着东边的朝阳，来到了自己家的荒坡。一看，哎呀，昨天栽的树苗竟然不翼而飞。

张四起愣了一下，脑袋同时哄的一声。然后张开老迈的喉咙，对着全村人骂说，哪个操他娘的干的这缺德事儿啊，把俺的树苗薅了不说，还给俺全都折断了啊！

张四起觉得，这事就是村里人干的。自从他的儿子调进了市政府当了科长，他们家的日子彻底发生了变化，每天来看望他们两口子的，也不知道都哪里的人，来到家里，放下东西就走，有的自报姓名，有的连名字都不说。

村里人找他办事的也多了起来，其中几个，是他女婿的亲戚，因为村里的宅基地纠纷和其他人闹得不可开交，后来就没怎么费劲儿，几年十几年没搞定的事儿，几句话就解决了，个个欢天喜地。这世上的事儿都是相对的，有人乐不可支，肯定有人气不打一处来。

有人加官晋爵，就有人告老还乡。看起来是帮了人，其实也害了人。这样一来，有人不满意，明着不敢和他硬碰硬，只有阴着来。

这就是一个明显的例子。

张四起骂了半天，口干舌燥；老婆再接着骂。可无论他们怎么骂，就是没人搭腔。女儿女婿闻讯而来，一家人分析来分析去，觉得这事儿肯定是张大有干的。原因只有一个，那就是原本属于张大有的一块地，在他人的强力干预下，划给了和他有争议的人家。这张大有独门独户，又是地道的农民，两个孩子还小。和人缠斗，实在没那个能力。阴着来泄愤，这太有可能了。

张四起老婆是个暴脾气，家人刚一商量完，她就跳到张大有的院子里，一边骂张大有是王八羔子狗操的，一边拿着石头，使劲丢出去，只听一阵脆响，张大有家的窗玻璃哗哗碎了，纷纷掉落。正是半夜，张大有一家人正在呼呼大睡，突然被人骂醒不说，因为床铺挨着窗户，碎玻璃掉下来，差那么一点没把他老婆的脸给割破了。

张大有本来心里有气，一听又是张四起老婆，还砸了他们家的玻璃，一骨碌爬起来，裤子也没穿，猛地跳下床（20 世纪 90 年代以后，南太行乡村人家也都睡床了，只有上了年纪的人，还喜欢睡土炕），光着脚追上张四起老婆，上去踹了一脚，又在她老年的屁股上狠狠地跺了两下。

全村人午夜惊梦。

当众人知道了事情原委，同情张大有的会悄悄说，这下，可够他张大有喝一壶了！不看人家现在在哪根树枝上咪！（这句话的意思是，人生好比一棵树，占据高枝的，都是可望而不可即的）。觉得张大有过分的人会说，哼，够他小子喝一壶了，等着赔钱吧。对张大有不满的，甚至恨他的，也会说，呵呵，这下好了，不用咱收拾他，这一次，怎么也够他狗日的喝上一壶了。

�草 受

这个词好像很文雅，也很书面化，意思是儿子继承父母的遗产。这没什么。在我们南太行乡村，出嫁的闺女是不可赡受亲生父母遗产的，即使终身不嫁，一辈子都窝在娘家的闺女，也没这个权利。赡受，只有儿子们可以。但在日常生活中，赡受，常常被村人们相互之间作为恶毒诅咒的代名词。比如两家人吵架，一家人骂另一家人赶紧死，全家死绝死光；另一家人则会反击说，俺死了，操恁娘的你想赡受俺啊？！

如此吵架干仗，在我们南太行乡村，隔个三五八天，就会有那么一场。赡受了人家的遗产，那就是人家的儿子了，这也是变着法子骂人的意思。

邻村一户人家，兄妹五个。爹先没了，几年后，娘也去世了。两口子生前，为两个儿子盖了新房子，娶了媳妇。三个闺女有的嫁得远，有的嫁得近。娘去世第五天，兄弟俩开始分家产，为了公平，也有个见证人，叫了舅舅和姐姐姐夫们来。在我们那里，姥娘舅舅是家族里最有权威的，特别对于外孙和外甥们来说。

这就是赡受，而且是天经地义的。可分到最后，就剩下一只粗瓷大碗。老大也要，老二也要要。兄弟俩争了起来。理由是，给爹娘养老送终，这一路钱都是平摊的，东西也都应当平分。他的大姐夫为人老实，看着两个小舅子为了一只碗争执不下，一着急，拿起那只碗，往院子里使劲一摔，哐当一声，瓷碗顿时粉身碎骨。回过头，大姐夫看着两个小舅子说，这下好了，谁也不要要了！

众人默然。

另一个村里有一个老太太，只生了一个闺女，还是哑巴。丈夫死得也早。自己一个人过活，按照风俗，她百年之后，闺女和女婿是没办法赡受她的任何遗产的，只有委托给自己的侄子（如果侄子多，可以任选一个）。当老太太去世，她的闺女虽然一直在伺候和孝敬自己的亲娘，但娘的遗产一分都不能拿，全部给了堂哥，也就是她父母的亲侄子。

与之雷同的还有一例，一对膝下无儿夫妻，早些年收养了一个儿子，给他起房盖屋娶媳妇，生了孙子，但因为闹矛盾，养子不赡养他们。闺女和女婿只好照顾他们晚年。尽管如此，把爹娘先后埋葬之后，闺女不要一分遗产，全部给了养子。为的是，自己娘家还有人，她自己和丈夫过世时，还有后代到家里披麻戴孝，去主持丧事。这不仅关系到出嫁妇女的出处问题，还关系到夫家的颜面。要是她和她老伴去世了，娘家没人去，那也是一个极不光彩，丢人败兴的事儿。

败　兴

败兴这个词，还兼有对某个人的人品批判的意思在内，如：败兴哎你。就是形容某个人做不了啥体面事儿，全是丢人的。更多的时候，这个词用在对某人的指责上。比如，两个人正在热火朝天地喝酒聊天，笑得嘴都咧到地上了，忽然一人进来，佯装发生啥大事一样，咋咋呼呼，然后神情庄严甚至有些悲壮与害怕地说了事情原委，但他说的事儿，却在其他人心里根本不算个事儿，反而扰了人家正酣的酒兴。……这样的，就会被说成败兴。

张思水家境算是我们那一带比较殷实的，朋友也多，喝酒就成了常事。不论何时，只要有人来他们家，猜拳行令之声响彻四野。一般而言，这类的场合，一般人是不适合去凑热闹的，可偏偏有人不懂得。其中最经常的，就是和张思水同村的张建水。这张建水看起来也是一个人，可生下来就是一个智障，半傻不孽，会说话，也认得人，更知道吃喝拉撒娶老婆好，但对于人情礼道，特别是人和人之间微妙的关系，他不是搞不懂，是压根就不知道。

这不，张思水家来了客人，还不是一个两个，而是一群。正在秋天，人都在忙，一下子来这么多人，张思水家虽然有儿媳，也有闺女、女婿帮忙，可连炒菜、做饭，等等，也还是忙得人喊马叫。张建水晃着一颗大脑袋，迈着高低不平的大步子，一抬脚，就进了张思水家的大门。

张思水赶紧说，哥，来抽根烟。张建水点着。张思水的意思是，给你一根烟抽，你赶紧走，别在这搅和了。张建水哪里懂得？抽着烟，不但不走，反而一屁股坐在了张思水的沙发上。沙发的旁边，就是张思水的外地朋友们，那些人都衣着光鲜，个个都是生意场上的，这张建水一身灰土，身上还冒着阵阵汗臭，张思水的客人，就都起身往院子里去了。

张建水兀自坐在沙发上，继续抽烟，而且自己拿了水果，往嘴里塞。这一下，张思水的老婆进门就说，你坐在这儿做啥啊，不去割玉茭，到俺这儿丢人败兴啊！娘儿们这么一呵斥，张建水才回过神来，起身出了张思水的家门。诸如此类，多少有些不对等。天下哪有同样的人呢？另外的一些情况，比如自家孩子不争气，老是调皮捣蛋，或者作奸犯科之类的，就会被父母斥为丢人败兴。再比如，亲戚和亲戚之间，有些家境好的，也会嫌弃家境差的。好的不愿意和差的攀亲，甚至连话都不想说，原因就是，怕亲戚给自己丢人败兴。

装　蒜

南太行乡村人，包括冀南平原甚至京津等地，人们大都喜欢吃生蒜，尤其是在吃饺子和面条时，不吃几瓣生蒜，就觉得有点过意不去。我幼年时候，父母告诫我们说，不要把蒜放在衣兜里。开始不解其意，后来才懂得，装蒜一词是骂人的。意思主要有三个，一是自己没有能耐，反而在人前总是鼻子插葱，装象，把自己弄得神五神六的。二是逢人喜欢说大话，吹大牛，但又落不到实处的。三是直接用以骂人。

曹建平和曹建军两人素来有怨隙，偶尔遇到一起，气都不打一处来，两人先是谁也不理谁，斜着眼睛或者昂着脸，轻蔑对方。要是接上火了，一个喝骂说："装啥蒜啊你！"另一个也怒声回应说："你装啥蒜啊！"这么一来二去，不消第三回，就甩开膀子，扭打在一起了。有些时候，两个冤家碰头，都会用装蒜，或者你装啥蒜来表示轻蔑，甚至直接为了挑起两人之间的正面冲突。

我在老家长到十八岁，似乎还没对哪个乡亲说过这样的话，也没和谁发生过激烈的正面冲突。有几次回去，在村子里，目击了几个男女之间互相骂对方装蒜，然后厮打的现场剧。我想拉架，但被告知，这类的架是不能拉的，拉谁都不对。比如，先拉了这一家的某人，正巧这时候，他的对手趁机打了他一拳，或踢了他一脚。他要是还回去了还好，要是没还回去，这人一准骂我拉偏架。

人在很多时候的矛盾和邪恶，其实来自内部。但乡里人不知道，他们只看眼前的，也只在乎触手可及的，至于其他的，他们没空去想，也不会去想。

混　账

这是尽人皆知的一个词儿，落在具体乡域，意思又不尽相同。幼年时候去舅舅家，一个表哥名字就叫会账。他的父亲和我舅舅是叔伯兄弟，也是近亲，拜年的时候，我和弟弟也会去他们家。平时在村里见到，我也会叫会账哥。但每次心里都打个嗝儿，觉得这个名字实在不好，主要是和混账的读音相同。

混账这个词，在我们南太行乡村，多数意思是不懂事、糊涂、油泼不进等，用来形容人想不开事儿，凡事都很糊涂，一根筋。比如，村里有一个老人，性格很犟，明摆着一件事很简单，可他就是想不开，梗着脖子和人理论，怎么劝说也无济于事。人们就会说，这人简直是个混账疙瘩蛋。

村里有一个妇女，常年和婆婆闹事。

主要原因，是她持之以恒地嫌弃和责怪公婆没有给他们创造更多的财富，不如其他人家的公婆之类的。亲戚们好言劝她说，公婆都老了，也都是一辈子农民，能把七八个孩子拉扯大，就已经很不易了，还能给孩子们创造啥财富呢？可她不听，就是以为公婆没有尽心尽力，以至于他们的日子也不好过，更不如别人家。

另外一个，自己的女婿其实也不错，有一年，他自己不小心摔断了腿，找女婿要钱治病，女婿当时也困难，没有拿多少钱给他。等后来女婿的生活条件好了，隔三岔五地给他钱花，还给他买烟酒衣服啥的。可每次女婿上门来看望，他不搭理人家，心里还是怪罪女婿那一次没有拿钱出来给他治病。别人也劝他说，女婿当时有困难，又不是不给，现在人家手里有钱了，也没忘了你，时不时地给你送东西，这多好，还记那个陈年老账做啥呢？可无论怎么劝，他的耳朵都被磨出老茧了，他还是不原谅。人就说，这老家伙，也是一个混账疙瘩蛋。

膈　谅

应是这两个字：膈谅。在我们南太行乡村，是使用最频繁的一个词，主要用来表达内心的歉意。当然，人都会说假话，说膈谅的人，未必都是真的膈谅。膈谅的意思里面，包含了愧疚、不安、怀想和感恩等意思。

比如，我爷爷在一个中午猝死，很多年后，我心里一直很“膈谅”，觉得对不起他老人家。幼年时候，爷爷是对我最好的人之一，他时常把家里的饼干、糖块、面包等好吃的东西偷偷给我吃。在我十二岁之前，他给我讲了很多的故事，包括我们村子的各种往事和人事，算是我的文化启蒙人。他一猝死，留给我的遗憾实在太多了，那时我才十七岁，完全不懂得人世冷暖和悲欢。

另一个人是我的大舅，他为人很好，一辈子无儿无女。要了一个养子，一个女儿，都抚养成人了，养子很有出息。对他的兄弟和妹妹，大舅都很照顾，凡事都替别人着想，委屈和艰难自己咽下。有一年，我们家盖房子，要买覆顶的石板，大舅一个人跑到了武安市的一个农村，为我们买了石板，又付了钱，又帮着装车，颠簸了几个小时，夜里到家，才知道他饿了一天。

他也是猝死的，在一个冬天，六十几岁的他一个人到房顶上拿东西，不小心滑到了后巷道，好半天才被人发现。再一个是我大姨妈，她受了一辈子苦，我调皮捣蛋的时候，她也跟着我母亲和小姨、两个舅舅训斥我，但她也是对我最好的人。小时候，我是跟着她的几个孩子，也就是我的表哥表姐一起长大的。更重要的是，两个舅舅和大姨、母亲、小姨几个兄妹关系一直很好，但凡谁家有事，都是尽心地帮。

大姨死得更惨，2007 年秋天，大姨和几个孙子孙女去给四表哥摘玉米，三表哥的大儿子驾驶着三轮车，因为毛糙，三轮车车况也差，在山路上跑得快，一下子翻了，表姐和她唯一的儿子当场死了，大姨被撞破了头，昏死了几个月，最后也死了。其他几个孙子孙女虽然也都受了伤，可保住了性命。

无论我在哪里，老家还是外地，只要想起他们，我心里就膈谅得很。从前，他们都对我那么好，我该报答他们，可那时候我还没相应的经济能力，现在有点了，可他们却都不在了。还有我的奶奶和父亲，他们都没有沾上我的光，我也没有尽到应当的孝心，他们也都走了。这种膈谅是锥心刺骨的。

膈谅这个词，在我们南太行乡村，是感恩的代名词，是对逝者最深切的感念。在一般情况下，生者很少对逝者说假话。因此，凡对某位逝者使用膈谅这个词的人，其心都是真诚的。

毁 烂

要过年了，外出打工的人，上班的人，做生意的人，等等，都回来了。家家户户都要准备年货。这年货，除了花钱买的，有些还得自己做。或者，人都觉得买的不好吃，还是自己亲手做的好吃。比如豆腐、粉条、馒头、包子、疙瘩（饺子）之类的。李长林就是这样。他对老婆赵秀花说，咱们家里也有黄豆，还有红薯，买的不好吃，咱们自己做着吃吧。赵秀花说，你是当家的，你说了算。两人开始泡黄豆，洗红薯。

越是临近春节，天气越冷，天空蓝得干净，远山一片苍黛，近处的小河和大水库都结了冰。磨坊是别人家开的，两口子就挑了黄豆和红薯，一前一后地往磨坊走。村子里的路都是小路，公路倒是有，但是远。正走着，扁担"嘎"的一声断了，正在下坡路上，两只桶"当当"两声掉在地上，然后顺着斜坡滚下去了，黄豆撒了半坡。李长林说，毁烂，这下可毁烂！

赵秀花一看，心里有些不高兴，黑着脸说，可不毁烂咋的了！

毁烂的意思，就是突然坏事了。相当于四川人说的"哦豁”，北京人的“哎呀”。其意思是，突然之间一件事出了差错，而且无法挽回。比如，赵家的老三在某个工地上干活儿，和其他地方的一个工友闹了矛盾，两人打架，赵家老三把人打死了，传信的人也会说，毁烂，这下可毁烂！出了人命事儿，不死也得坐牢。再比如，某人在山上锯木头，或者放羊等，不小心摔断了胳膊或者腿，或者滚下悬崖碰死了。他的家人，尤其是他的老婆也会高声哭着说，可毁烂了啊！俺家的顶梁柱没了！

毁烂也可以用来开玩笑。某人正在兴致勃勃地玩麻将，突然一个人跑进去大声说，哎呀呀，可毁烂了啊，某某某，您家的老母猪被人偷了！正在打牌的人信以为真，收拾了赌金就往自家跑。回去一看，自家老母猪还躺在圈里哼哼叫着，瞪着两只大黑眼睛冲他要吃的。这才知道，那小子是开玩笑的。等他再回到牌桌，开玩笑的那个人已经坐在他的位置，东风、五条地打起了麻将。

当然，这词语也可以用于夫妻之间。其意思，大致是用来增强情趣的。但这个话，不怎么好说出口。具体的情境，也因人而异。

如果遇到什么大事，牵动各方的，那么，听说的人，都会不自觉地说，毁烂，这下可毁烂！也难怪，人们只对自己和牵扯到自身利益的事情感兴趣。多数情况下，所谓的毁烂的事情通常出在一人一户，而不是全体人。因此，人们在使用这个词的时候，语气和心态是完全不相同的。因为，这里面，还涉及一个远近亲疏的问题。对于亲近的，“毁烂”的口气中就有了惋惜和悲悯；要是和自己关系差的，“毁烂”就显得轻描淡写；若是仇家，则会充满幸灾乐祸的意味。

汉语的丰富性和多义性，无论在书面还是方言中，都有着真切的表现。

搌　先

在家挣不到钱，闲坐了一年，一家人山穷水尽。朱老三憋闷得很，先去开矿的妹妹家一趟，回到家，顷刻精神抖擞，找到村里的暴发户朱有才说，哎呀，才哥，现在包矿很赚啊！朱有才爱答不理地说，包矿？这近面处（近处的意思）的矿都被其他的人包完了，好的人家舍不得转让，赖的根本赚不到钱，还说不定赔本，包个鸟啊包！朱老三就说，这一回，俺去了我妹夫的矿上，俺一连看了他们好几天，那真个儿干得好，这一年下来，怎么说也整它个百八十万。俺妹夫说，他的矿旁边还有一个矿，出铁可以，要不是出事，死了七个人，那老板还不想转手。俺听说，哪个人要是有挣钱的命的话，怎么着都行，天不怕地不怕的。你才哥这么能抓钱，包上肯定没问题。

朱有才又斜了朱老三一眼，慢条斯理地说，不搌先，不搌先！那出过事故的矿谁还敢包？朱老三说，搌先，搌先，只要下面有铁，有东西，就能赚钱。朱有才不耐烦了，大声说，不搌先，不搌先，就是不搌先，你去找别人吧！朱老三这才悻悻地，低着脑袋，起身出了朱有才的家门。

搌先的意思是能行，可以，很好，有出息。不搌先，就是不行，行不通，做不了，不可以，不能行，不中，没出息，没发展前途等。

在南太行乡村方言里，搌先也可以用来夸人，比如，某家的小子聪明伶俐，不仅能干活，还能赚到钱，人就夸搌先。谁家的小子好吃懒做，正事不干，人就会在背后指指戳戳地说，这小子，不搌先，不搌先。夸人的时候，还可以用搌先得很来说。损人或者贬低别人的时候，可以用不搌先得很来说。这个方言，到了冀南平原的邢台、南和、内丘、隆尧等地，便省略为“搌”和“不搌”。意思与我们南太行乡村基本相同。其中的“搌”字，有黏合之意，和“先”字组合，就是黏合不住，就是闲的意思。

硌　硬

“硌硬得慌嗯。”付盖群说了一句，脸上一副嫌弃和唯恐避之不及的厌恶、无奈等复杂表情。去年，她婆婆生病了，癌症。婆婆八十六岁，人都说，人活到这个年纪，也算是够本了，即使死了，也是喜丧。老天从来就不轻易放过任何一个生命，无论是谁，老了，都得死，可有的人死得痛快一些，嘎嘣一下，就没了，有的人死得慢一点，还特别痛苦。

这不，婆婆病倒了，屎尿都在炕上。几个儿媳妇和两个闺女轮流支应（伺候、照顾的意思）。付盖群是大儿媳妇，轮到她伺候了，心里虽然不情愿，但也得去。婆婆已经不能下炕了，还能吃点东西，这倒是好事，可吃了还得尿和拉。每次替婆婆收拾那些便溺的时候，付盖群就扭着脸说，哎呀，硌硬的，硌硬的，受不了，受不了。

这个“硌硬”就是脏的意思，其中还带有嫌弃、鄙视、不想做却必须做等意思。主要用于人在某些时候，对某些人体排泄物的厌恶情绪上。遇到人，付盖群也会呱唧说。别人问她，伺候你家老娘子（婆婆）咋样。付盖群说，其他的吧还好说，就是替她收拾那些东西（屎尿）的时候，硌硬得想哕（呕吐），可硌硬人了！人就会怜惜地看着她说，唉，这也没办法，人到了这个时候，都这样儿，没办法。意思是，人老了，生病了，躺在炕上了，大致都是这个样子。

如此情况，还体现在父母对新生儿女便溺的态度上，有的男人，见到孩子屎尿也会觉得硌硬，不上前帮忙收拾，都是媳妇来做的。对于老人，普遍的反应，就是硌硬。毕竟是老年人，人到了老年，基本上都脏，尤其是躺到炕上了，病了，更脏，这也是没有办法的事情。懂事的人会知道，总有一天，自己也会这样子。得提前给自己的那些儿女做个榜样，以便于自己也这样的时候，孩子们尽管觉得很“硌硬”、很不情愿，但还是能够尽心地支应自己。

同时，硌硬还可以用于评价人品，如：某某某，是一个硌硬人。或者说，哎呀，某某某，别提了，太硌硬人了！如此等等。人都是有功利心的，对此，佛家说是因果，儒家说是人伦，道家说是善心。但民间也有句话说，久病床前无孝子，也是事实。人们只欢喜新生的儿女，对于生养自己的人，却没有足够的耐心，也觉得老人硌硬。从这个方面看，人生是一场悲剧，但悲剧的结局，大抵是更深的悲剧。悲剧往返，一代代的人，就这么生活着，悲剧着，却也喜怒哀乐着，油盐酱醋，生老病死。

夜儿个

五月的早上，风还是有些凉。人们穿着短袖或者长袖，拿着家伙什儿往田里走。在地边或者路上遇到了其他人，都会打招呼，说恁整啥咪。然后再扯一些闲话。比如，赵思妮和张海兰俩娘儿们（专指已婚妇女）只要遇到一块儿，就会扯闲话。赵思妮凑近张海兰，一脸神秘地说，咳，你知道不？夜儿个黑夜，曹建明又去那个李艳梅家了。张海兰也一脸神秘，干笑了一声，然后一脸淫荡地说，哎呀，还真是的啊！这两个人，骚狗一对儿！赵思妮后撤一步，然后说，可不，这无风不起浪，人民的眼睛是雪亮的。

其中的“夜儿个”，就是昨天的意思，要是说“夜儿个黑夜”，那就是“昨天晚上”的意思。这个方言很奇怪，与之相同的，还有叫太阳叫“老夜”或者“老烨”，这可能与古老的阴阳理论有关。昼为阳，夜为阴。太阳升起，即早上六点到九点之间，大致是少阳，到中午，太阳的光亮和温度便开始衰弱，至傍晚，成为老阳。南太行人可能不是太懂，祖传下来的口语，就是把太阳称为老夜。

“夜儿个”这个方言里面，也包含了一个夜晚过去，或者过去的那个黑夜的意思。我们南太行的方言当中，既有“晋语”，也有“豫语”的成分，总体上属于北方语系。但各个村子的方言又不尽相同，有些方言，在我们村里可能是褒义词、夸奖人的，若换了另一个村子，则可能以为是骂人的。如“固执”的意思是说某个人的性格倔强，不轻易听人劝。到了另外一个村子，“固执”就成了死脑筋、做人做事没有分寸的意思。

出　串

过了正月十五，日光一下子就暖起来了，河沟山间，似乎都有热气蒸腾，蛰伏了一冬的动植物纷纷翻身，整个乡野充满了新生的欲望，以至于整个人间，都有了一种蓬勃的气象。

这个时节，村人们都会去翻松土地，晾了一冬的田地表层，嫩草已经冒尖，尤其是去年秋天堆放的玉米秸秆和谷子秸秆下面，嫩黄的植物像是顽皮的孩子，一个个歪着脑袋，从缝隙中打探外面的世界。

翻松土地的农具叫镢头，还有板镢。其实这是同一种农具，但用途不尽相同。镢头的面比较窄，但头部较为尖利，用以刨石头蛋子比较多的土地和山坡，板镢的面比较宽，也比较短，适合刨松软的沙土地。

扛着镢头和板镢到自家田地边儿上，人先看看，男的抽根烟，女的四处走走，然后才抡起镢头或者板镢，开始翻松。一镢头下去，新土外翻，其中有很多的“出串”，在泥土中扭动着红色的身子，像是地蛇，样子可爱又可怕。

这“出串”其实就是蚯蚓，是有益于土地的虫子，替庄稼翻松板结的泥土，有利于庄稼扎根、吸水和成长。村人也知道，但在翻松土地的时候，免不了会把出串拦腰斩断，或者把人家的头或者尾巴给切下来。这其实很残忍。

有一年，我跟着奶奶去刨地的时候，斩断了好几条蚯蚓，奶奶看到了，说，不怕，这出串自己能把自己接上，有本事着呢！我不信，可也无从验证。等到第二年再刨地，还是能看到很多的“出串”，在泥土里翻滚。

拱门儿

星星很亮，也很多，地面却是黑的。这不怕，有手电。村里不比城里，有路灯。没有路灯的乡野大地，手电是必备品，家家户户都有，而且不止一只。尤其在冬天，要是没有月亮，整个人间好像沦陷的地狱，到处黑黢黢的，白天看起来好走的道路，一下子就变成了布满陷阱的歧路末途。

顾明初早早吃了晚饭，收拾了和他一样经年累月形单影只的碗筷，回身锁了房门，走到院子，再走上院子左边的小山头，那里有一条小路，可以走到村子里去。所谓村子，大都是一座一座的自然村，分别散落在附近的山坳里，有些近点，有些稍微远些。但最远的也不过三五里路，一个大男人，甩开大脚片子，不消半个小时，就走到了。

顾明初，这个名字实在好听，给他起名字的人，一定是有文化的，而且是大文化人。他的曾祖父顾闻道就是清末的一个秀才，虽然一辈子没有当官，但肚子里四书五经和各种学问不少，而且还是一个懂阴阳术数的人。顾明初出生那年，也是他曾祖父顾闻道去世的那一年。顾明初的娘怀孕的时候，顾闻道得知后，一阵默念和掐算，之后对着顾明初的爹叹息一声，说，这个孩子，不成器不说，将来还是一个光棍。尽管顾闻道想通过起名给他改运，无奈，人算不如天算。

爹娘先后辞世，这个时候，顾明初也快五十岁的人了。自己一个人，进门一根，出门一条。一个人吃饱全家不饿。最难熬的便是，一个男人的生理问题。要说这么些年来，顾明初也厮混了几个妇女，都是别人家的。可这事儿，毕竟偷偷摸摸，不可能长期。隔了几年后，又遇到了一个对上眼的。这不，顾明初早早吃了晚饭，蹚着寒冷的北风出门，在夜晚的村庄游荡，所为的当然是一时之乐。

对这样的事儿，我们南太行乡村叫作“拱门儿”，这个词很形象，意思是，男人像猪拱圈或者骡子跳厩一样，去做那样的事儿。和“拱门”这个名词有着天壤之别。即使各家各户有拱门，但也不叫拱门，叫大门。绝对不能叫“拱门儿”。这是一个禁忌。外地人不知道其中意思，说出来之后，主人家以不吱声回应。

类似顾明初这样的单身汉，在乡村并不鲜见。由他们而引发的桃色新闻几乎没有中断过。而被“拱门儿”的，多数是丈夫常年在外打工或者工作的娘儿们。但为数极少。但再少的人，也是人。是人，就得有人的欲望和想法，也会做人人要做的事儿。这是一个很有意思的说法。在乡村，这样的人事儿比较多，但大都秘而不宣，不小心让人知道了，这“拱门儿”的和“被拱门儿”的关系，通常会快刀斩乱麻，自此变成陌路人。当然，“被拱门儿”的多数是有所图，极少数的，才是心甘情愿或者心有灵犀。

修　德

肯定是这两个字，也只有这两个字，才符合本意。一个娘儿们见到另一个娘儿们。她们都是该做婆婆的人了，也大致在五十岁左右。在路上遇到，一个娘儿们会问另一个娘儿们：恁家老大去年过的事儿啊？另一个说，可不是哎！这个娘儿们继续问，“修德”有了（怀孕）没？另一个娘儿们则说，好像有了。

这里所说的“修德”，就是媳妇儿。这两个字，大致取自《易经》中的坤卦辞：“地势坤，君子厚德载物。”意思就是“修德”，也专指做媳妇的是一家之福，要时刻注意“修养自己的德行”。在我们南太行乡村，“修德”就用来专指别人的媳妇。比如，曹建花是朱福林的“修德”。当然，朱福林也可以堂而皇之地说，曹建花是俺“修德”。曹建花也可以对其他人说，俺是朱福林的“修德”。

这个称谓不知从啥时候开始启用的，也不知道是谁，从哪里带来的方言。据说，我们南太行乡村一带的人，大多是明朝时期由山西、河南、山东等地迁徙来的。这些人，各自携带着故土的方言与风习，聚集在新的地方之后，经过长时间的融合，方言也就很快一致了。可万事都是有变化的，如果谁家的男人很年轻就不在人世了的话，年轻“修德”肯定会再次嫁给别人，但无论怎么嫁，乡亲们见了，也都会说这娘儿们是谁谁谁的“修德”，而这个谁谁谁正是这娘儿们平生嫁的第一个男人的名字。

娘儿们

张海林要娶媳妇了，头天晚上，附近村里的几个人商量，要去送点贺礼。90年代以前，大致是几个人一起凑钱，买个被子面、床单、暖瓶之类的。新娘子过门的前一晚，先派一两个人送过去。次日晚上，新娘子过门了，所有送贺礼的人，都要再去一次，目的是吃喝，再就是去给人家凑热闹。这也正常，毕竟，结婚是喜事，凑热闹的人越多，主人家越高兴，也越有面子。

到20世纪90年代中期，南太行乡村的风俗有所改变，以前送东西，现在也都开始送钱了。十块、五十，最多给一百。也如此这般去吃喝，凑热闹。娶媳妇的人家，晚上不仅要好好招待，而且还要请放电影的来，放映两部有意思的影片，为的是助兴。

新娘子一过门儿，哪怕是第三天就离婚了，人再见到她，都会说，这个娘儿们，再也不会说她是闺女了。这个意思就是，只要嫁为人妇，不管有没有夫妻之实，只要明媒正娶地嫁出去了，这女的，就再也不是闺女了，只能是“娘儿们”了。即使到了七八十岁，人也只会在娘儿们前面加一个老字，叫老娘儿们了。这是不可违抗的自然规律，谁也逃不过。先是小娘儿们，再是娘儿们，再就是老娘儿们。

要是有人不知道这娘儿们是谁家的，丈夫叫啥，就会这样问：这娘儿们是谁的“修德”？知情的人会如实告诉。至于这娘儿们的人品如何，包括能力大小，会不会持家带孩子，其他人说起来，都会说，谁谁谁家的娘儿们如何如何。这种称谓，多少还有些重男轻女色彩，但村人不觉得这有什么不妥。千百年来，人们就这样说着叫着。直到现在，很多风俗都变得似是而非了，可这个称谓，仍旧牢固如初。只要在我们南太行乡村，任谁，都会随时听到娘儿们、娘儿们的称谓，以及她们各个不同的秉性和“故事”。

汉儿们

意思和娘儿们一样，只有娶了媳妇的男人，才叫“汉儿们”。他的娘儿们也可以说：俺家那个汉儿们，也算是有本事，以前啥也不会干，这不，去学了个修手机，现在还行了！汉儿们的另一个名称，在我们南太行乡村，还有一个说法是：俺那口子，恁那口子。孩子他爹，她公公、他爷爷、他姑父、他舅舅之类的，都可以。

“汉儿们”是一个统称。

最有趣的，便是娘儿们一起的时候，总是会说自己汉儿们的各个方面，能挣钱的，就是香饽饽，谁家的娘儿们都会夸，见到那男人的娘儿们，就用羡慕嫉妒恨的口吻说，哎呀，恁家的汉儿们顶事儿，看人家一年挣多少钱！另一些也会附和说，可不就是咋的！恁这辈子哪儿修来的福气，嫁了这么好的一个汉儿们！如此等等。要是谁家的汉儿们不行，挣不到钱，好吃懒做，或者有赌博、喝酒的毛病，其他娘儿们见到以后，叹气说，哎呀，恁家那口子最近还喝酒不了？

这个话，一般娘儿们不敢问，要是遇到脾气乖张的娘儿们，一准顶回来，而且说的话叫对方没法回嘴。比如，南街村的朱启明喜欢喝酒，家里条件不好，也不出去打工，孩子大人的日子过得稀汤寡水，缺吃少穿。人都说朱启明是一个懒汉，不是一个好汉儿们。可是他娘儿们赵连秀却不允许别人说自己男人不好。有一次，村里的一个大嘴娘儿们见到赵连秀，开口就说，哎呀，连秀，你就不能把你家的汉儿们好好管管，让他出去干个活儿挣个钱啥的？

赵连秀哼了一声，脸色下沉，乌云还没落到鼻子上，就回怼大嘴娘儿们说，俺家的汉儿们挣不挣钱，干不干活儿，关你屁事，你闲得蛋疼，没事找事！大嘴娘儿们本来是一片好心，结果被骂了一通，只好低着头，红着脸，扭头走开。

过事儿

至少两个月前，朱秀的家人就放出风来，说朱秀腊月二十那天“过事儿”，熟悉的人会当面说，这是好事，迟早得过，早过早“歇心”（即不用再为这件事上愁、着急和各种操劳操心的意思）。曹美的家人也这样说。人们知道了，与之有关的，比如亲戚，心里就想，要记住这个日子，到时候得去，还得准备相应礼品。与自己无关的，知道不碍自己事儿，听说就算听说了，也不当作耳旁风，至少知道，这朱秀和曹美，马上就要单过（另立门户）了。

婚期确定，朱秀家里开始置办各种必需的东西，但主要是新房和洞房。新房是早就盖好了的，洞房，当然是要现布置的。

这所谓的“过事儿”，在男方家叫娶“修德”（媳妇），在女方家说“嫁闺女”。这一对亲家所为的，是这一对新人。我的儿子你的闺女，你的闺女我的儿子。这么一凑，原先是不咸不淡的乡亲，现在是儿女亲家。人生角色的转换，看起来突然，但仔细想想，倒也很自然和平常。

腊月二十那天，朱秀家人雇了十几台轿车，再加两台中巴车，连新娘子曹美和她的亲戚们、一个村子里的，都拉到了朱秀家。上轿礼、下轿钱之类的，大致不算多，即使多一点点，人也能够接受。既然做了亲家，又成了夫妻，一般人是不会在这一天故意给对方弄难看（故意刁难）的。

来送亲的人，所为的只是好好吃一顿，然后各回各家。朱秀这边，村里男女老少都来帮忙，主要是伺候来送曹美的人，即女方的亲戚和族人们。有路过的人看到这一场景，心里就知道，这人家在“过事儿”呢！至于为啥叫“过事儿”，据南太行乡村的老人说，人生有几件大事：生孩子、盖房子、娶“修德”、打发老人（为爹娘丈人丈母娘养老，再送到坟墓里）。

日　惑

赵盖贤在屋里转了一大圈，又转了一大圈，带着一脸的蒙，又出门来了。老人的双脚走到门槛下面，自言自语地说，哎呀，俺这是找啥啊？忘了！哎呀，这日惑得不行了。“日惑”的意思，就是糊涂、健忘、忘事，也有不懂人情礼道、脑袋不够数的意思。同时，也可以用来形容某人的脑袋不够用，缺一根筋，还有明明知道自己要干啥，刹那间忘了，不知道做啥等情况。

日惑，是一个中性词。

赵家庄村有一个特点，代代出傻子，有些半傻不傻，说他聪明，可有些事儿，他完全不懂得；说他正常，有很多事儿他做不来，也说不来。这种人，叫傻子有些过分，通常都叫他们日惑蛋，意思是脑子不够用，不会做事，不懂事。赵家庄的赵建平就是这样，他能够认得所有人，而且记忆力很好，可就是日惑。

比如，有人请他帮个忙，去商店买香烟，指定买什么牌子的，多少钱的，他去了，结果那牌子的香烟没了，有同样价格的，他就不买，把钱送回来。人就说，那个也行啊，他才又跑一趟。再比如，一户人家正在忙活，人来人往的，赵建平不管三七二十一，到人家家里往沙发上一坐，自己动手拿烟抽，还吃东西。主人家说他吧，不好意思，都乡里乡亲的，不说他一句，他自己不知道。对这样的人和事儿，南太行乡村还有一个说法，那就是“没眼色”。

“眼色”的意思，就是人的灵性，就像一首诗的灵气，看不到摸不到，但可以明显感觉出来。人都知道赵建平生下来就是一个日惑蛋，也不责怪。人们都知道，和一个日惑蛋说事儿，相当于撞南墙，自己找罪受。赵建平怎么做，只要不过分，一般没人当场指责他。

还有一个情况就是人上了岁数，经常丢三落四，人就会自己说自己，老了，日惑了，不中用了。然后是深深的叹息。所以，日惑这个词，也指人的记忆力退化，对其他事物无法掌控，做事颠三倒四，自己力不从心的意思。

条　船

良辰吉日，村人都来了，还有亲戚们。一群人先是围在院子或者屋里吃饭。饭大多是面片子，加肉，再加菜。不过，菜要少，肉要多。菜多，乡亲们会说主人家小气，舍不得给肉吃。这是南太行人的一个传统，人人以为肉是最好的，再就是鸡蛋。在他们看来，世上最好吃的，不是海参鲍鱼，也不是满汉全席，而是面和肉。谁家过红白事儿，要是给帮忙的、送闺女、接媳妇的人吃的全是菜，肯定会遭到全村人一致唾骂，而且还会成为笑话，流传一辈子。

闺女出嫁这一天，来得最早的，肯定是直系血亲，再就是姐姐姐夫。其中的姐夫，要是还有小姨子，那他和小姨子的男人（汉儿们）就是“条船”了。“条船”的意思等同挑担。吾乡有人把“条船”写成条川，我觉得不对。应当是“条船”，意思就是一条船上的人。这两个或几个男的，娶的媳妇是一对父母生的同胞姐妹，一旦成婚之后，那么，无论两个还是多少个，虽然不是同胞兄弟，大家以前互不相识，但因为人家姐妹和丈人丈母娘的关系，也就成了一条船上的人了。

在南太行乡村，这多少年来，还真没有同胞兄弟娶同胞姐妹的事儿，这虽然可以，但人们都觉得不好，至于怎么不好，谁也说不清。

小姨子出嫁，姐姐和姐夫该给多少“陪送”（雷同于嫁妆），也必须得给，而且不能小气，但要看自己家境。20 世纪 90 年代中期以前，有钱的姐姐姐夫赠送彩电洗衣机之类，再后来是摩托车，现在基本都是现金了，几千到上万不等。

娶媳妇嫁闺女的，一般要在中午十二点之前完成，即新媳妇要从娘家走到婆家去。这一天，除了爹娘不能去送之外，亲戚和一个家族的，不论老幼大小，都要去送，有的一家人去，七八个甚至十来个，也算是浩浩荡荡。再加上姑姑姑父、舅舅妗子、小姨姨父、叔叔婶子、大伯大娘等等，人数大致在一百，甚至二三百以上。

姐姐和姐夫必须去。到了男方家，姐姐和姐夫还得被当成上宾招待，新娶了某人小姨子的人，还得专门给姐夫、姐姐敬酒。因为，从此往后，两个男人，无论天南地北，贫穷富贵，就都成了亲戚了，且是很近的亲戚，有事互相帮助，孝敬丈人丈母娘的时候，还得商量着来，尤其是两位老人生病或者临终、送葬的时候，几个“条船”也必须表现孝心，以钱物给予支持和帮助。

以这种方式联结的关系，好坏完全看具体情况。主要是同胞姐妹在起作用。倘若“条船”之间意气相投，说得来，双方互有利益往来，那么，这种关系就牢固一些。反之，则显得松散。这些年来，亲姐妹和“条船”之间闹矛盾，至死不相往来的，也不鲜见。

仄 獠

盛夏傍晚，夜幕奔袭，杨大嘴正甩着大步子从小路上往家走。这时候，天刚擦黑，炎热还在山川河流之间缭绕。对面也走来一个人，看模样，肯定是一个男的。杨大嘴想也没想，这路上遇到一个人，哪怕迎面走来一群人，都很正常。路就是人走的，他走可以，你走也可以，谁走都行。可他没想到的是，那人与他错肩的时候，忽然挥拳，打在他脑袋上。杨大嘴只觉得脑袋“轰”的一声，好像炸弹爆炸。

等他醒过来，一细看，原来是周二棍的儿子周建强。他忽然明白，今儿上午，在后山把周二棍给臭骂了一顿，要不是有人拦着，怎么着也得让周二棍尝尝他铁拳的厉害。事情的起因很简单，两家的板栗树在一起，这些树枝长着长着，就勾搭在了一起。打板栗的时候，杨大嘴怀疑周二棍偷摘了他的板栗，周二棍说没有。杨大嘴不信，周二棍辩解。两人这么一番言语来往，越说越着急，脸红脖子粗。杨大嘴仗着自己年轻力壮，一个猛子窜过去，就要对周二棍动手。杨大嘴的老婆是一个老实人，也觉得即使摘几颗板栗又咋样？几块钱的事儿，何必这么闹。上前一把拉住了杨大嘴。杨大嘴这才没得逞。

这样的情景，对周二棍来说，肯定是一个耻辱。回到家，立马拿出手机，给在县城郊区打工的儿子说了这事，他儿子周建强立刻火冒三丈，骂着说，妈的，啥东西，竟然打俺爹！周建强立马搭了一辆车回来了，正要去找杨大嘴算账，结果在路上遇到了，这小子二话没说，上去就给了杨大嘴几大拳。待到杨大嘴反应过来，周建强早就远去了。杨大嘴只能摸着自己生疼的脑袋，自认倒霉。

村人听说这件事之后，便说，那小子“仄獠”嗯！“仄獠”就是性格莽撞、做事不计后果、心狠手辣的意思，多数用来评价某人的心狠毒，兼对某人的秉性和人品作评价、定性。

二茬子

冯建平终于要结婚了。村人说：不管二茬子还是几茬子，有个娘儿们总比没有强！意思是，这冯建平娶了一个二婚媳妇，总比他一个人过日子强。这“二茬子”的意思就是二婚妇女，“几茬子”就是嫁过了好几个男人的娘儿们。在南太行乡村，人都喜欢和看重原配夫妻，也都认为夫妻两个白头到老，是最好的婚姻。

这种认识，估计全中国都是，全人类也都这么想的。可是，人生不如意十之八九，婚姻的好坏，长久与短暂，都是极难说清楚的事情。结婚之初，都想着与子偕老，锅碗瓢盆地过一辈子，生同床，死同穴，可这样的夫妻越来越少。尤其是 2000 年以后，南太行乡村的离婚率增多，这是一个社会趋势，也是当代人思想嬗变的必然结果和副产品。

相比其他人的婚姻，冯建平是无奈的，他娶二茬子媳妇也是无奈的。冯建平人好，也能干，可就是家境不好，爹娘死得早，以前跟着哥嫂过日子，后来不方便，就独立过日子。

这样的生活，肯定很糟糕，这么一耽误，就是小四十岁的人了。高不成低不就，婚姻就那么空着。恰巧，邻村一个名叫岳翠莲的娘儿们，汉儿们在铁矿下出事故死了，她才三十岁多点儿，肯定不可能守寡。经人撮合，就嫁给了冯建平。尽管是二茬子，可冯建平还是欢天喜地。毕竟，家里有一个娘儿们，这就像个家了。

就此，也有人在背后说三道四，尽是一些不好听的。但对于冯建平来说，能找到岳翠莲这样的娘儿们做老婆，也算是他没白来世上一趟，而更重要的是，这岳翠莲还可以生孩子。生了孩子，冯建平也就算是有自己的后代了。再说，对于岳翠莲，冯建平也很熟悉，这个娘儿们，是一个过日子的好手。

人生至此，夫复何求？

嵲　头

“以前村里有人趴嵲头子，采五灵脂。”很多年前，躺在南太行乡村的夜里，爷爷总是会给我讲故事。他说的“嵲头子”就是悬崖的意思。我们村后山，很多嵲头子，尤其是朝向武安和梧桐沟村那边，山高，但没水，一道道的山岭忽而耸起，如狮子、龟背、马头，忽而低沉而下，形成马鞍、刀背、粪堆等形状。山和山之间，嵲头子都很陡峭，如刀砍斧劈，直上直下，高有二十米甚至五十米的。

爷爷说，五灵脂其实是一种鸟寒号鸟（拉的屎），这种鸟很有脾气，专门挑长有柏树的嵲头子上做窝，尤其是那些枯干了的小柏树，它们会把粪便拉在柏树根儿，时间长了，就干结了。那是一味很珍贵的中药。村人有不怕死的，还有实在穷得穿不上裤子的，就在腰间拴上麻绳，在山顶上找一棵大树绑住，另一头缠在腰上，再拿上篮子和镰刀、小铲子，下到半嶂头子上。要是运气好，找到一个寒号鸟的窝儿，就能挖不少“五灵脂”，拿到药铺，能卖不少钱，管一家人半年的吃喝用度没啥问题。

爷爷说，“钱不好挣，那时候，咱村里有几个壮劳力，就从嶂头子上摔下来死了。”爷爷还说，“有时候很奇怪，明明绳子很结实，没有一点断的痕迹，不知道咋回事，新崭崭的麻绳就断了，把人摔死了。”我问那是咋回事，爷爷说，“哎呀，这人的事儿，山的事儿和山里边的动物的事儿，都不太好说。”

我懵懂，打破砂锅问到底。爷爷会不耐烦地说，“有时候那绳子不是人割断的，是被嶂头子上的尖石头磨断的。要是某个采五灵脂的人该死，绳子自己就断了。到底咋回事，谁也不知道。”我仍旧不理解，直到我十八岁那年冬天，原本好好的爷爷，上炕午休，然后就再没醒来。在许多年后，我也看到了很多人的突然消失，其中有一些特别蹊跷，就像爷爷说的那样，不知道怎么回事，原本活生生的一个人，“杭嘛杭嘛（不知原因，没有征兆，突然发生，蹊跷至极的意思）”就没了。

蹦或捧

吴老强站在自家的山坡上方，探着他那颗独特的乌龟脑袋，右手在虚空中，来回指点比画，煞有介事，也好像太监在数宫女人数，嘴里也念念有词。他在数自家这片荒坡上一共栽种了多少蹦板栗树。其中的“蹦”的意思就是一颗或者一棵的意思。多年来，我也这么说，但确实不知道到底是哪个蹦（埲），如果是蹦跳的“蹦”，我就很吃惊。因为，这个字太诗意，太富有动感了。我从不相信我们南太行乡村人的心灵里，怎么还会如此诗情画意?

这里面的原因，一是上百年来，这里的读书人很少，更没有什么文化人。二是这里的人除了遵循“学而优则仕”的古训，对文人和诗文，乃至琴棋书画，都是没兴趣的。觉得那个不能当饭吃。如果是“埲”，这个字和“埲嗡”组合起来，即尘土飞扬的意思。我肯定选择前一个，即蹦跳的“蹦”。

疙　瘩

母亲和小姨，一个和面，一个调馅。我回来了，她们要包一顿疙瘩，给我吃。这里的疙瘩，正确发音是“gede”，而不是“geda”。其实就是饺子。南太行乡村有个习惯，贵客来家里了，要包疙瘩招待。孩子们出门远行，也要包疙瘩，算是送行，从外地回来，更要包疙瘩吃。当地人说，出门饺子回家面，也不知道其中的真正用意。疙瘩（饺子）算是南太行乡村最珍贵的食物，也是最麻烦的。北方农村人，一般都不会在吃的上面搞花样，不会变着法子吃什么东西。最实际和快捷的，还是疙瘩。

过年也是以吃疙瘩为主。

当然，手上起个包，也叫疙瘩；树根，也叫疙瘩。心里有不满意的人事，难受，有结解不开的，也叫疙瘩。作为食物的疙瘩的馅儿，有白菜猪肉、羊肉萝卜、韭菜鸡蛋、香椿鸡蛋等等，当然，也有各种野菜做的馅儿，完全看当季都有哪些蔬菜。反正，包饺子用的话，啥菜都适合。

20 世纪 90 年代末期，南太行乡村，家家户户都用秋天晒干的萝卜丝，泡软、洗净之后，再加上羊肉、猪肉（南方及东北、北京有用虾仁、驴肉、马肉的，还有蔬菜的三鲜饺子），或者鸡蛋等做成饺子馅儿。现在几乎没人这么吃了，都换成了较为新鲜的蔬菜和肉、鸡蛋搭配。

也有人家炒菜，喝酒，吃别的东西，如汤圆之类的。但人们都觉得，还是疙瘩好。我幼年时候，大年初一，人人都端着一碗饺子，先去给自己的亲爹亲娘磕头拜年，端着疙瘩请他们尝尝味道，再去其他族人家。现在，人们自觉地把这一道程序省略了，去磕头拜年的时候，人人空着手，到长辈家里，磕个头，拜个年，起身走了。除了春节，其他时候，乡人们很少包疙瘩吃，最多擀面条、蒸馒头、烙饼，或者，焖大米，炒菜吃。只有在阳历年、正月十五这些节日时候，才会正儿八经地包一顿疙瘩吃。

老鳖（老别）

张二其生了一个儿子，算命的说，这孩子身旺喜财星，认个干爹好。张二其的爹娘也深信四柱八字之说，便听从了算命的话。一家人盘算来盘算去，觉得周建生比较合适。在南太行乡村人群中，无论做什么事情，其实都分远近亲疏的。这是一个熟人社会，相互之间或多或少有着各种亲戚甚至血缘关系。只不过，有些血缘关系因为时间久远，已经很淡和淡漠了。

张二其及其家人选择周建生的原因，主要有两个，一是两人家境差不多，你不富我也不穷，你不穷我也不富。这样的亲家，是可以的，不会有人以为他们在攀高枝。再说，要是周建生家富得流油，鼻孔朝天，他们家再怎么着，也是白搭，说不定还受侮辱。二是周建生和张二其两人的年岁也相当，两家挨得不远也不近。不会导致远香近臭。村里边有很多人，相互之间认了干亲之后，因为这样那样的事儿，好了一阵子，就闹成了大仇家。

思想好了，张二其家就托了一个人，去给周建生表达这个意思。这是一个礼节，也是一个规矩。更重要的是，所托的这个人，不仅要和张二其家关系好，也要和周建生家有些交情。其实，这里面就是涉及一个面子问题。

周建生答应了，两家皆欢喜。随后，选了个良辰吉日，两家见面。作为干爹，周建生要给孩子一些礼物，或者现金。张二其这边，也得相应地给人家的儿子礼物和现金。这两家孩子成了干兄弟，亲戚关系就建立起来了。在称谓上，周建生的儿子要喊张二其叫老鳖（也可能“老别”这两个字比较合适），叫张二其的老婆劳傢（意为干娘）。同样，张二其的孩子也得叫周建生老鳖，叫周建生的娘儿们也是叫劳傢。“劳傢”这个词很难解释，完全是当地的一种方言，拼音也很难，其中的“傢”念作“ja”。

至于这两个字是老鳖，还是老别，似乎没有定论。但各有道理。就此，我问过家乡的几位老年人，老鳖和劳傢是啥意思，他们也说不清楚。这说明，这个称谓，从很早的时候就有了，沿用至今，但很多东西熟视无睹，可细究起来，人们却都很恍然。关于老鳖和劳傢这个称谓也是如此。

结　记

这个词很温暖，通常情况下，只在血亲之间发生。周二强的儿子去当兵了，他七十岁的奶奶整夜整夜地睡不着觉，翻来覆去地念叨自己的孙子。周二强得知后，就给儿子打电话说，你奶奶结记你结记得睡不着觉。你看啥时候能探家了，回来看看你奶奶。这里的“结记”，意思就是惦记和担心、想念、在乎等意思。表达的是一个人对另一个人，发自内心的在意、想念、担忧和祈愿。

再比如，亲戚之间的相互结记，兄弟姐妹之间情谊深厚的，也如此这般。“结记”一词在南太行乡村，是最真诚的，其中包含了亲人之间的那种割舍不断的情谊。结记里面不包含功利主义，即便是有，也是建立在亲情之上的。如周二强去当兵的儿子，他奶奶结记他的原因有很多种，其中最核心的，那就是发自内心的、对自己孙子的珍视和疼爱之情。

豁 撇

途经我们村的202省道，山高路陡，弯道极多。冬日，远处近处一览无余。忽然听到摩托声响，刚听到“轰”的一声，又“嗖”的一声不见了。有人看到了，就会说，看那个豁撇吔！“豁撇”的意思是做事过头、太招摇、张扬、过分装洋气等。当然了，要是“豁撇”的人真的有“豁撇”的本事，比如他自己有钱，或者家里有钱，再或人家的爹是官员、富豪，乡人们便自觉地不再用“豁撇”这个词来评价其人。反而是那些自家家境一般，又特别爱出风头的人，常常被人指责为“豁撇”。

先前骑着摩托车，在弯道多且陡峭还很急的省道上一闪而过的小伙子，名字叫朱建政，十七八岁，上学不行，到外地打工也不行。但特别喜欢骑着摩托车乱跑。骑摩托倒没啥，关键是他骑摩托太快，拐弯的时候，摩托车倾斜得，几乎贴到地面，要是有点沙子或者小石块，那么一滑，这小子肯定遭殃。

人们痛恨那些自己没有多少“豁撇”的资本而又“豁撇”的人。男女都算。比如，某个闺女去城里上学（或考上大学、嫁给家境好的人家、当教师、公务员之类的）还没几天，就打扮得花枝招展，走起路来，故意扭屁股，穿着看起来光鲜的衣服，在村里四处乱窜，大声吼喳呼叫的，也会被人称为“豁撇”。一般情况下，闺女一旦出现这个情况，爹娘就会出面管教，但不会呵斥，只是坐下来，面对面地说，闺女，咱实在点，村里的人啥秉性脾气你也知道，咱好咱闷着好，张扬出去也不好，你说是吧？闺女们一听，就知道啥意思了，然后会收敛。与闺女们相反，小伙子也时常被管教，可多半不听父母的。自己爱怎么就怎么。

和“豁撇”意思相近，甚至可以共用的，还有一个词叫“蛰煞”。此外，还可以说“炸毛”。“炸毛”在我们南太行乡村里，不是突然生气和被激怒的意思，而是喜欢出风头，自以为是的意思。同时，也与“豁撇”“蛰煞”意思相近。

抽　抽

家里点满了蜡烛，炕边、桌子上、灶台上，里屋的瓮边，院子外的天帝窑儿，等等，蜡烛的光亮在整个屋内外摇曳。斯时，天寒地冻，朔风迫人，唯有灯光温暖。母亲包了一天的

“疙瘩”，又炖好了肉。晚上七八点钟，因为次日要早起，早点睡觉最好。

我把心爱的花炮等放在桌子上，之所以这样做，是父母亲早就说过，大年初一，太阳没出来之前，不能开抽抽，开了，就预示着新的一年挣不到钱，也存不住钱。所谓的“抽抽”，就是抽屉。早些年间，南太行乡村人家所用的家具比较简单，一家一户家里就一张很结实的桌子，放在屋子正中，上面再放个大的镜子，就是最标准的摆设了。这个桌子做工胜过现在的任何家具，一般有三个抽抽，每个抽抽下面，还有一层，可以放一些隐秘的东西。

我之所以把花炮等都放在桌子上，正是因为这个禁忌或者说法。再者，大年初一，家家户户都要起早。我们那里，好像没有“守夜”“守岁”这一说。而且，起得越早越好，谁第一个出门放鞭炮，就预示着谁家下一年的日子过得好，有好的运气和收入。可是，多数人家是不怎么起早的，尤其是上了五十岁的人，好像不信这个说法，一般都比好事的孩子起得晚一点。在这一个早上，似乎还有很多讲究，如太阳出来前不可泼水，甚至夜尿也不能像往常一样倒掉。还不能拿针，不能对任何一个家人说：“咋还不起呢？”之类的不吉利的话。

半夜起来，大致是三点多，我开门放炮，外面的冷咬人骨头，出去一下，手就冻得像是冰碴子一样了，但回来暖暖，就拿了少得可怜的鞭炮，再去燃放。如此一阵子，就放完了。太阳还没出来，还不能开抽抽，心里就有点沮丧。好在，这时候，母亲已经煮好了疙瘩（饺子），一家人吃了，父亲带着我和弟弟，端着一碗疙瘩，先去给爷爷、奶奶磕头拜年，然后再去给村里其他长辈拜年。

圪　塄

爷爷和几个同龄人坐在一起，那地方，是全村里阳光最充足的地方，一到冬天，几个上了年纪的人就会坐在那里晒太阳。那时候，爷爷虽然年岁不大，但由于眼睛早盲，便也加入了他们的队伍。他们抽烟，说话，说的都是外村的人和事儿，还都是蹊跷的，甚至是诡异的那些。他们一般不说本村的人和事，都一个家族的，没啥好说的，更重要的是，说了谁的闲话，好的，人家高兴，不好的，会找上门来骂架。

他们聚集的地方，是一户人家的房子的后墙根儿，旁边也就是路。我每次放学回去到爷奶家，爷爷不在家，就去那儿找他。那个地方，南太行人称之为“太阳圪塄”，就是一个村子太阳光最强最集中的地方，用于冬天晒太阳取暖。无独有偶，在我们南太行，还真有一个村子，名字就叫太阳圪塄。

“圪塄”是指背风的、有遮有挡、有靠的（也比较隐蔽、不易被人发觉）自然形成物体或者人在搞房子、修田时候无意中造成了那些地方。如果是太阳圪塄，那一定是人们喜欢聚集之处。

在南太行乡村，几乎每个村子都有几处“太阳圪塄”，这些地方，背风，太阳光集中而又“聚焦”，好像专门为老人们而存在的，便于这些腿脚不方便的人，以闲得没事干、不能干了的名义，聚在一起，说东道西，抚今追昔，便于舒展心情，增强交流。由此我想，人在大地上，总是会找到乐趣的，也都是需要互助的。

取灯儿

“嗤”的一声，火光乍现，比黑夜还黑的屋里一下子有了温度、亮度和烟火气。爷爷四十岁那年眼睛看不见东西了，他说，起初能看到灯苗儿（煤油灯），再后来，晴格展展的（意思是特别晴朗的天气）天上的“老烨儿”也还没个灯苗儿大。尽管如此，每到黑夜，他还是会摸索着，在灶台、炕边、窗户上找到“取灯儿”之后，打开，从中摸出一根，在侧面使劲儿一滑，“嗤”的一声，取灯儿就冒出了光明。

这“取灯儿”很诗意，其实就是火柴。除了这个名字，南太行乡村还有人把火柴叫作“洋取灯儿”“火抽屉”“洋火”“火柴棒子”等等，意思不言自明。和我爷爷奶奶生活在同一年代的人，都这么叫。直到我们这一代长大，才都比较正式地叫作火柴。

很小的时候，我就想，造个火柴有啥难的，为啥带个“洋”

字呢？“火抽屉”这个称谓也不错，很生动，更主要是留有想象的余地，和“取灯儿”一样，诗意，而所谓的诗意，正是事物于空虚、乌有之中爆发的那一种只属于想象力、心灵、思维和感觉的完全“无中生有的美”。

盖 体

小姨家的闺女，也就是赵见光的表妹，马上要出嫁了，作为孩子的大姨（即母亲的同胞姐姐），当然要陪送点东西。这里所谓的“陪送”，就是亲戚的闺女出嫁或者儿子结婚，作为最主要的亲戚，是要有所表示的。大姨或者小姨（母亲的妹妹）一般选择赠送盖体。“盖体”其实就是被子，当然只能是新的，没人用过的。要是谁送的是人用过的，主人家开始可能不知道，啥时候拿出来用的话，就会知道，因为，人都是有体味的。

送的“盖体”好坏优劣，要看关系远近，一般来说，直系亲属送的，都要六斤或者八斤棉花以上的，被子面一般是大红色的，棉布或者缎子。被子面上，绣着鸳鸯戏水、花开富贵、花好月圆、鸾凤和鸣之类的吉祥图案。用意不言自明。亲戚比较多的人家，“盖体”一般用不完，几十年放着，要是来了贵客，就拿出来用。

则饥荒

新媳妇赵开华噘着嘴，迈着大步子，进了娘家门，趴在炕上就哭。娘一看，就知道自己的闺女又和她的汉儿们（也即女婿）“则饥荒”了。“则饥荒”的意思，就是相互之间闹别扭，多指两口子之间。也适用于邻里、妯娌、兄弟、朋友、亲戚之间。“则饥荒”这个词儿细究起来，还是挺有些讲究的。则（或者责备的责），意思是“违背了既定的规矩或者原则”，因此导致了“饥荒”的产生，这里的“饥荒”是因为违背了规则（当然是各自为是的某些原则和规矩），导致双方误会和仇怨的不和解甚至加深、持续等。

赵开华之所以回娘家，也是想借机收拾一下自己的汉儿们。老婆不回家，三天两天还可以，要是七八天不回家，一般的汉儿们就慌了，就得去叫，实际上是请。女方见男人认错态度端正，一般借坡下驴，跟着回家。要是两口子之间的矛盾比较深又很尖锐，抱着离婚的态度，那么，“则饥荒”就成了双方离婚的借口和由头。

邻里间的“则饥荒”，也都是因为利益的冲突，亲戚、兄弟、妯娌之间“则饥荒”的原因亦然。“则饥荒”的另一个意思，是用来形容人和人之间不和睦，经常互相争吵甚至结仇等情况。比如，赵泗水家和赵武家居住在一起，经年因为房基地的事儿而吵闹不休，别人说起来，就讲那两家人，一直“则饥荒”，没完没了，连他们的孩子也都“则饥荒”“则”不了（即继续闹矛盾的意思。）

襟　长

某年春天，大姨家的二表哥忽然上吊死了，侄女才三岁。二表嫂改嫁，侄女，即我二表哥的女儿，由我大姨妈负责抚养。现在，侄女长大了，也成家了，每次说起来，她自己也会说，俺是俺奶奶襟长大的，俺不能忘了俺奶奶的恩。“襟长”这个词，任何父母，包括抚养过其他人孩子的人，都可以说。例如，某某某，就是俺给“襟长”大的。再如，俺把你们兄弟几个“襟长”大，没有功劳也有苦劳吧。

天下父母心，话虽这样说，再辛苦的“襟长”除了付出，同时还有希冀。谁生养孩子都希望孩子将来出人头地，最好是能够光宗耀祖，还要孝顺“襟长”他们长大的爹娘和近亲。但世间的事儿，往往会事与愿违。再者说，父母养育孩子，付出的当然多，而儿女真能报答把他们“襟长”大的人的孝心和实际行动，往往不过十分之三。

眼　的

“哎呀，这一回，人家把咱当‘眼的’了！”朱建云坐在炕头上，一脸沮丧、不安与气愤。事情起因很简单，他们家要买一只小猪来养，恰好邻村的刘建祥开着三轮车在卖猪崽子。朱建云心里想，去远地方买，还得花路费，再说，猪崽子也不好带回来，就近买了算了。

付了钱，把猪崽子抱回家之后，她男人杨建平回来说，哎呀，这猪崽子，在镇上才卖 280 块，还长得挺大，你咋掏了 350 块买？朱建云一听，觉得价格差得多了一点，就生气，觉得刘建祥故意捉弄了她。因此，“眼的”这个词就是被捉弄、上当，事后自己又知道了，或者事先设套，故意捉弄人，把人当“傻子”来“操摆”（带有恶意的欺骗和捉弄）的意思。

待　见

我能挑动水、抡得起镬头的时候，奶奶才“待见”我。“待见”的意思就是喜欢，略微有些偏爱的意思。有几次，我不仅给爷爷奶奶挑水，也给旁边的几个孤寡老人挑水。他们都说“待见”我。我也很受用。至今想来，觉得做这个事儿，也是很好的。说明我很小就有尊敬和帮助老人的行动。

那个时候，我还没有什么“尊老爱幼”的意识，这种行为，完全是自觉的，也可以说是偶尔为之，忽然想到，并没有什么意义。我奶奶就时常对我说，平子，俺最“待见”你了，等俺啥时候不行了（将死的时候），你一定要在俺身边。当时，我答应得非常干脆，事实上，奶奶真的病入膏肓的时候，一直到死，都是我父亲一个人日夜守护，给她端屎端尿，也给她梳头、擦身子。为人儿女反哺的情义，在父亲身上得到了很好的体现。而我对于自己的父亲，却是愧疚的。自我长大，到他去世，他的恩情，我没有报之于万一。真是惭愧。

贬 线

“哼，张三牛，哼，就知道吃！哼！”说这话的人，名叫杨铁轨。活了六十多岁的年纪，最远的地方到过沙河市委市政府所在地褡裢镇，最近的地方，就是他家炕头和房后的猪圈和茅子（茅房）。他和老婆一共生养了三个儿子三个闺女。三闺女是他四十多岁的时候才生下的。那时候，他老婆也四十多了，按照常理，两个人再怎么折腾，也不会再怀孕，即便怀上了，生也困难。可天底下就是有稀奇事。杨铁轨的老婆不仅怀得顺风顺水，生产时候也没赶时髦，像生前五个孩子那般，躺在自家炕上，还没使劲儿，三闺女出溜一下，就来到了南太行乡村。

张三牛的年纪，要比杨铁轨小三十岁，只比杨铁轨的三闺女杨双娟大七岁。杨双娟开始也上学，但对文字、公式之类的，完全擀面杖吹火，一窍不通。只好辍学在家，帮着爹娘干点农活，再学点针线活之类的。眼不见，就从二指高的小闺女长成了一个春风摆柳的大姑娘。上门说亲的人当然不少。按道理，张三牛这般三十来岁的男人，想娶杨双娟，无疑是做梦里开飞机，癔症里娶媳妇儿。这一点，他自己也知道，可有一个本家叔叔，笑着对他说，“谁家门儿上的钟不让敲啊！自家生闺女，不就是为了嫁人吗？只要不坏别人的事儿，谁去说媒都应当”！张三牛嗯了一声，胸腔里凭空多了一份气冲斗牛和“舍得一身剐，敢把皇帝拉下马”的豪气，当即拿了三百块钱，找到媒婆朱三妮，递到人家手里之后，拍着胸脯大声说，“婶子，俺没别的意思，就是请你去杨铁轨家走一趟，谈个口儿。”

朱三妮做了大半辈子媒婆，立马明白张三牛心思。心里笑了一下，知道这个事儿就是空对空，白磨牙。但看在三百块人民币的面子上，跑一趟，就算吃撑了没事干，到杨家庄遛腿了。

果不然，朱三妮一开口，杨铁轨听是张三牛，鼻子里哼了一下，牙缝又切了一声，看着朱三妮那张“裹绌（皱）”得跟个卵泡一样的脸，大声说，“哼，张三牛，哼，就知道个吃！还拖着个屁股懒，要钱没钱，要家境儿（家庭整体贫富情况）没家境儿！俺闺女双娟，就是剩在家里，当一辈子的老闺女，跟他张三牛，比登天难还要多一个登天难！”朱三妮笑了一声，她早就知道，这事儿是“城墙上挂门帘，没门儿”。也知道，杨铁轨刚才的一番话，是在“贬线”张三牛。在南太行乡村，“贬线”是轻蔑、瞧不起的意思。在南太行乡村，“贬线”人的人，一般分三类，一种是家境明显高的；再一种是两家有世仇宿怨的，故意瞧不起、轻蔑对方的；最后一种，是不沾亲带故，也没啥怨隙的，家境与对方差不多的。

杨铁轨就属于第三种。

老　身

“老身家住南阳地，离城十里姜家集……”这是豫剧《对花枪》中人物姜桂枝（以马金凤演唱为代表）的唱段之一。南太行人只喜欢两种戏曲，一是评剧，二是豫剧，虽然隶属于河北范畴，河北梆子基本没人听，山西的秦腔更是无人近前。每年四五月，村里都要唱几台戏，几乎每个戏班子来，《花枪缘》《铡美案》《打金枝》《陈州放粮》都是必须要演出的剧目。往往，大人们在戏台下随着台上的演员眼波流转，叹嘘欢喜，我们这些孩子，则总是在人群里乱窜，你追我赶，要不然，就是盯着某个女同学，心里嘀嘀嗒嗒地吹起了娶媳妇的唢呐。但台上的唱词还是不由分说地溜进耳朵里，跑到心坎和脑路，多年之后，我只记得其中的“老身”这个词，也知道，这个称谓，大都是咿咿呀呀、锣鼓铿锵的戏台上那些年纪较大的，所谓“太君”“诰命夫人”“公主”“仁嫂”之类的妇女用来自谓的，如《打金枝》

中“老身双膝跪在地，求你莫记冤和屈。我养的儿子不成器，胆大敢把公主欺”。

那时候年少，但也知道，那是一种上年纪的妇女自谓，而且是在古代有些身份的，平民百姓似乎没这个自谓的权利。更惊奇的是，地里长的一种植物，名字也叫“老身”。有些年秋天，扛着镢头，提着篮子，跟着父亲去刨花生，每次出发前，父亲都会说，“走，咱去山上刨老身。”我问父亲，“花生为啥叫老身？”父亲说，“咱们这儿的人都叫老身，俺也不知道为啥，老辈子传下来的，跟着叫，没错！”

“老身”的学名叫花生，年纪稍长之后，我也暗自思忖，觉得南太行乡村人之所以把花生叫作“老身”的习惯和用意，大致有三个方面，一是“老身”的实用性，花生粒可以榨食用油，名之花生油，在南太行乡村一带很普遍，几乎家家户户都要自榨花生油吃。二是“老身”的药用价值，《本草纲目》载：“花生悦脾和胃润肺化痰、滋养补气、清咽止痒”。村人很喜欢吃，一般都留在春节时候，炒了自己吃，也给来的亲戚朋友吃。还有偏方说，有人胃疼或者不舒服，吃几颗生花生，就可缓解。三是“老身”有长寿的寓意，有的老人家还称花生为“千岁子”“长寿果”。其意不言自明。

南太行乡村家家户户都喜欢种“老身”，但都不肯占用包产地（当地人也叫产量地，专指生产队分到个人户头上的那些田地），通常扛着镢头，在离家不远的某片山坡上，抡着镢头刨出一片新田地，去掉杂草和树根，春天时候找一些好的“老身”种子，趁着春雨之后的墒情，刨坑，点进种子，再用脚逐一埋住，数日后，花生发芽，顶开泥土，探出地面，小叶子在风中婆娑，逐渐开枝散叶。一般情况下，“老身”的周边，不会生长太多杂草。秋天时候，花生成熟，刨花生时，因为果实都在地下，为防止花生脱落或者不小心被农具斩断，花生受损，村人就用镢头，在距离花生较远的地方，把泥土刨松，再用手缓慢提花生茎叶，诸多还粘着湿泥的花生，就会一颗不落地脱离大地，人再用手，成把成把地摘下来，放在篮子里。

这时候的“老身”身上，还带着新鲜的泥土，吃起来汁液浓郁、芳香，比牛奶更纯，大人孩子都很喜欢。全部刨完之后，拿回家里，先是用簸箕盛了，放在房顶晾晒，等“老身”外壳发脆，其中的花生粒也都没了水分，吃起来严重硌牙了，才又装到透风的袋子里，放在屋里，为了防止耗子们无度蚕食，有的还挂在梁头上，等收完秋，到闲一点的冬天，再背到油坊换油。

花生的叶子与灰灰菜有点相像，小，翠绿，椭圆，如成年人指甲盖。种下之后，村人一般不再搭理它们，人种自长是花生的宿命，但也有些特别勤劳的乡亲，时不时去看望一下野地花生，拔拔杂草，或再追一次肥。父亲说，这世上每一个物件都有心，你对它们好了，它们也对你好。农历七月，各种庄稼开始成熟，以自身的干枯、老迈和苟延残喘为粮食们拼尽心力。

这时候，花生也都结籽了，时常会有一些狖羚猫骍（松鼠）、野猪、野兔、野鸡挖土摘食。

村人很生气，但又无可奈何。多数种在房屋村人住家周边的花生，因为和人挨得近，受其他动物破坏的机会少，到了成熟时节，“老身”大都颗粒饱满，刨出一株，下面就是好多串的风铃，磕打掉上面的黏土和沙砾，白生生、娇滴滴的花生摇曳起来，相互击打着，发出“噗噗”的声音。当然也有干瘪的，在地里就发了霉的。父亲说，雨水均匀，“老身”就不会发霉，也没有瘪的。他还总结说，不管啥事物，“正好”才是真的好。

看着新鲜的“老身”，脑子里不停回响着那些豫剧唱词，忍不住剥开几颗，迫不及待地放在嘴里，牙齿轻轻一咬，扑哧一下，好像水果爆浆，满嘴的白汁，香香的、脆脆的、浓浓的、油油的、凉凉的，还略带一点苦涩，那种味道，我多次想到大地的奶汁。

小　虫

那办法是老师教给我们的，用一个黄荆条编织的筐子，用一根木棍支起一端，木棍上拴上一根长绳子。筐子下面撒些小米。小虫是最喜欢吃小米的。金黄色的小米，是南太行乡村人最爱，几乎每家每户，从老人到小孩，早上起来，喝的粥是小米熬的，有些人晚饭也是，小米粥里还可以放些瓜菜、红薯、土豆、菜叶子之类的，还有板栗、花生、玉米糁子等等。坐月子的媳妇儿，一般里面放红豆、花生，说是最补身子。小孩没奶吃了，也可以用小米粥代替。

这一办法，主要用来引诱“小虫”。所谓“小虫”就是麻雀。麻雀在北方是最常见的鸟儿了，因为体型小，羽毛不发达，它们只能超低空飞行。印象中，这麻雀像老鼠一样多，房檐上、山坡的草丛里、路边的荆棘、庄稼地边的石堰窟窿里、牛羊圈内外的墙壁和横梁上，都是它们的窝儿。

小虫成群结队飞，由于这一习性，也极好捕捉。尤其是下雪天，小虫们找不到吃的东西了，只要看到有人撒的小米，就不管不顾。但它们也始终保持戒心。由此看，这个世界上任何生命的生存都是艰难的、危险的。小虫们看到小米，先是一个飞来，站在筐子外围啾啾叫，又引来一大帮。它们可能也觉得人多力量大，不害怕，一个进入，另一个蹦跳着跟上。等小虫们进去得差不多了，藏匿在一边的人猛拉绳子，筐子瞬间倾倒，虽不能全部擒获，但每次至少有两只落网。

据说，吃麻雀很补肾，是男人的最爱。印象中，我一次都没有捕过麻雀，倒是有一次掏了一个鸟窝，还把小鸟拿出来，放在火上烤。这种罪过，至今令我心里难过。在西北当兵的那些年，附近的村子里也有人捕捉麻雀，油炸了吃，食者觉得像鸡肉、鸽子肉那样，吃得津津有味。我一口都没吃。我觉得额外的捕食是不道德的，也是不洁的。五谷杂粮再加蔬菜，其实味道也很好。何必要吃其他动物的肉呢?

长 虫

碗口那么粗，全身金黄色，扁担那么长，头上还有两只角，不长，很尖。杨二柱一脸惊恐，且余悸未消地给众人讲。听了的人说，可不咋的，以前就有，老辈人就说，那地方有一个长虫，都成精了。所谓“长虫”，就是蛇。从前的河边，山坡上有很多蛇，有人早上下地，草丛里有东西在动，细一看，哎呀娘啊，长虫，长虫！吓得转身就跑。在村人的传统认知中，蛇有灵性，可以修炼成精。千百年来，别说《白蛇传》，即便是不识字的人，也能讲出几件惊心动魄的关于蛇精的故事。

杨二柱说的那条蛇，我也见过。十二岁那年秋天，收了秋，要翻松土地，种冬麦。奶奶让我把眼盲但身体强壮的爷爷拉到地里帮忙。那是一个正午，我抓着爷爷溜光油滑的拐杖，从家里，走出村子，到后沟的田里。路过水井，再走到一边的石堰边上，我忽然脑袋“轰”的一声，失去了意识。瞬间再醒来，涎水流了满嘴，还不断地滴到了衣服上。

石堰下面有一座小水库，水不多，刚淹住膝盖的样子。虽然已经是秋天了，但中午的日光依旧毒烈，晒得水面发烫，石头烧屁股。我忽然看到一条大蛇，全身金黄，真的有碗口那么粗，从一边急速游到另一边。我急忙说，爷爷，你看！爷爷说，让俺看啥啊，俺啥也看不见！我才想起，爷爷根本看不见。到田里，我给奶奶说了这个情景。奶奶说，可不就是咋的，那水库里就是有蛇精。奶奶还说，村里一个她该叫叔叔的人，那模样长得是唇红齿白，一表人才。方圆几十里，找不到那样的俊俏人物。可就在十八岁那一年夏天，正午去水井挑水，刚回到家，对他娘说了一句，俺给蛇仙当女婿！然后扑腾一声倒在地上，就死了。

爷爷也说，这个是真事儿。也就是这一年之后的第三年，我们家养了一只母猫。一年夏天的傍晚，那猫居然叼着一条蛇回来了，喵喵叫，给母亲炫耀。母亲有点害怕。猫把蛇放在地上，她用铁锹铲起来，把蛇埋掉了。第二天再去看，发现那蛇早就不知去向。母亲说，蛇打不死，估计又跑了。对此，我至今深信不疑。

秃　羯

傍晚，朱建良去赵兴友家玩儿，其实是打扑克，赌注不是钱，而是香烟。他们打的是跑得快。不知不觉，已经是凌晨了，朱建良带的香烟都输光了。没了赌注，夜深了又没地方买，牌局就散了。 出门，大明月亮，远山近水都看得清清楚楚。正是冬天，四野全是空着枝杈的树木，以及风吹干草的呜呜声，有点瘆人。朱建良走出赵兴友的村子，上了山上的小路，正走着，忽听到一声“啾儿”的叫声，他还没反应过来，又传来一声“啾儿”的叫声。

朱建良本来满心的沮丧，正生气自己为啥手气不好。听到这种声音后，先是浑身打了一个冷战，心里想，秃羯叫，难道又要死人了！所谓“秃羯”就是猫头鹰。在朱建良很小的时候，他爷爷就对他说，秃羯叫，一准没好事，不是死人，就是有人倒霉。因此，在朱建良心里，秃羯就是一种不祥的鸟儿。不仅是他，南太行乡村的人，都这么以为。

夜鳖虎

空中有一些黑影，翩翩地飞，速度很快。这种情景，通常是夏夜。人们吃了饭或者正在吃饭，抬头一看，空中有黑影。这些黑影，往往从下向上，借着晴朗的天幕才可以看到。

“看，夜鳖虎！”看到的人都会大声喊。所谓“夜鳖虎”就是蝙蝠。这种长相奇怪、和老鼠有着某种渊源的飞行动物，在我们南太行乡村，是和“秃羯”一样，具有不吉利的寓意的。人们普遍认为，“夜鳖虎”虽然吃蚊子，可也是能够给人带来不祥感觉的夜行动物。很多人见了，唯恐避之不及。

没有人知道“夜鳖虎”住在哪里，但都认为，这种动物，是老鼠变的，而且是居住在山洞里的老鼠变成的。有些“夜鳖虎”会落在树干和房檐上，尤其是有灯光的墙上。人们看到之后，就开始驱赶。因为，人们也觉得，“夜鳖虎”落在自家房子和院子里，是一种不祥的征兆。

据说南方一些地方有人会捕猎“夜鳖虎”吃，并觉得是在攒福气。而我们南太行乡村人却觉得，这种动物，别说吃了，看一眼都要起一身鸡皮疙瘩。当然，南太行乡村里也有人不怕“夜鳖虎”的，但极少，也不会捕食。

犵羚（猫犤）

挑着担子、拿着镰刀或者背着柴架子，即便空着手，到后沟，眼睛总是会被一些快速的跳跃之物吸引。它们主要在老树弯曲、粗壮而长的树干上蹦跳，一会儿倏然出现，如密密麻麻的书本中突然飞出来的一枚巨大逗号，成片的沉寂之中一枚草籽瞬间胀大。第一次到后山，看到这些灵活如闪电、可爱而又敏捷的小动物，我惊奇不已，问父亲它们叫啥名字。父亲说，那是犵羚，也叫猫犤。

犵羚这个词，显然是乡人按照这些动物的体型而想当然的命名，不存在科学依据。古老的中国人一向如此，即根据自我的主观判断，甚至某些直接的感性认识，对某些事物进行命名。猫犤这个词，也借助了这种动物的外形和性格，即敏锐、柔软，具有非常强的逃窜和隐匿能力。

无论犵羚，还是猫犤，其实就是松鼠。松鼠并非只在松树林里，吃松子之类的。它们还习惯生存在板栗、核桃、酸枣、楸子等果实密集之处。我们村子后面的数道山沟里，长满了板栗、核桃、酸枣和楸子树，还有村人们多年修建的山地，种植玉米、黄豆、谷子等农作物，而这些，也是犵羚、猫驔，乖巧而又奸猾、灵敏且又胆小的松鼠们的领地。它们的窝儿可能在树洞里，也可能在山根的崖洞。村人除了讨厌它们破坏庄稼和果实，并不怎么仇视和憎恨它们。

以至于很多年后，偶尔回乡，到后山沟，无论是落叶凋零，还是草木葳蕤之时，还能够看到很多瘦小而矫健的犵羚、猫驔，在乱石与各种树木的树干上，小心翼翼，无所顾忌地纵横驰骋，好像一些灰白色的精灵，在距离村子三里之外的野地里，自成王国，与人为邻。有一次我忽然想到，南太行乡村的人们，还是蛮善良的，无论在怎样的年月，都没有人捕猎犵羚、猫驔为食，更没有把松鼠列为野味，像野猪那样捕猎。

犵羚（猫驔），在乡人的语境当中，借用的主要用意是形容人的瘦。比如“看你瘦得犵羚似的”。或者直接说，“瘦犵羚。浑身刮不出来二两油腥”。

干池塘的蛤蟆

河里总是有些乱石，大都是从后山被洪水冲过来的。自然的大水，把不同体积和重量的石头分别搬运到合适的位置，铺满了整个峡谷。沟谷里的那些犬牙交错的石头，沉默地告诉每一个人，这里也曾经发生过无数次山洪，而且汹涌浩荡，淹没了大半个山谷。否则，那些碾盘、案板、篮子、铁锨一般大小的石头，怎么也不会堆在一起，而且被打磨得少了棱角，尖锐的头角也都被世事、流水和风，摩挲得圆润起来了。

我记事儿的年月，正值改革开放，河里还有潺潺的流水，虽然不大，但也日夜叮咚不息，冲刷着村子内外的一切俗物和神物，与日月星辰、风霜雨雪一起，形成了一道自然的大地风景与人间烟火的重要构成部分。为了浇地，人们先后在不同地方，筑堤修池塘，为的是天旱的时候，庄稼不至于干死，成为太阳的灰烬。

其中一处池塘，位于村子下方东边山岭根部，不直接连接河沟，平时是干涸的。只有到秋天的时候，村人收割了麻，暴晒，日光和风抽光水分，麻的身子便轻飘无物了。村人们为了做麻绳，就把干了的麻一捆捆地放在那面干池塘里，再用石头压住，通过土石水渠把河水引进去，直到全部淹没，方才把河水放归河流。正是秋天，突然传来诸多的粗陋的刺耳的嘎哇声，听起来似乎人的饱嗝，还有粗鄙男人的响屁。有一次，我和弟弟路过那面沤麻的池塘，突然看到一只全身长着毒疙瘩、颜色金黄的蛤蟆，吓得蹦起三尺高，拉着弟弟仓皇逃窜。

村人说，那叫蛤蟆，不是老蹶子。老蹶子就是青蛙。村人也依照青蛙一贯蹲着的姿势而为它们命名。对于蛤蟆，村人都知道它们是一种吉祥的动物，但有毒，人人都不敢靠近它们半步。当然，也没人抓了当药材卖。我见过的最多的蛤蟆，就在那面沤麻的池塘周边草丛里、湿土上，还有湿漉漉的河石与大树根部等处。每一次见到，全身汗毛直竖，鸡皮疙瘩席卷每一片肌肤。

倒是有几个秋月朗照之时，我跟着父母亲路过那面干池塘，闻到了一股腐烂但又有些柔韧的气味，不臭，还有些某种谷物炒熟了的柔绵感。父亲说，这麻再沤几天，就能放干水，捞出来剥皮搓绳子用了。母亲嗯了一声，也说，咱家的几条麻绳都断了，也得多搓几条绳子。

那应当是苎麻或者柽麻。苎麻为本土品种，柽麻来自印度和巴基斯坦等异域。我跟在他们后面，双脚刚踩着轻薄的月光走过那面干池塘，突然听到巨大的嘎声，很响亮，似乎也有些清脆，随后，又是几声，“嘎、嘎、嘎”，一声接着一声，把秋月和她照拂的所有事物，都惊醒了过来。

麻　糖

咱炸麻糖吃吧！过年前一两天，南太行乡村的多数人家都会炸些麻糖，自己吃，也给来家里拜年的亲戚朋友吃。这个麻糖，形状像是麻花，但比较松软；也像油条，但油条大多数是单只的，麻糖是四瓣松散地拧在一起，炸出来，也是蓬松的，吃起来很有韧劲。

这麻糖似乎只有我们南太行有，即使邻近县城，都是油条居多，不见我们那里独有的炸麻糖。有些年回去，母亲知道我爱吃，每次都从小饭馆里买一些回来。这麻糖，我感觉还是凉的好吃，刚炸出来的，有些热，但不烫嘴，可那个味道，充满了油脂的腻，虽然表皮有些脆，牙齿感觉很好，但舌头会觉得略微苦涩，不怎么好吃。

也有在上面放红糖的，即把红糖用水化开之后，先把麻糖切好，下锅炸之前，再把红糖抹上去，炸出来的麻糖，就有了甜味。

放凉了的麻糖，吃起来，没苦味。吃的时候，油脂虽也会溢出来，弄得手掌也油腻腻的，却不令人觉得腻。多年前，母亲不在家的时候，我就给父亲炒油条，先打几个鸡蛋，炒熟，再放蒜瓣、花椒，最好是再加一些新鲜的白菜叶子，再把麻糖用刀切成一小段一小段的，放在一起炒，可以适当放点酱油，那样吃起来是很好吃的。好像河北、北京、山西、陕西、河南一带也这样吃，名曰炒油条。当时，人都以为这是最奢侈的生活了。主要是食用油用得多，麻糖是油炸的，再放油炒。这样一来，油就成了这一道吃食的主料了。

现在吃油条的人少了，都知道油炸食品不健康，我胃不好以后，也不再吃炸麻糖。偶尔吃几块，也不像以前那样多吃了。油脂多了，也是很麻烦的一件事。当人们身体缺油的时候，有了，使劲吃，每顿都吃，当身体因为油脂发生问题，又开始控制吃油了。由此看,《道德经》“极则反，盈则亏”确是不二真理。

饸 饹

几乎家家户户都有一种专门工具，就叫饸饹床。其形状，犹如闸刀，只不过，上面杆子适当部位，设置了一个实心锤子，圆形的，对应的下面，还有一个圆形凹槽。把面放在凹槽里，圆形吊锤垂直压住，用力压，凹槽的底部由带有均匀圆孔的钢片组成，面就会纷纷从圆孔中挤出来，而且连绵不断，直到一团面所剩无几。下面，有一个茎子接住，压完之后，可以放在锅里去煮了。但不能一起放进水里，要用细棍子担住，放在锅里，然后再捞出来。

如此这般，避免面条状的饸饹粘连在一起，成了疙瘩蛋。

做饸饹的原料很简单，由红薯面加麦子面，或者玉米面、荞麦面，和在一起，发黏之后，蒸熟，挖起一团，填满饸饹床的圆孔，使劲压，下面再放个东西接住就可以了。红薯这东西，南太行乡村人每年都种一点，每年春天，总会有人开着三轮车之类的，每个村子地跑，还吆喝着说：卖红薯苗儿了！卖红薯苗儿了！人就把他叫住，买一些，找田地，挖坑、挑水，就着泥泥的水，把红薯秧子埋进去，再用周边的土围拢好，就可以了。

要是夏天雨水过多，红薯会不怎么好吃，不面、不甜不说，还特别的淡而无味；水少了，红薯会早死。水量适中，到秋天，大致在霜降前后，在地里隐秘成长的红薯结得又大又多。全身呈鲜红色，内瓤洁白，用刀切开，有白色汁液渗出，粘在刀面和菜板上。

要想吃，先用清水洗干净，再切块，在稀饭锅里加入，很甜很面，也可以烤着吃。要做饸饹面和粉条的话，每年秋天，从地里刨出来，清水洗干净，拿到磨坊里去磨碎成浆水，再用密度极小的棉布，一点一滴地淋出来，有一部分就是芡粉，有一部分就成了渣滓。可以做粉条，也可以做饸饹面。剩下的渣滓，大都用来喂猪。

饸饹出来，下锅，再煮。但，放在箅子上清水蒸熟最好，可以保持形状，味道也比较原始。从前年代，吃饸饹，一般把花生油烧开，加点葱花、胡椒、食盐，放在一边，吃的时候浇在饸饹面上就可以了。当然，有新鲜韭菜切碎代替葱花更好。

有一年我回家，见南太行乡村的大小饭店招牌上，都写着饸饹面这种食品作为他们店里的卖点之一。

弟弟说，这几年，城里来的人，就喜欢吃饸饹面，咱们这边人早就不吃了，见城里人吃，就都又开始吃了。从前，饸饹面、玉米面窝头等被称为粗粮，谁还吃的话，要被人笑话。现在，却又成了人人喜欢的好东西。世道的变迁，与人们的口味，有些时候，确实有些近似。

苦蕾

春天，早先给予大地和人间绿色的除了柳条，还有榆树。榆树的叶子起初金黄色，黄得像是一枚枚的铜钱。大致，榆钱的名字就是这样得来的。母亲拿了长杆子，背上我，又提了一只黄荆条编织的篮子，从家到后坡上去。看到一棵榆树，见上面还有叶子。把我放在正在解冻的沙土地上，然后拿起带钩子的长杆，把树枝折下来，然后提起来，用手捋掉上面的榆钱，放在荆条篮子里。

回到家，把榆钱洗干净，淋干水，再“舀”点玉米面，加水，用手搅拌均匀，倒在铺着蒸笼布的箅子上。锅里加上清水，然后点火。激烈的火焰烧着黢黑的锅底，不一会儿，水就开了，持续十几分钟，最好半个小时，锅里的东西就熟了，揭开锅盖，一股草香扑面而来，还夹杂着玉米面的味道。

这就是苦蕾了。吃的时候，可以再调个佐料，一般情况是，少许花生油烧开，放上花椒和盐巴，再加上韭菜或者葱花（葱段也可以），把苦蕾盛在碗里，适量加入，搅拌一下，就可以吃了。那时候，我是不怎么爱吃苦蕾的，觉得榆钱在嗓子里有一种刺毛的感觉，多次拒绝吃。现在，南太行乡村基本上没人吃苦蕾了，我也很少在初春时候回家，这一道带着贫苦年代记忆的乡村吃食，已经很多年没吃到了。

甜咯啶的

杨百胜绰号大头胜，他家分的柿子树最多。这柿子树，南太行乡村比较盛产，而且都是虬枝乱舞，冠盖庞大的大树，表皮皲裂，呈黑色，犹如疮后的疔痂，一片片的，看起来不怎么舒服，但这种树生命力极其顽强，活个几十年不成问题。我们村里的柿子树，大都是上几代人留下的。

柿子树的母体叫元枣树，嫁接才结柿子。它也开花，在春天的时候，黄色的小花朵挂满树枝，在圆锥形的大叶子之间，似乎是一群的小橘子，小而曼妙，又充满了蜜香，引得蜜蜂恬不知耻地飞起落下。初夏时分，花朵脱落，先是青涩的小柿子，再慢慢长大，秋天成熟，大小如婴儿拳头，青皮，吃起来很涩。若是摘一些回家，放在温水里，泡上几天，涩味溢出，再吃，脆脆的甜。

白露左右，柿子发红，尤其是长在树顶上的，还有接受阳光多的一面。表皮变红，再内瓤。不过，人们总是在柿子没有变红之前，就摘了下来，用篮子装了，挑回家，放在屋顶上晾晒。选完整的青柿子，用刀去皮，再用秸秆或者破被子捂住，数日后，青柿子变红，然后长“霜”（其实是糖分）。

还有一些，摘的时候坏了的，或者在树上已经变软变红了的，也会拿回家，同样放在房顶上，引得黑老鸹、麻雀等鸟儿偷吃，还有老鼠。到了年关，有的人家会把软的红柿子拿下来，擦干净，或者剥皮，和玉米面和起来，然后再捏成一条一条的，放在油锅里炸，待炸熟炸透了，又甜又香。

这叫“甜咯啶的”，是一种比较奢侈的吃食，每年春节，大头胜家都会做，因为他家的柿子树多，有足够的柿子。我们家的柿子树少，还没到腊月，就都吃光了。另外，我母亲也是一个不怎么好吃的人，即便是有柿子，她也嫌炸“甜咯啶的”太费油，一般不做。自家没有的，看别人吃，就有些垂涎欲滴。大头胜似乎知道我的心理，每次和他一起玩，他总是能从装满灰土的衣兜里，掏出几根“甜咯啶的”，一边走，一边自己吃自己的。

他吃就吃吧，还把嘴片子甩得比花炮还响。每次看到他吃，我就特别羡慕。但我似乎从来不向他要着吃，更不会求他给我。每当这时候，我就跑到五里外的大姨家去，大姨家也有“甜咯啶的”。大姨说，你随便吃，吃多少咱家也有。不过，这东西不能多吃，吃多了心沉。那时候，我不知道啥叫“心沉”，后来才懂得，柿子这类的东西，糖分太重，吃多了会使得人肠胃不适，心脏还不好受。

但大头胜好像没事，他一天吃那么多，也没有见他不舒服过。后来我想，这可能和他家族遗传有关系。他的爷爷（我也叫爷爷），一个个子不高、胡子银白、一见到人就笑呵呵的小老头，那时候八十多岁了，还下地干活，冬天也不闲着。中午回来，就一个人爬到房顶上，坐下来吃柿子。我不知道他爷爷啥时候去世的，好像活了九十多岁。去世之前的那个上午，还在吃柿子，中午睡觉，睡着睡着，人就没了。

酸枣面

猫耷拉着脑袋，一声一声地叫，很痛苦，步子也慢，到院子里，扑腾就摔倒了。然后再叫，自己又起身，走到门槛边。母亲出来一看，吃惊地说，又吃了毒老鼠了！她蹲下来看了一下，然后回家，翻出一个塑料包。塑料包很脏了，外面落着一些柴灰。母亲飞快打开，拿了一只碗，把塑料包打开，掰了一块发黄，还有点发黑的东西，丢在碗里，再提起暖瓶，倒了一些开水。再拿勺子，搅动一番，走到门外，蹲在奄奄一息的猫跟前，舀里面的汤水，喂给它。

这是我家的灰猫，起初，一天能抓好几个老鼠，先前把我们家当成疆场和舞台的鼠辈们，就销声匿迹了。这对猫不是好事。对手没了，也等于断了口粮。前几次，它就吃了别人家用毒药毒死的老鼠尸体，差点没命。这一次，它还是不长记性，又吃了毒老鼠，摇摇晃晃地回家，用虚弱的叫声，提醒母亲来救它。母亲如法炮制，倒了酸枣面，用开水搅开，喂给它。

如此几次，都是酸枣面救了它的命。母亲说，酸枣面是解毒的。有的人因为喷洒农药引起中毒现象，喝酸枣面以后，症状有所改善。还有的人，觉得自己浑身无力，疲倦，或者失眠、多梦、脾胃不好等，也可以喝酸枣面。

南太行的酸枣多数为尖酸枣，形体小，核结实，磨成粉的原料，多是连皮带肉带核一起来的。酸枣都在秋天大规模成熟，山上很多。一般人家，都是自己上山摘酸枣，晾干后，在碾子上磨成粉状，包裹起来，备用。据说，出生于河北任丘的扁鹊，就曾用酸枣面治好过赵简子赵鞅的“五日昏迷症”（《史记·扁鹊仓公列传》）。《神农本草经》中说：“（酸枣）安五脏，轻身延年。”具有补肝、宁心、敛汗、生津等药效。

洘捞儿

大致是从山西晋中一带传下来的。南太行乡村，就包括山西左权、潞城、和顺、长治等地方。山西海拔较高，产荞麦，自然也有荞麦面。这种面发黑，略粗糙。先前年代，人们不得已而吃。日子好过了，便鄙视粗粮。荞麦面不仅可以蒸馒头，做饼子（煎饼），还可以做洘捞儿，就是把荞麦面加盐加水，在面盆里和成团，再一点点地揪下来，用大拇指在案板上用力一撮，就成了扁形，一朵朵的，就叫洘捞儿，因为形似猫耳朵，有些地方也叫猫耳朵。

做洘捞儿，和做面片一样，等足够一锅或者够一家人一顿吃了，再下到开水锅里。如果想再放点菜（夏天放西葫芦、豆角、土豆、菌子，冬天则放北瓜、干豆角、萝卜条、白菜等），也是可以的。菜和洿捞儿一起煮，放点盐，再切一些韭菜、香菜丢进去，吃起来味道很好。如此好吃的食物，我只是在山西老舅和老姨家吃过，在河北自己家里，倒是很少能吃到荞麦面洿捞儿。

南太行大地果实（九则）

蛇　葚

红艳艳的、格外醒目，在诸多青草之中，像是一滴肥美的鲜血。根茎小，犹如一根绿线，顶头上，四散伸出几个叶片。每年春夏，它们在靠近河边的沟渠边、碎沙子地里，没边没沿成长、结果。第一次见到，便蹲下来摘，不由分说，放在嘴里。扛着锄头的父亲也不阻止，笑着说，那是蛇葚子，长虫吃的。

我一阵哆嗦，满脸惊恐地抱住父亲的腿。父亲说，没事，不怕，这时候没蛇。他一把抱起我，跨过叮当流水。到对岸，我又看到了蛇葚子，忍不住舔舔嘴唇。父亲蹲下，给我摘了几个，放进我的嘴里。

父亲的手指很粗，还有汗味、烟味和土腥味，或许还有大粪的味道。但我觉得那红艳艳的东西很好吃，不怎么甜，但总体上是甜的。父亲说，那叫蛇葚子，是蛇经常吃的。蛇自然是吓人的，有科学家说，人类的基因里就有对蛇的恐惧，是一种天性。每次见到这种好吃的小果子，就下意识朝四边的草丛、石头缝、溪水和荆棘丛中看看，实在不放心，就找一根长一点的木棍，四处敲打一番，确认没有蛇，就摘着吃。

蛇葚子通常只有成人的小指头肚那么大，大的也不过中指肚。它们喜欢在潮湿的河边与水渠成长，但不成片，而是分散在差不多高的杂草里。天长日久，我发现，艾草丛生的地方，是难以见到蛇葚子的。或许，艾草是中医认为的纯阳植物，不用想，单从蛇葚子的长相上看，就知道它们是阴性的。

等我长大，每次在河边遇到，也忍不住摘几个吃。及至自己有了孩子，以后带他回老家，见到蛇葚子，因为有经验，也会摘下来给他吃。令我惊讶的是，他不像我小时候，见到这种红艳艳的小果子就想吃，他最初拒绝，甚至害怕，眼神里也充满怀疑。我就告诉他说，这小果子名叫蛇葚，也叫“蛇泡草”“龙吐珠”“鼻血果果”，你看它像龙吐珠，还是鼻血果果?

他笑了。而我却觉得，从前的我们，即20世纪七八十年代出生在乡村的人，对于自然是毫无戒心，且充满信任的，以为大地上的一切果实，都是甜的，也都是给人吃的。现在的孩子们则更倾向于自我选择，遵循的是熟悉第一、有例为证的原则。而我们则不会做更多的比较，一切按照自我的感官、视觉、味觉和嗅觉来判断和取舍。

野葡萄

初秋天气，刚下了雨的天空，干净得像是母亲做的新衣服，一尘不染，蓝的蓝到了蓝的灵魂，白的白到了白的内心。山坡上，到处潮湿，绿苔不仅生长在石头上，还有泥土较多的泥土地上。父亲回家收黄豆，我替他放羊。那些羊的毛发是黑色，间或有白色、黄色或者绛红色的夹杂其间。每当这时候，羊似乎也闻到了粮食成熟的香味，总是趁机跑到某一片玉米或者谷子、红薯、萝卜、白菜地里，享受一下人间美食。

它们的这种行径，是我不能答应的。因为，那些田地都分给了个人。羊吃了谁家的，谁就会生气。如果仅仅吃上一口，不显山不露水的，没事，可羊的嘴巴好比镰刀，一口还没有咽下去，第二口就接上了。再者，羊也是群体性动物，它们也喜欢被带头，被引领，一旦有一只偷吃成功，另一些也会紧紧跟上。一只两只好收拾，但若一群羊，蜂拥而上，别说我这个十来岁的孩子，即便是父亲那样的大人，也拿它们毫无办法。

父亲总嘱咐我尽量把羊群往后山带，那里都是山，山上是草、岩石和各种荆棘，本就是给羊吃的，也是羊的衣食疆场与父母。哪怕它们把岩石踏碎了，啃着全部吃掉，也天经地义。父亲说，这世上，凡是和人沾边的事儿都麻烦，和山川草木沾边的都好办。

后山幽深，老人们常说，草木深得几个人进去，好像几只蚂蚁爬进泥沙里一样。羊们迈着四蹄，踩着河沟不规则的石头，如走高跷一般，终于到了后山。我松了一口气，自己首先爬上山坡。父亲说，放羊时要站在它们上面，因为它们经常会把松动的石头蹬掉，滚下来，砸到人就麻烦了。他还说，附近几个村子里，就出过这类的灾祸。

这山坡，有的地方平缓，大多数陡峭。我沿着人和羊多年踩出来的小道，向上走，忽然看到一团绿茵茵的东西，形状似乎一顶绿色帐篷。好奇心使然，走过去，却发现是一团野葡萄藤，藤上结着一些黄豆大小的葡萄，有些发青、有些发红，还有些发黑。我摘了一颗吃，巨大的酸味袭击了我的舌头和口腔，先是缩脖子，浑身打了一个激灵。那种酸，超出了我对酸的所有体验和理解。尽管如此，我还是想吃，长出了几口气，又摘了几颗，放进嘴里，在连续的激烈的酸当中，只觉得自己浑身上下清醒无比，甚至连隐藏在肉身之中的那个隐形的自己感觉到一种来自大地深处的酸意。

后来我才知道，那是掌裂蛇葡萄，也是葡萄之一种。

荚 蒾

每年暑假和寒假，总有一些时间，我要上山打柴。有时候和表弟一起。有时候和其他同学。打的柴火，大都给了爷爷奶奶。爷爷四十多岁时眼睛盲了，奶奶裹小脚，做啥都不方便。山上多的是黄荆，这种灌木，长势极快，越是割得多和快，就越是长得快。

植物也和人一样，需要不断轮替和新生。暑假，我和表弟一人一把镰刀，早上起来就蹲在爷爷奶奶门口，把刀刃反复地在磨刀石上磨，直到确认锋利，方才罢手。然后分别背上柴架子，迈着两条腿，穿过村子的石头巷子，一头扎进后山。站在沟口，目测哪里的黄荆多，就朝哪面坡上挺进。到近前，看到那些长势喜人的黄荆，浑身充满力气，放下柴架子，挥动镰刀，迅速向黄荆展开进攻。

孩子们都是起初干劲足，越干越觉得累。饥饿不失时机，像敌人一样偷袭肚子。饿得不行的时候，就得满山找吃的。山坡的悬崖附近，乱石较多的地方，总是有一种密集，但颗粒小如红豆的果实，也像刚成形的车厘子，形状像是花朵，密密麻麻地结满了果实，而且也是红色的，黄红黄红的颜色，看起来很解馋。我和表弟一人揪住一棵灌木，松鼠一般一颗颗地摘了放进嘴里。

这野果略酸，成熟之后，甜味占主体。果实不但小，还有核，很坚硬，一不小心，硌得牙疼。为了减少麻烦，我干脆嚼几下直接吞到肚子里去，心想，核吃进去了也不要紧，反正能消化。大致因为这个习惯，到现在我吃西瓜和葡萄，都不会吐掉核和籽。那果实虽然小，看起来不顶饿，可山里很多，吃得多了，也就不觉得饿了。我就和表弟开始捆绑割下来的黄荆，然后绑在柴架子上，背回去，放在爷爷奶奶的柴火堆上。

因为带着叶子，都还青，放几个月后，黄荆就干了，很好烧，即使下雨天，也不用专门的引火柴。体量还非常轻，适合奶奶抱来烧火做饭用。几乎每年暑假，我和表弟，都把为爷爷奶奶割黄荆当柴烧作为一件大事来认真完成，而在割柴期间吃的那黄红黄红的野果，也是少年时代最美好的记忆。但我一直不知道它叫啥名字，直到最近，方才得知，那野果名为荚蒾，也是一味中药，根茎、叶子、果实都可以入药，具有疏风解毒、清热、活血等功效。

酸　枣

满山坡都是，当地叫圪针。常有人一手持叉子状的木棍，把浑身长刺的茎秆压弯，再用镰刀从根部砍削，圪针多而密集，一伸手，自以为万无一失，却不料，手指或者后背却瞬间疼痛，犹如蝎子蜇的一样，急着缩手过程中，如果再碰到另一枚圪针，还得哎呀一声。扎得深的，还会出血，血珠犹如这植物的果实，红红的，小小的。当地人叫酸枣。到了秋天，人们拿着长棍子，到山坡转一圈，捶打枣树，酸枣簌簌而落，捡起来，装进袋子里，每一次都能带回来不少。晒干之后，放在碾子上，一遍遍地压，就成了酸枣面。

我们家没修新房子之前，那里还是一面荒坡。我小时候常去，沟里有些旱地，周遭的山坡长满了酸枣树，其中还有几棵被人工嫁接，成了大枣树。而更多的，还是野生的大小不一的酸枣树。但最大的，也不过小孩手腕那么粗，因为酸枣树浑身长刺，即当地所说的圪针，可以用来做篱笆，挡住野兔、家养鸡等侵犯粮食，多被人砍掉，能够长大的，可谓少之又少。父母亲把房子盖在那里之后，酸枣树并没有因此而绝迹，反而越来越多。

秋天是最美好的季节，人最忙，大地也在不断减轻负担。收了玉米、谷子、豆子等农作物以后，大地就空了起来，霜降后，原先草木繁茂的山坡也就开始大规模萧瑟了。酸枣树叶先是发黑，再发脆，继而焦枯，一阵风吹，飒飒而落。此时，被叶子围裹掩映的酸枣立马成了整个枣树甚至山坡的主角，放眼一看，到处都有星星点点的红色，有的稠密，有的稀疏，有些长在悬崖上，有些长在斜坡上。

我最喜欢吃酸枣，有时候上山打柴，看到酸枣，就冒着被扎出血的危险，不断把手探进密集的圪针当中，奋不顾身地摘酸枣吃。还青着的，有些甜，还脆，若是干瘪了的，酸味后来居上。即便到了严冬，到山上去，还可以看到许多酸枣，烈士一般挂在树枝上，伸手再去摘来吃，很酸，但很干净。有些掉在地上，除了松鼠和野兔，似乎也没有多少野生动物喜欢吃酸枣。

有一年春天，我从学校回家，家养的一只灰猫卧在墙根，一副垂死模样。母亲说，这猫吃了别人家毒死的老鼠，我刚才灌了它几口酸枣面水，看效果咋样吧！我心疼地看着灰猫，想上去抚摩一下，却又觉得害怕。当天夜里，在睡梦中，忽然又传来灰猫的叫声，听起来很正常，开灯一看，那灰猫果然又恢复了生机。第二天一早，母亲说，这酸枣面水真解毒！这不，猫都活过来了。真好！我也觉得很不可思议。

山　楂

红艳艳的果子，藏在稠密的叶子里。我竟然不知道母亲什么时候在院子左边栽种了一棵山楂树。因为那房子是父母分给我的，我又不常在家，院子里荒草较多，四周还长着梧桐树、梨子树、酸枣树、苹果树等，若不仔细看，极难发现那一棵孤零零的山楂树。我伸手摘了一颗山楂，擦了擦，放进嘴里，簌簌而开的山楂，起初是柔绵的，舌头一接触到果肉，就是一股凌厉的酸。

地上也掉了很多，我捡起来。叫弟弟的几个孩子吃。他们却都不吃。我说，这是很好的东西，中药。他们笑着摇头。我记得，自己小时候，别说如此之多的山楂，就连酸枣、野葡萄和荚蒾，看到都会席卷一空，即使吃不完，也要放在一个安全的地方，想起来了再拿出来吃。而现在的孩子们，却对野果没有任何兴趣，即便落在地上烂掉，也不会自己摘着吃。这或许是时代的另一种表现，当人们口腹餍足之后，散落在山间野地里的果实，就真正地归属于鸟雀走兽和自身的凋零命运了。

前些年秋天回老家，也总是回去对面的南山。最悲伤的一年，是父亲去世后，我和弟弟一直想给他找一个更好的墓地，便开着车子，到山里四处转悠。从前总是光秃秃的山，到处都是深密的蒿草和荆棘，树木盘根错节，密不透风。弟弟说，以前的人还烧柴，现在都在烧煤气了，没人打柴，也没了牛羊，山上的草疯了一样，长得遮天蔽日。

在民间，很多人讲究坟墓的风水，即百年之后的安居地。我们老家也不例外。这个地方，主要是背靠山脉，地面平坦，前面还有一道起伏的山岭，中间是一条小河。弟弟说，这地方以前有人家住。果不其然，拨开冲天的蒿草，真的看到了老房子的遗址。另一边，居然长着一棵巨大的山楂树，上面的山楂异常稠密，压弯了树枝。我不由得惊叫一声，说："山楂！"弟弟说，"这里多得很！"

还真是的，我低头钻出树荫，四处张望，只见一片山楂树，每一棵上面，都是已经红了的山楂，远看，就像是硕大的红花，围着绿叶，向着日光，炫耀自己丰盛的紫红。我吃了几颗，还是很酸，但味道纯正。我以为这山楂是别人家专门栽种的，弟弟说，"先前倒是有人管，现在没人收，都掉在地上烂掉了！"我连说可惜。弟弟说，"咱们还小的时候，别说这么红的山楂了，恐怕早在青的时候，就被‘洗’光了。”他说的“洗”字，是我们南太行当地的方言，意思是“摘”，等同于“洗劫”，多用来形容好玩的事儿。

母亲拿了口袋，说，“要去摘回来。烂在那里，可惜了！”我说，“摘回来做啥？”母亲说，“卖个钱呗？”我和弟弟笑着说，“不用，我俩给你钱！”母亲说，“你们给的是你们的，那山楂烂了可惜，卖个钱，也减轻了你们的负担！”我和弟弟笑笑，帮着母亲拿了口袋，把她扶上了车，到山里捡山楂去。

元　枣

其实是柿子的前身或者说处子。南太行乡村称之为元枣。树的外形像柿子树，但叶子较小，躯干也非常挺直，不像已经被嫁接了的柿子树，本来身材秀溜，还有些婀娜，一旦成了柿子树，就开始往粗里和弯里长，连每一根树杈都弯曲如蟒蛇。爷爷说，这就像人，一开始啥也不懂，反正长得好看，长大了，经历了事儿，就曲里拐弯了。那时候，对他这句话，我不明所以，只牢牢记着村子周边哪里有元枣树。

其中一棵长在村子下面，河沟另一侧的山坡上，看那皲裂不堪、黢黑斑驳的树皮，高高的树头，就知道它至少有三十年树龄了。树冠下面，像是十八九岁闺女的腰，一根树枝也没有，足有三米高。要想爬上去，难度有点大。唯一的办法是等到冬天的时候，柿子都摘了、落了，风吹干了一切，满树顶的元枣也没了滋养，开始松动，我纠集了几个伙伴，气喘吁吁地跑到树下，每一个人搬一块大石头，使劲砸向树干的根部，一阵摇晃，就会抖落几颗黑黑的元枣，几个人一哄而上，谁抢到谁吃。

另外一棵长在二里外邻村的山岭上，比这一棵还要粗、大、高。搬大石头砸它，它哼都不哼一声，别说掉元枣了，唯一的办法，就是拿着小石头，站在山顶上，使劲丢，要是小石头能碰到结满元枣的树枝，其中的“不坚定分子”纷纷下落。但那棵树不仅长在陡坡上，且茅草很多，找一颗元枣，堪比海底捞针。每一次，我们看着掉下来很多，却没有几颗被我们的口腔和肚子享用，大致都便宜了松鼠和野兔。可我们仍旧乐此不疲，一个冬天下来，满树的元枣就在我们一次次的袭击下，成了真正的孤苦的树木，当然，那些元枣大都藏在了茅草里，自己烂掉，或者被其他小动物当成了果腹的口粮。

奶奶说，你把砸下来的元枣拿回来，奶奶给你放在馒头上面，蒸出来，就更好吃了。母亲也说，这元枣还可以做元枣馒头，再加点红糖，那就更好吃了。有一天放学，我和一个要好的同学气喘吁吁地跑到那棵大元枣树下，本来兴致勃勃，嘴里好像也有了元枣馒头香甜的味道，举头一看，却发现树顶上的元枣早就没了。那正是傍晚，夕阳之下，几只乌鸦夜神一般在圆枣树上叽叽喳喳。

楸　子

先是下了一场雪，次日出太阳，向阳处的积雪都化了，唯有背阴的南山和不受阳光待见的房后阴影处，还有所残留，可由于风吹，雪面上裸着一层灰土，还有一些草芥。父亲带着我去南山打柴，沿途的河沟，山的阴影里，还有很多的积雪。南山是一片森林，林场每年都要组织工人修剪松树，残枝早就干透了。

松树油分大，好点燃，也很好做饭蒸馒头。父亲帮我打了很多松树枝，但很不容易捆绑起来，父亲就到一边的树林里，砍了几根楸子树枝，从刃口处撕下几根楸子树皮，把松树枝捆在了一起。我说，楸子很好吃，砍掉了，明年就不能结楸子了！父亲说，楸子树品性很贱，到处都是，只要给它们土，哪里都能长，而且还很快，不几年时间，就是枝繁叶茂的大树！

南太行山里，到处都是楸子树。村里很多的核桃树，都是从楸子树嫁接过来的。楸子也像核桃，有着很硬的壳儿，锤子砸都难砸开，不像核桃那般皮薄，石头一砸或者手一捏，就碎了。父亲说，他小的时候，每年秋天，人都会到山里去，专门去摘和捡楸子。这东西本来是松鼠的食物，可人拿回来，送到油坊里，就可以换油，如果自己榨，当然也可以，就是麻烦一些。

楸子油分大，榨出来的油也很香。村里这些年来，花生油、菜籽油等多了起来，人们手头也都有了一些积蓄，就没人再去山里捡楸子榨油了。倒是我们这些小孩子，在山里见到楸子，就想吃，拿着大石头砸。楸子是椭圆形的，皮又坚硬，要是砸不准，就会蹦很远。即使打开了，最好是用缝衣针挑着，才能吃到里面的仁。

楸子里面的纹路很细，而且深，仁儿都藏在里面，比吃核桃的难度要大好几倍。像我这样没有耐心的人，实在想吃，就把整个楸子放在嘴里，用舌头去掏。当然，舌头也掏不出多少仁儿来，只好丢掉，再开一个。父亲说，你这样吃楸子，还不如松鼠（南太行当地叫犵羚猫虠。）吃得多，真是浪费。不如烧着吃吧。说着，父亲捡了些干树枝，用火柴点着，把楸子放在下面。

火焰持续，很快埋住了楸子。大约十多分钟，把楸子从灰烬中刨出来，特别是那些外壳在燃烧的，顺势砸开，多数仁儿就会暴露出来，用手剥出来，嚼几下，满嘴的油脂。特别是那些烧煳了的仁儿，吃起来更香，放在嘴里，还会发出嗤嗤的响声，好像舌头尖浸在沸腾的油锅里一样。

直到现在，楸子树依旧很多，即使有人砍了，它们也会再度新生，只是，人们很少再去捡楸子榨油了，现在的孩子们，也不会像我当年那样，把楸子烧了吃。有时候看到，总是想起父亲。可他只活了六十三岁，如果他现在还活着，我一定再让他给我烧楸子吃，而且把仁儿用针挑出来，喂给他。

柿　子

树冠庞大，四面延伸，足有两层楼那么高。每年秋天，柿子青青，犹如婴儿拳头，向阳处的有些已经红了脸，似乎小女孩的脸蛋，还有的软了，摘下来吃，很甜。但青柿子不能吃，主要是涩口。有人摘回来以后，放在大锅里，加水，烧到略微发热时，盖上锅盖，一般两三天后，涩味随着水温溢出，剩下的就只是脆甜了。

这样的做法，显然是为了自己吃。那些年，很少有人这样做，都想着摘下来，旋成柿牛子再做成柿饼，还能卖个钱，贴补家用，自己吃了就是浪费。南太行乡村人过的节俭日子由此可见。他们也不怎么喜欢变着花样吃，早上和晚上，都是稀饭加馒头（饼）、咸菜等，中午才吃一顿鸡蛋或者肉面条。只有逢年过节，才会额外做些肉和炸的食物。其中的柿子，与麦子面、玉米面或者江米面和起来，搓成一段段的，炸出来，给孩子们吃，名字也很土，叫甜咯啶的。意思是，柿子和面加起来，都甜到屁股上来了。

早些年间，村人特别喜欢用红柿子拌炒面吃。所谓的炒面，就是把玉米炒熟，再放到碾子上磨成面粉。父亲经常吃，爷爷奶奶也是，母亲也喜欢吃。我是拒绝的，觉得那味道炒面实在难以下咽。即便逼着我吃，我也只把里面的柿子吃掉，把炒面倒掉。倒是我家的一个邻居，我也叫他爷爷，似乎从我第一次认识他，他就是一个小个子、白胡子老爷爷。他大致有八十来岁了。每天都要下地干活，不论冬夏春秋。冬天回到家，首先沿着木梯子爬上房顶，从苇席下面摸一个柿子出来，坐在房顶上吃。大致在他九十多岁时无疾而终，村人都说，最爱劳动的那个人没了，从此以后再也不会有了。

从我这一代人开始，村里坚持下地干农活的人，爷爷奶奶辈的人先后去世后，基本上就是我父亲母亲那一代人了。他们说，一天不去地里，就觉得难受。我们这一代人，看到锄头、镰刀之类的农具就有些心不在焉，即使到了地里，也像淘气的小驴子和马驹，胡乱踢踏一通，就又扛着锄头，回家来了。

我们家也分到了几棵柿子树，爷爷奶奶家也有几棵。每年秋天，柿子要熟的时候，我都帮着奶奶卸柿子。之所以用“卸”字，主要是青柿子娇贵，树底下大都是碎石头，落下来，肯定摔坏了，那就只能做柿块，做不成柿牛子和柿饼了。相比较而言，当然是成色好的柿饼卖价高了。因此，每年卸柿子，都要爬树，这方面我还是比较麻溜。自家的柿子，都是父亲爬树卸下来。有一次，父亲看到柿子树上的一根粗树干已经干掉了，心想，可以弄下来拿回去烧柴。因为树高，他先把麻绳甩上去，再使劲拉，由于用力过猛，干树枝折断了，也砸到了他头上。

那一天我刚放学，背着书包哼哼唧唧地唱歌。一个堂姐迎面走过来，大声对我说，“哎呀，你还在唱歌。俺小方叔叔受伤了！”我一听，浑身一阵发冷，撒开双腿跑回家，看到父亲躺在炕沿上，头上包着纱布，脸上的血迹已经干了。

这些年再回南太行乡村，却发现，满树的柿子没人卸了，任它们由青变红，被秋日的盛大日光照耀，而后发软，在某些时候“扑哧”一声，摔在地上，成为一摊红色烂泥。我们家院子下面也有一棵柿子树。母亲说，有些年结的柿子很稠，有些年花都不开，不结一个柿子。她还说，近些年，村里有些人把柿子树锯掉了，能做木板的，当然好，啥材料也做不成的，就当柴烧掉了。

野　杏

突然被香味惊醒，这种体验，很多年没有了。少年时的春天，气温一天天升高。晚上也不需要关窗户了。某日，我还没起床，突然一阵花香，从窗棂闯进来，一下子就袭击了我的鼻孔。我惊醒，只觉得全身一阵通透和轻盈。我瞬间明白，一定是山后的杏花开了。穿上衣服，刚爬上山岭，又有一阵香味顺着山脊“杀伐”而来，香得我一阵眩晕，站在山岭上，啊，杏花全开了，一树树，一团团，粉红色的杏花花团锦簇，远看，像是一个个不规则的棉花垛，不规则地堆在斜斜的山坡上，也似乎在滚动一般。

杏花之后，桃花、梨花、野菊花，花朵接连开放，更远山里，还有矮韭、鬼见愁、铁线莲、百蕊草、柴胡花等。数天之间，满山花香。田里的麦子，人一不见，就蹿出好高，玉米拔节的声音响彻黑夜和黎明。如此一些天后，杏子就显山露水了，它们从花朵中来，开始青涩如大地的绿眼睛，一颗颗，站在不断被春风摇动的树枝上，羞怯地成长。到麦子快要熟了的时候，空气中最先飘来大杏子的甜浓香味。那些杏子，是人工嫁接的，其前身，也是长相扭曲的野杏树。

我和弟弟馋得很，去摘野杏子吃，硬不说，还酸得人只想翻跟头。有天傍晚，我联合弟弟，两人带了一个书包，爬上一道山冈，就看到满树叮当作响的大杏子。弟弟把风，我摸上去，爬上树，不管三七二十一，青的黄的一起摘，放在书包里。我正摘得热火朝天，弟弟使了一个眼色，我急忙朝下一看，一个中年男人正提着一个篮子，晃晃悠悠地往杏树这边跑，我一阵心慌，也不管杏树皮刮肚子和大腿，倒退着溜下来，背着书包，和弟弟一起沿着山坡，如失控的小马驹一般，一溜烟就到了沟底。

仓皇回到家，撩开衬衫，肚皮上多了几道血印。母亲说，这杏子是人家卖钱的，你们偷了，不好。不一会儿，奶奶站在路边喊我名字，让我过去拿杏子吃。我过了山岭，下到河沟，到奶奶家，看见一个中年妇女，挑着扁担，在卖杏子。奶奶说，这是罗子圈的谁谁谁来卖杏子了，我买了点，给你带几个回去尝尝。我一下子不知所措，满脸通红。那个妇女矮胖，鬓前飘着几根白头发。

仅仅一次偷杏子，我肚皮上的疤痕直到三十岁发胖才不见了。那一次后，每次在路上遇到那杏树的主人家，老远我就低下头来，脸发烫，不敢正眼看人家。而这时候，也兴起了一阵板栗树种植，不少人把山坡耙松，种上了板栗树，野杏树也被挖掉，换成了清一色的板栗树。每一次回到老家，我都要去后山看看，特别是春天，总想着，能够遇到几棵残存的野杏树，但很不幸，一棵也不见了。

直到2022年回家，母亲说，杏子熟了。我一看，我们家东边的斜坡上，居然有两棵杏树，大大的杏子挂在上面，像是一个个椭圆的黄金小球儿，侄女儿摘了好多。我尝了一个，特别甜。便问母亲，啥时候种的杏子树。母亲说，先前的时候，那里长了几棵野生的小杏树，有年秋天，她试着嫁接，没想到，居然成功了。我又吃了一个，只觉得这杏子真是甜。

我差不多五十岁了，半百年纪，感觉与小时候的自己，对味道的喜好都已不同。拿着杏核，我端详了一番，只觉得，这栗黑色的硬东西，和现在的话梅，有些相像。

南太行自然日历（四篇）

春天的琐碎过程

夜晚的风吹得树枝不断哀叫，到处都还是一片荒寒，有时夜里，还会偷偷下雪，把房屋、浅草和冻土覆盖掉，但向阳的坡根、麦地的边沿和房子的后面，柔韧的野草伸出头来，嫩黄的，像小孩儿眼睛，或者手掌，一个个摇着脑袋，微微颤抖着身躯，已经在人用镢头还刨不开的硬土上，表示了自己的存在。

春节过了，温度开始攀升，春天显山露水，身上的棉袄棉裤越来越重，越来越觉得是个累赘。吃早饭时，还觉得温度和衣着两相般配，不冷不热，不像冬天那样，冻得直流清鼻涕，上了一趟茅房或是夹柴火回来，双手就被冻木了，把柴火扔掉，赶紧把手伸在火炉上，一边烤，一边搓着手掌，下意识说，这天真冷！

其实春天已经到了，但它不在早上露面。人吃了早饭，它才随着太阳不断升高。野草和树木不理会这些，早晨冷一点，不要紧，把脑袋缩缩，或者向干枯的茅草靠一靠，把急于长高的心情暂时压一压，等太阳升高了，再拔节和生长也不迟。人、牲口或者大自然的翻动和脱落，把石头压在野草上。如果事情发生在冬天，地下的草不会发觉，至多它们的“地球”震动了一下。如果在春天和夏天，被压住的野草肯定生气，突如其来的厄难令它们沮丧但又无可奈何。但在初春，石头下面的野草是最幸运的，冰冷的石头像是一张被子，令它们少却了许多寒冷和被春天的乍暖还寒夺去生命的机会。

人的皮肤很敏感，但总比不过草木。天气一天天热起来了，人们说春天到了，也感觉到了空气的温薰，但在穿着上迟迟不肯就范。“春捂秋冻”是一条实用的养生经验。秋天逐渐深入，冬天已经进入身体的时候，衣裳穿得很少，能多撑一段时日就多撑一段时日，还没有到了瑟缩打战，冻得够呛的时候，就不穿棉衣棉裤。春天，尽管草长莺飞，热得穿不住衣裳，但能捂着的时候一定要捂，对身体有益。这是村庄人们对自己身体的一种自我锻炼和保护方式。

早上起来，无意朝山坡上扫一眼，长满尖刺的野杏树开花了，杏花心情激动，迅速开出满身的粉红花朵，表示欢迎。忙得都把叶子省略了。村庄到处都是杏花的香味，就连牲口圈里，废弃不用的房屋里面，也都少不了它们的踪迹。

杏树一般生长在村庄周边的山坡上，不是人栽种的，村人都不知道它们什么时候长出来的，一棵棵，一株株，有的挨得很近，枝丫和枝丫交错相连，像夫妇情投意合；有的离得很远，这边岭上一棵，那边岭上一棵，遥遥相望，如被天河隔断的牛郎织女，春天是它们鹊桥相会的日子。可它们比牛郎织女幸福，因了风、蜜蜂和鸟们，相互传授花粉，表达爱意，虽然离得远了，但可以享受到天性的快乐，还可以生出许多的孩子，挂在各自的手掌和臂膀上，摇摇晃晃，由春天而夏天，由青涩而黄甜。

村人也在杏树周边刨了许多坡地，栽种庄稼。镢头还没有延伸到它们跟前，人看坡地面积小，就贪婪地向它们发出攻击。人拿一把锯子，把它们锯倒，挖了它们的根，拿回家当柴烧，它们生长的地方，稀稀落落地长起了庄稼。

梨树树枝黝黑，像火烧焦了一般。风吹过来，它们摇动一下，大部分时间静止，和草们一样，品尝和忍受着初春的乍暖还寒。东风一吹，梨花儿就跟在杏花后面，迫不及待地生出花骨朵，一夜开放，把同胞的叶子远远甩在后面，任凭叶子在自己的身体旁边，挥着拳头，但又缓慢地挣扎着伸出头脸。洁白的梨花独占鳌头，一朵朵地在枝杈上，向着春天和人们的眼睛，耀着高强度的白色光亮。

梨树一般都在村庄边沿，基本和人生活在一起。人可以看见梨树，真切感觉到它们的存在，梨树也可以看见人的生活，听见人的话声。人从房间走到地里，爬到山上，有时候还跑了很远，在村庄消失几天，再返回来，在梨树眼里，人的走动是平面的，不会升高也不会降低，烦琐平淡得毫无新意。

梨树一辈子长在一个地方，脚步向下，不断深入，人看不见的地方，它可以。甚至长在坟地边上，可以看见人死后的样子，触摸他们的骨头，看到这样一个曾经吃过自己果实的动物肉体腐烂的过程。人要是想把梨树挪动一下，离自己近些或者远些，就得趁它们小的时候做这件事情，一旦大了，根深蒂固了，除非把它们锯掉，人再有能耐，梨树也不理会，不听你的号召，逼得急了，就以死抗争。

杏花开败，梨花也接着败落。花朵的意义是果实，没有果实的花朵总不完美。杏子梨子出来了，青青的，和春天融为一体。它们自觉响应季节。这时候，枯燥了一个冬天的村庄也开始生动起来。但村庄的生动依赖于春天和地上的树木花草，人的能耐再大，也不可以吹气成风，命令身边的植物们在冬天就绿叶葱茏，花果茂盛。

人和植物一样，对季节需要顺从，所有的反抗纯粹是自取灭亡。人可以去跟人斗，去猎杀野猪、狼、野兔和野鸡，但谁能阻止春天，按住开放着的花朵？野草和树木纷纷绿了起来。村庄开始忙了，人们背上柴架子、挑着担子，或者担了铁桶、木桶，从粪堆、茅房和牲口圈里，背着挑着自己的或牲口的粪便、草木灰烬等，哈着腰，出了村庄的陡陡的石板街，再走上各个山道，向着自家田地，运送春肥。

这是很出力的活计，对年轻小伙子来说，半天下来，肩膀就红肿了起来，过了一夜，第二天连挨都不敢挨，钻心疼，解开衣裳一看，肩胛肿得像一面小鼓。就赖着不去挑了，换成架子背。架子皮带压在肩膀上，还是很疼，但相比把全部重量都压在一个肩膀上的长扁担，疼痛感大为减轻。像我父亲一样的人们，干惯了这种活计，天长日久，肩膀磨惯了压惯了也习惯了，手上、肩上都生出了厚茧，压着也不疼了。通常，要比年轻人耐劳得多，比如往村后高岭上的旱地挑粪，一路陡坡，小路曲曲弯弯，没有一处是平坦的。年轻人挑一次，沿路要歇上数次，才能到达岭上自家田地，年纪大一点的人一次都不用歇，担了土粪，一路向上，一口气就挑到了目的地。

这种活计，村里谁都不愿干，要吃要穿要盖房子孩子要上学，不干的话，就等于自绝食路。要是有比种地轻松的活计，再傻的人也会选择跑腿坐办公室、学习文件看报纸，甚至打扫卫生、专门拍马溜须都是好活儿，谁都会毫不犹豫。

如此劳累两三天，土粪、人粪和草木牲口粪就被人用肩膀和身子运到了地里，满地都是粪堆，一处一处的，堆得像正立的“黑三角形”，或者像小山。更像乳房，但却是黑的或者浅黄色的，除了我这个种地不行、厌倦乡村的半吊子之外，村里人一般不会这么联想。站在山顶俯瞰，远远近近的山和田地，除了村庄的房子还是冬天的样子之外，该绿的都绿了。村人院子里面种的榆树、苹果树、桃树、洋槐树、梨树、椿树、杨树、柳树和䅟树，河边的猪耳朵草、苗苗菜、甜葚子、野菊花等和藤蔓，一个个争先恐后，竞相茂盛起来，眨眼工夫，它们就都变得厚实、圆润、丰满了。

桃树和苹果树开完花后，高大修长的洋槐树也吐出了一串一串的白花，吃起来甜得让人手舞足蹈，引得蜜蜂、黄蜂、大头蜂和狼蜂一个劲儿地飞上飞下，嗡嗡不停。趁着天气晴好，日光浓烈，人们拿出去冬的棉衣，翻转过来，放在阳光下面暴晒，金黄的虱子热得待不住了，就瘪着肚皮，从袄缝儿里出来，跑到石板片子上，连热带饿，一会儿就翻转肚皮，一命呜呼。

村人买了化肥，到田里，把粪撒开，一个一个又撅起屁股，对着长满野草野菜的地皮，狠下决心，把镢头抡上抡下，哼哧哼哧，向着一声不吭的土地大显个人神威与暴力。一镢头下去，把土拉开，放在脚下，遇着板结的土疙瘩，就回转镢把儿，打开、搞平；遇到树根，用铁锨斩了，放在地边，带回去烧柴；遇到石头，顺手捡起，扔到外面。要是不小心扔到了别人家的地里，若是三棒子打不出一个闷屁的人家的地，就不管，不敢找事，自己也不害怕，若是凶横人家的地，放了镢头，还得跑过去捡了，扔到坡上，心里边的忐忑才算平息下来。

不知道从哪里回来的布谷鸟整天在叫，咕咕的声音像是哪个孩子在叫自己的姑姑。它们就在田地边儿的树林里，但具体在树梢上，还是树干上，谁也不知道，到处都能听到它们的叫声。

村人说，谷雨前后，撒谷子点豆，布谷鸟叫，天就下雨，什么作物也都可以种了。若是天不下雨，地干得刨不动，即使用了吃奶的力气翻松了，撒上种子也都白撒，一块儿地里能出来几株就算不错了。

毕竟祖辈靠田地过活，遇到干旱的春天，就瞪着眼睛看天，天要是给点恩惠，稀稀拉拉地下上一场春雨。站在自家屋檐下，很高兴的样子，相互说，终于下雨了。大概下了二指厚，有人就说三指厚吧，也有悲观的人，哼一声说：恐怕一指厚吧。说归说，下雨总比不下雨强，除了连地皮都没湿的阵雨之外，村里人还是很高兴的。赶紧拿了种子，扛了镢头，带着婆娘娃子，下地去了。

若是长时间不下雨，眼看就过了播种的时候，管不了那么多，一家家挑上水桶，跑到河沟里面，舀了河水，再像挑粪一样，把水担到地里，用镢头刨了坑儿，舀上一点水，再把种子扔进去，两脚一起推土填了坑儿，再把表面磨平。如此这般，就不用担心种子会烂在土里出不来了。

麦子开始疯长，去年冬天若是下了大雪，融化在了麦苗根儿，再下一场透雨，村里人就欢喜得不得了，谁也不愿意白天黑夜地看池子，不用争着抢着吵着打着浇水。若是没有下雨，就得旧事重来，再大的事情都暂且放下，围着村里的几个池塘闹别扭。

播了种子，锄了麦地的草，再在垄间夹种了玉茭和豆角，地里的活儿告一段落，等谷子出来，再去把稠的拔掉，剩下一些长势好的，先天优于同类的。村里人说，这样保险一些，肯定比那些先天身子弱的抗旱、耐长，结的穗子大，打的粮食也多。

牲口们憋了一冬，吃了好多的谷子秆和玉茭秆，肚子里面早就没有了青草气息，甚至连放屁都是干草味儿。牛马羊猪鸡也都觉得舒畅多了，整天你叫我哼的，和狗一起，把整个村庄搞得很是红火。人们把它们放出来，拴在河边、树根和草坡上，让它们敞开肚皮吃。不过几天，先前摸着都是骨头，长毛卷卷的驴子就换了一个模样，屁股和肚皮都是肉颠颠的，凸出起来的骨头看不到了，长毛也变成了短毛，站在阳光下面，全身油光可鉴。人拿了布袋和篮子给猪们捋了洋槐花儿，用刀剁了，放进猪食缸里面，腌上几天，飘出馊味儿之后，猪们也就和驴子一样，用嘴巴享受春天。

后山杏子和桃子还没熟，孩子们就开始摘着吃了，有的整天挂在杏树和桃树上面，吃饱了还要装一兜儿。大人们见了就骂，说都还没熟哩，就给糟蹋了。孩子们不管这些，只要自己高兴，每天有吃的就好。往往，到了杏子成熟的时候，树上早就没有了，梨子和苹果还要一段时间，孩子们很想吃，但大都是个人栽种的，开始只有几家有，都看得甚紧，孩子们除了偷之外，没有别的门路。

庄稼一天天长大、长高，花儿们开了又谢，最终，果实挂上枝头，孩子们开始第二次涌到大水库里面玩儿水的时候，春天就又消失在了轰然而至的夏天之中。

夏天几个片段

麦子熟了，手一摸，扎得手疼。摘一穗儿，放在手掌里面，合起来一搓，就是一手新鲜饱满的麦粒，张开嘴巴，吹掉皮糠，再拣掉碎成一段一段的麦芒，丢进嘴里嚼，满口的香味。忍不住再摘一穗儿，母亲或父亲看见了，就大声呵斥，都揉着吃了还打不打麦子？意思是说，麦子就是一粒一粒地堆起来的，不要过早糟蹋了。有时走到别人的田地边，看看四周没人，我迅速摘上几穗儿，放在兜里，等到了没人的地方，再揉着吃了。摘得多了，还可以拿到后山沟里去，随便找些干柴，点火，把麦穗儿烤熟了吃，滋味比生吃更好。

五月，青青的麦子，每天都在变颜色，早晚都不一样。村人们找出闲置了将近半年的镰刀，在自家院子里的磨刀石上磨着，钢铁和石头的摩擦发出沙沙的声音。镰刀也知道就要收割东西了，心里也格外兴奋，毕竟，它们的使命就是被人拿着，使麦子和其他一些完整的作物身首异处。镰刀虽然被人掌握着，但有时会割破人自身，有的很深，有的只是擦了一片皮，人一看自己流血了，心里就慌，有特别心疼自己的，还对镰刀发一通火儿，在石头上磕打磕打，再把镰刀扔在地上，找东西包扎伤口。若是镰刀碰着石头，缺了口了，人也会惋惜。与其说是人惋惜镰刀，不如说是惋惜买镰刀的钱。镰刀使人受伤大都是人的过错，人其实可以把镰刀扔了，镰刀却不会把人给扔了。

阳光充足，麦子已经熟了，连秆子叶子都金黄金黄了，麦穗摇摇欲坠，用手一捏，暗黄色的麦粒就暴了出来，人一看，就觉得心里特别舒服，总以为是老天对自己劳动的一种回报和犒赏。本来绷着的脸一下子就漾起了笑容。尽管喜悦是一瞬的，但对常年在田地劳作的人们来说，恐怕是一年中最纯净最自然的笑容了。抓一把麦子，左手的镰刀伸到麦秆的根部，胳膊一拉，“噌”的一声，一把麦子就倒在了人的手里。再抓住一把，割掉，再整齐放下，一边割着，一边挪着脚步，向着更深的麦地前进。

早在初春，麦子还在生长，村人就在麦垄间夹种了玉茭、黄豆、扁豆角和芝麻，麦子全部熟了的时候，新种的玉茭和豆类苗儿还小，还没有麦秆三分之一高。因为镰刀伸到了麦子的根部，一不小心，就把玉茭苗儿捎带着割下来了。待收了麦子，还得重新补种。对农事熟稔如父亲一般的村人，几乎没有错割玉茭苗儿的可能，即使有也仅是一个两个，不像我这样的半大小子，干什么活计都莽莽撞撞，如果一个人割了三分地的麦子，恐怕就得有 20 多株玉茭苗儿葬身我手。父亲在旁边一看，就训斥，母亲就唠叨，说你慢点、慢点，种个玉茭你当容易呀？！还得挑水挖坑儿撒化肥。其实，我也不想割麦子时把玉茭苗儿割了，都是手艺不精和心不在焉的过错。

如果没路，田里的麦子全靠人扛人背，不光是麦子，玉茭、豆子、谷子和高粱都要压在人的身上，才可以来到自己家里。往石盆走的路上那块地里，倒是可以用车拉，但很少，一车装不满，还要送到场上，比人背还麻烦。

我们村的麦场在一座山岭上，右面坡下是杏树洼村，往东面是坡地，后来又有人盖了房子，房子下面是路面一直向上的公路。收割了麦子，村里人大都靠肩扛背背，一路横穿村庄，还要走上一段山路，来回有三四里。有的麦地在麦场下面，坡度很陡，人扛了或者用架子背着，踩着流沙，吭哧半天，流几身臭汗，才能把麦子送到麦场上。

各家各户的麦子堆到麦场上，一家一堆儿，堆起来像一座小山。各人不但牢牢记住了自己麦子堆放的位置，就连麦子秸秆长短、穗儿大小都记得清清楚楚，这样还不放心，怕谁趁没人的机会，拉几捆麦子放在自家麦堆里面，就派自家的小孩看着，因为麦场的地势高，村里人在自己家里就可以看见，时常站在院子里面，朝麦场上看，若是有人，赶紧蹿过去，看看自己的麦子少了没有。有疑心重的人，总以为自己的麦子少了，东瞅瞅西看看，看别人麦堆里有没有自己的麦子。若是有了，就再偷回来，这一家看见了，老远就张开喉咙骂，一会儿两家人就聚在一起，指着鼻子骂爹损娘，连祖宗十八代和还没出生的儿子孙子重孙子都要损上一遍。实在不可开交，就打上一架。

青的黄的麦子都被晒焦了，村里人叫了电工，拉出脱粒机，接了电，挨着打麦子。脱粒机一开，轰隆隆的响声哪里都可以听到，若是砾岩村的人打麦子早，鞍子沟、杏树洼、和尚沟的人都可以听到，就说，人家都开始打了，咱也开始吧。

我们村人合伙购买的脱粒机很小，一次只能往里面填一把麦秆，若是填得快了，机器就嗡嗡的，像是不堪重负的老牛，气都喘不上来。不但烧了本村电闸的保险丝，还把整个南沟村的总闸给烧了。

脱粒机一开，整个麦场上就是尘土飞扬，尤其是碎了的麦芒，被脱粒机一扬，和尘土掺和起来，迷人的眼睛，呛人的肺。脱粒机也很危险，飞速旋转的鼓轮既然可以将秸秆打成碎末，打人的手当然不在话下。每次打场，我就特别担心，抢着担任往脱粒机里塞麦子的工作，母亲不让，父亲也不让。我就一遍一遍说，叫父亲小心点儿。有几次父亲不在家，母亲担任此项工作，叫我一把拉了过来。

把麦子秸秆打了一遍，再打一遍，基本上就干净了，把碎了的秸秆用叉挑在一边，母亲用簸箕簸着麦糠，里面残存的麦子虽然不多，但谁也舍不得扔掉，一粒不剩也是不可能的。收拾完毕，用布袋装了麦子，扛回家，放在房顶上暴晒，几天后，用牙咬咬，觉得干透实了，再放进瓮里面。

麦粒进仓，五月已经过去了。天气不断加热，夏天的氛围异常浓烈，村里人下地都戴了草帽，没有太多的活儿，早上起个早，到地里忙活一阵儿，热得不行了，就回到家里，做饭吃了，躺在炕上睡觉。到太阳不是很毒辣的时候，再揉了睡眼，扛了农具下地。

正午是孩子们的好时光。中午回家吃了饭，一个个背起花布书包，说是上学不假，但离上课的时间还早。几个人一商量，说是去什么地方偷杏子、山楂和李子吧。那时候，骡子圈村的杏子很多，好像是专门栽的，是经过接枝改良的品种，个儿比我家后背子上的野杏大好几倍，也熟得晚。小孩子们也知道大人们中午睡觉的习惯，就背了书包，越过两道山岭，瞅着杏树下面的人家院子里没人，几个人聚在一块儿商量一下，明确了分工，就开始行动。

一个人爬到树上，负责偷，一两个人趴在山头的两边，把风放哨。一有人来，赶紧朝树上的人使眼色，树上的人一看，赶紧隐了身子，若是不小心让树主看到了，也不管书包里面摘了多少，像猴子一样从树上溜下来，一声招呼，沿着陡陡的山坡往没人的地方跑去了。这样的事情，我也做过几次，有一次和老军蛋、老民棍子一起，我上树偷，他们把风，那次很成功。不料想，不到一个小时的时间，那两个家伙就把我出卖了，叫人家树主找到我们家里，母亲骂了我一顿，给了人家十块钱才算罢了。我很生气，见到老军蛋和老民棍子就骂他们的娘，他们也骂我。心里边挺不服气，想把母亲给那人的十块钱捞回来。没有可靠的人，我把弟弟带上，弟弟虽才6岁，爬不了树，放风是没有问题的，更重要的是，弟弟不会出卖我。那一次。我们天黑时候行动，自始至终没有一个人发现，满载而归，甜杏子吃了好几天。

李子树长得很远，在和尚沟里面，离砾岩村的旧址还有一段路程，在和尚山山腰的森林里面，那儿住着一个孤寡老妇人，房子很旧，为了防狼和野猪，门上钉了铁板，窗户上装了铁条。一进门，就看见一口棺材，说是她为自己准备的，什么时候觉得自己不行了，把门插上，往棺材里面一钻，就算入土为安了。

要到那里，一个中午的时间肯定来不及，只好放在星期天，一边沿着山坡捉蝎子，不知不觉地，就到了那里，若是孤寡老妇人不在家，就可以坐在树杈上肆意吃，若是在家，跟老人家说一声，也让吃，根本用不着偷。

砾岩、和尚沟和南垴村等几个村子的下面都有大水库，数砾岩村的大，据说里面住着王八精，有人看见它在里面游泳，很大的个头，但很快就不见了。水库里的蛇也很多，水库满了的时候，一个人不敢下水。要叫上一帮子同学，十几个人冲到水库边儿，三下五除二地脱光衣服，找个干净的石头放了。先尿一泡尿，用手接一点儿，在肚脐眼上抹抹，据说这样可以防止拉肚子和感冒。

下水游了一会儿，再爬上大坝，风一吹，打个冷战。就觉得外面虽然太阳毒辣，但还没有水里面暖和，一个个抓住坝边的石头，只露个脑袋，相互说笑。玩起了兴趣，就由一个人提议，大家站成一排，一起喊一二三，快步跑过大坝，冲向水库，扑通扑通，一个个钻到水里，像鱼一样，屁股一撅一撅的，游三百多米，就游到了水库尾巴浅水区。在沾满污泥的石头上歇一会儿，再返身游回来。有一次，我正在奋力游着，眼前不远处的水面上游着一条水花蛇，很长，身子一弯一弯地游动，我一阵发慌，向后不是，向前不妙，干脆停在那里不动，水花蛇好像没有看见我，一会儿就消失在水库边儿的石缝儿里。挖开那里的泥土，可以找到许多蛇蛋，胆子大一点的，捡起来甩在石头上，但没有一个人敢吃。

有时候，我们也会去和尚沟和南垴村下边的水库玩水儿，可总觉得太小，没有砾岩村水库玩得爽快。有时晌午玩水儿的人多了，大呼小叫，吵得砾岩村人睡不着觉，扯开嗓子骂。我们也给予回击，但一个人不敢，如果十几个人一起骂，他就完全没招儿，要是一个人骂，他觉得你的父母也没有多大能耐，打一顿也没事，一准跑下来把你揍上一顿，才肯罢休。

我读小学五年级的时候，有个女同学是砾岩村的，对她，我有种特别的感觉。她家就在水库上面住，每天中午玩水儿的时候，她和她的家人时常坐在院子外边的核桃树下吃午饭，她也在其中。我脱成光屁股，她也看，那时心里隐约有一种表现的欲望，跳水的时候，我的声音叫得最大，无非是想吸引她的目光。她看我的话，我就激动，有几次还高兴地喝了几口脏水。

几乎每个夏天，总有小孩儿淹死的消息传来，不是这个村子的，就是那个村子的，还有更远处某个村子的。我们心里也害怕，下定决心不再去游泳，隔不了几天，大人们看得松了，一个个就又跑到水库玩水儿去了。

玩够了水。核桃也挂上了枝头，虽然表面青涩，里面的仁儿已经凝固了，我们的兴趣逐渐转向核桃、柿子和山楂，每天上学的时候，带了小刀，放学的路上，找一棵核桃树爬上去，摘下一枚核桃，用刀子伸进缝隙，顺着一旋，轻轻一撬，就齐整整地开了。再用刀子挖出里面的仁儿，剥皮放进嘴里，味道很香。这时候，玉米也都结出了穗儿，剥开表面的皮，用指甲一掐，嫩嫩的水儿溅得满脸都是。偷着在谁家地里摘上一些，跑到没人的山沟里，架火烤了，吃得满嘴黑灰，还乐不可支。

知了的叫声震天彻地，苹果被太阳打红了脸蛋，玉茭秸秆窜了一人多高，满山的荆柴花儿开出紫色的花朵，蜜蜂又开始了忙活。田地的青纱帐子里面，到处都是白色的花粉和紫色的缨子，果实到处都是，芳香弥漫心田。村人们整天笑着，除了那些当医生、当官儿和做了大生意的人脸色经常阴晴不定，剩下的，最关心的事情，就是秋天的粮食收成。

秋天的事情

收割了玉米、大豆和谷子，村庄就显得空落起来。庄稼秸秆堆得到处都是，村人们忙着，还顾不上搭理它们，先在山坡上随意扔着，没了粮食穗子，就不用担心被谁偷了。有勤快的人们，在地里干完活儿后，随便扛上几捆，捎带回去，省去了专门用架子来背的麻烦。

傍晚，风是从东边过来的，早上就成了西风，嗖嗖的，刮在人身上，禁不住打一个冷战。很多人拿了镰刀，肩膀上扛了镢头，本来已经出门了，风一提醒，就想回去再穿件衣裳，秋天容易感冒，感冒就要打针吃药，主要是舍不得花钱，孩子上学和盖房子要紧。

早上是露珠的天下，大片大片，每片叶子上都是。不像村里的黄花大闺女，专挑有钱有本事的人嫁。露珠不嫌贫爱富，不挑地方，树叶子上，草头和草茎上，人放在院子里的镰刀和荆篮子上，甚至连茅房边儿的藤蔓上、旧玉米秸秆上，它们都不嫌弃，一个个，一颗颗，没风的时候，静静悬着，等着风、牲口和人来蹚，打湿人的裤管，让牲口腿凉，让风有些湿润的气息，从它们身上飞到更远的它们身上。

天地间的事物，通过露珠和蒸汽，即使千里万里，之间也都有了联系。

冬天轻手轻脚，拍拍人被子外面的小腿和胳膊，这时的村庄，会发出许多的梦呓、拉被子和咳嗽的声音。牲口在各自的圈里面，扯开嗓子嚎叫或者哼哼几声，然后传来嘴巴衔草的嗦嗦声。早上打开门一看，院子里面有一层霜，白白的，更远处的麦地也是，像谁撒了一地的白糖和碱面。大人们知道，但懵懂的小孩子嚷着要吃，大人就说，那是霜，不是糖。孩子就哭，嚷着让娘买糖吃，娘就把八月十五蒸馒头剩下的一些糖粒拿出来，用勺子刮干净，喂进孩子的嘴巴。

家畜的叫声响亮，公鸡的眼睛一睁开，就像人一样两脚不停，刚从石头的窝里面出来，就炸开飞不起来的翅膀，追着母鸡满院子乱跑，母鸡一边拉着稀屎，一边咯咯乱叫。跑得羽毛纷纷掉落，公鸡冲上去，啄住脖颈，不由分说，更不需要征得母鸡的同意，就上了人家后背，强行向母鸡表示爱意。公鸡累了或者满意了，不用母鸡驱赶，自己跳下来，安静一会儿，就又看见了另外一只母鸡。沐浴了公鸡爱情的母鸡，待公鸡下来了，好一阵轻松，抖抖身子，甩掉被公鸡蹬掉的羽毛，没有了刚才的紧张，迈着悠闲的步子，四处觅食去了。驴被人牵出来，拴在树干上，绳子和脖子之间的距离很长，驴可以吃到一定范围内的草。大概是驴们也感觉冬天就要到了，站在树根，大声叫上一声，打几个喷嚏，对着头儿已经枯干了的草，不客气地啃起来。

猪要比鸡们幸运得多。人一起床。端了尿盆，急急去茅房一趟，一阵水声之后，裤带还没系紧，就又返回屋里，舀了凉水，抹一把脸，打上香皂或者洗衣粉，涮了，再用毛巾一擦，随手往脸盆上边拉的绳子上一搭，就算清洗完毕，又一天的日子开始了。

放开了鸡，洗脸刷牙，接着就给猪们送饭去了，提上一缸子水和菜叶，再撒上几把玉米粒，猪的生活虽然清淡，但只需睡在圈里，自有人送上饭食，吃了再睡，日子过得还算惬意。

东边的太阳也出来了，在山岭上露着一张被人泼了猪血的脸，笑也不像是笑，哭也不像是哭，像人一样表情复杂。人一看，就知道自己也该上工了。饿了的就吃上一块馒头或是烙饼，渴了再喝点水。男人拿了镰刀，舀上一碗水，在磨刀石上磨镰刀，镰刀的脸本来很干净，明亮亮的，经男人一磨，就变得污浊不堪了，混浊的水从石头上流下来，颇似男人脸上的汗，一绺一绺的，扑沓沓地洇湿了男人脚下的一小片地面。

男人头也不抬，张开嘴巴说，上塘的玉茭熟了，把穗子掰回来，找个时间刨了，还种麦子吧。女人当然知道男人是跟自己说的，也不停手中的活计，看也不看，答应一声，算是知道了。这是比较老实或者赞同的女人，若是有想法的女人，大都会提出自己的意见，说先去后背子那块儿的吧，谷子熟得都掉地上了。收回来，就不用管了，明年春天再刨了种玉茭。男人说，要不你去收谷子，俺去掰玉茭。不懒的女人会说，那也行，懒的女人就找借口说，我拿不动。或者太多了，我一个人一早上割不完。男人知道，毕竟在一块生活，白天一锅饭，晚上一个枕头，谁有几个心眼，彼此啥样的脾性都知道。

遇到感情好或是刚结婚的两口子，要干啥一块儿去。刚结婚的心里当然乐意了，生理的需要和快乐有时候威力无比。至于感情真好还是假好，一年过了，不光自己知道，连村里才懂事儿的孩子心里都明白。

风起来了，一会儿大一会儿小的，像是老年人喘气。大的时候，吹得村子不远处的玉茭秸秆唰唰响，干了的庄稼秆子摇头晃脑，催人赶紧来把自己砍掉。露珠扑沓扑沓地往下掉，看起来很干净，摔到了地上，不但沾了一身的土，还被土给没收了。但草茎仍旧是湿着的，人走过，小腿发凉，低头一看，裤管已经湿漉漉的了。随便找根木棍，左右磕打着草们，虽然还有露水，但比不打要少得多。

所谓的田地，都是人在土多的地方，除掉荆棘和草，一点点开辟出来的。山坡和山顶上有，下边河沟边也有，往邻村走的路上还有，村人不嫌麻烦，就拿石盆路上的那些田地来说，一户不过几分地，好赖种点儿粮食，水源很难保证，几乎没什么收成，即使遇一个好年，收到家里的还没被石盆人偷得多。鞍子沟人自己也偷，尤其是家里有三马车和四轮车的那些人，去乡里回来天黑了，就趁着月亮，偷上几麻袋，胡乱往车上一放，只要当时没人抓住，百分百地就变成了自己家的东西。

但主要的田地在村庄四周，远的不过二里地，爬一段坡，上一道岭就到了；近的就在门前，抬抬脚就能置身其中。村里人把山上的叫旱地，河边的叫水地，山坡上自己刨的叫坡地。包产到户，人人有份儿，队里找几个人把全部的地量了，按照一口人几分地，好的赖的掺和到一块儿，然后召开群众大会，按抓阄的方式各自分开。坡地除了队里统一整的几片，也算作旱地分到各户。生产队分的田地不够种，个人就拿了镢头和铁锹，在山坡上找土质肥厚松软的地方，把草和树刨了，春天挑几担子灰粪撒上，种些玉茭谷子，改良了之后，再种花生和红薯。开始，一个人刨，另一个人也刨，其他人跟着刨。村子远远近近的山坡上都成了坡地，就连后山石头成堆的阳坡，也有人刨成了地，种了庄稼，收成不一定好，还遭松鼠和野猪的糟蹋，但村人愿意种，大家都说，多一片比少一片好。哪管夏天下雨时候，山坡上到处都是水沟呢?

雨水稠、及时，旱地和坡地收成也不错，年景不好，就等于白种。村里人谁也说不准老天爷啥时候下雨，啥时候不下雨。好不好先种上再说，至于有没有收成，就看老天爷的意思了。

对于水地，谁都格外珍惜。分地的那段时间，家家户户都吵着自己的地少了，赖了，家里人多的，还相互骂了，打了几架。我们家人少，不敢和别人说什么，能忍就忍，一般的小事，吃点亏就吃点亏。母亲有时候爱说叨，妇道人家说不到地方，就老受别人的气，遇到横的，还挨人家的打骂。为此，我常常劝告母亲说：咱家人少，不要跟人家争那个长短，说了不管用，自己还吃亏。

村里修了几个池子，河沟里的水也不争气，少得跟小孩儿尿一样。一天两天水都聚不满。这时候，人比水着急，看着天不下雨，一个个就都红了眼圈，本来按远近轮着浇的，可有的人不管，仗着自家人多，在村里凶横惯了，就抢着浇。但若遇到比自己更为凶横的人家，便大气不敢出，背地里骂娘，当面还要说不着急、不着急。

秋天收掉庄稼，又要种冬小麦，抢水战也到了高潮。人人都怕别人偷着把水放了，看池子的时候，吃饭和晚上都要有人在，替换着吃饭，晚上就抱了被子和羊皮，往池旁边一放，干脆睡在那里。第二天一早，池子差不多满了，就捅开，把地浇了。有的人也很会办事，趁别人浇水的时候，偷着把水口改到自己地里，浇多少算多少。水快没了，再把水口改回来。自己扛着铁锨，回家里重睡第二觉儿去了。

看池子的人发现了，一看就知道是谁改的水口。旋即扯开嗓子骂，愤怒的骂声，犹如战鼓春雷，一下子就贯穿了全村人的耳朵，站在自家门口听听，就知道是咋回事儿了。不碍自家的事儿，谁也不搭腔。隔着门墙或山岭骂，要是骂到了自己，力量弱就挨着，自己干生气，不敢明目张胆和人家开骂。若是双方力量均衡，吵骂算是小戏，挥手舞拳，凶神恶煞，那才叫战斗。

这个时候，晴展展的天能下些雨的话，田地湿了，可以翻松种麦子了，也能为村庄平息一下战争。

好不容易浇了田地，晾上一半天，地皮就干了，人来看看，觉得可以翻松了，先挑些土粪，用铁锨扬满田地。拿了铁锨，扛了镢头，一家人一块儿来到地上，再撒点化肥，就抡起镢头，哈下腰来，用最原始的方式，向板结了的土地宣战。

刚刚改革开放时候，鞍子沟村一口人还可以分到半亩地，以致到了我长到十二三岁的时候，由于人口的不断增加，一口人只能分到三分多地了。以前地多，还喂着牲口，翻地的活计都由牲口代劳，人只是捉个犁把，挥个鞭子，吆喝几声，再用铁锨平整一下，把麦子撒在地里就可以了。封山育林，家家户户就响应号召，将牲口卖掉或杀了卖肉。临到翻地，牲口的工作就由人来做了。一个个扛了镢头和铁锨，撅着屁股，在各自的地里抡起家伙，一点点翻松土地。

早上冷，到正午，太阳醒过神儿来，在瓦蓝的天空没命照耀，晒得人背上流油，汗水流进嘴里，咸咸的，像盐水一样，流在胸脯上面，就有点扎疼的感觉。

本来已经奄奄一息的蜻蜓顿时也活跃起来，在田地、河沟和草坡上胡乱飞着，胡乱落着。不知道从哪里又飞回来的乌鸦站在和它们一样黑的柿子树上，哇哇乱叫，啄着树枝上残留的干柿子浆。

田地东一块西一块，离得很近，每到这个时候，大都聚在一起，各刨各家的地。关系好的就打个招呼，拉呱几句，关系不好的，即使在同一块儿地里干活，谁也不正眼看谁一眼，心里还别扭。多年之前或者最近吵闹和打架的恨气在各自心里翻涌，逮了便宜的就装作高兴的样子，故意气另外一家。另外一家就以夸张的吐口水、指桑骂槐和含沙射影的方法给予回击。一方若按捺不住，就有可能再面对面斗上一场。

这个时候，长长的河沟里面，到处都是镢头和铁锨深入泥土的声音，沙沙的，当当的，传得很远，在满河的光石头上跌宕，就是在茅草汹涌的后沟，也还能够听见。

隐秘的冬天

人和北风一起，将村庄收拾干净。这个时节，世上的一切，该干枯的干枯了，该死的死了，活着的还照样活着。野草暂时不把身子和脑袋伸在上面，泥土多温暖啊，正好蜷缩着睡觉。蚂蚁、蚰蜒、甲壳虫等小东西也厌倦了地面上的生活，像人一样，天气一冷，赶紧回到屋里，不把自己的身子和内心交给北风吹冻，北风再大，天气再冷，也都成了外面的事情。蝎子更精明，翘着尾巴，爬到地鼠的家里，凭着自己家族庞大势力，抢占别人的家园。乌鸦不远万里，从西伯利亚或者更远的地方飞回去年的地方，有一些老了，有一些死在路上，更多的第一次来到这个地方。它们呱呱叫着，在叶子落尽的枝头上，蹦来蹦去，还是去年的样子。

冬麦苗儿长到两寸多长的时候，就在寒风的阻止下，暂且停止了向上的宿命，一门心思挨着土地取暖。北风吹动它们的身子，让它们迅速枯蔫，人再浇上一次冬水，麦苗儿根基牢固了，再大的北风也不用当回事，守住自己就行。

灰雀和乌鸦一天天多了起来，灰雀是本地土著，人的房屋、树杈、草窝和堆放的庄稼秸秆里面，各个角落都有它们的巢穴，村庄就是它们的家。没有种麦子的田地空着，秋天时候倒青的藤蔓还很蓬勃，如果白天不是很冷，夜里冻一阵子，中午就又缓过劲儿了，虽然它们不知道要往哪儿长，但长的本身就是对生命存在的一种证实。耐冷的韭菜还不肯像草一样无精打采，扑棱着葱绿的身子，时时在提醒，要人赶紧来把自己割了。

鸟儿们不失时机地占领了田地，人在收庄稼的时候，由于粗心大意，在里面剩下不少粮食籽粒，鸟儿们当然欢喜了，它们比人更乐意不劳而获。它们也一直觉得，人吃的东西肯定比它们吃的好。村人们吃饭的时候，鸟儿们就在树枝上看，馋得流口水，用人听不懂的话骂人。再一生气，干脆拉一泡稀屎，能掉在人碗里边当然好了，掉不到碗里也算是一种警告。

人把全身空荡荡、又干又脆的庄稼秸秆背回来，用铡刀切成一段一段的，留着喂牲口，多余的就在院子旁边垛起来，让鸟儿们冬天有个温暖的被窝，这当然是我的想法，村里人大都将庄稼秸秆用作引火柴，自己的事情都还顾不过来，没时间去为鸟儿们做些什么。村子内外，到处都是叶子的尸体，厚厚的一层，人就拿扫把扫成一堆，用篮子装了，扔到粪堆里，再挑上几担子土盖了，沤粪。如果是孤寡老人，就收了晒干之后当柴烧。

没事儿的时候，人就想找点事儿做，种地打的粮食仅仅够吃，或者不够吃，再拿去卖钱基本上不可能，为了柴米油盐，老婆的衣服，孩子们的学费和玩具，只有到外面打工。上了年纪的人不愿意走动，到外面打工也没人雇用了，待在家里闲得慌，就背着架子、提着斧头，别了镰刀，到山上砍柴，或者修整一下田地，也不用像播种收获时那样紧张，干多少算多少，谁也没给定数定量，由着自己性子来就是了。

年轻一点的男人要出门，老婆也支持，有的男人懒，想在家里守着老婆孩子，过几天吹牛聊天的清闲日子，老婆不让，说快过年了，家里一个钱儿都没有，给孩子穿啥吃啥？没钱剁指头儿呀？其实，大部分女人也不希望男人出门，一个人在家，几天还行，一个月以上，就有点难熬了。有的捎信儿让男人回来一趟，说是有事儿，而且是紧要事儿。有的婆娘什么也不说，男人啥时候回来算啥时候。

听女人一说，男人们想想也是，就响应女人“号召”，会木匠的就到别的村子里跟人家做家具去了，会拉大锯的就跑到山西，也是打工；什么都不会的，就出去打工，啥活儿都干。两口子，在家里天天好，即使吵架了，第二天一早也就好了。可有的男人，一旦到了外面，模样长得标致的男人，混个相好是经常有的事情。这样的男人回家很少，从十月初到年根儿，回来一次就足够了。有的男人遇到花心的女人，心里想要的确想要，可转念一想，怕自己挣的那个钱被人家骗了要了，回家没办法给老婆交代，就硬着心肠拒绝。实在拒绝不了的，就来一次，人家要的钱多了，就暗里懊悔一阵子，发誓就这一次，绝对不干了。至于能不能办到，谁也不知道。

上山打柴的捆好了柴正准备往回走，地面的残枝败叶贴着地面或者在空中飞舞着，从房顶、院地和牲口圈上边擦过，本来还不太冷，风走过，就冷了下来，有人会说，这天气咋就变得这么快？看样子要下雪了。有人搭腔说，下雪好呀，麦苗儿不吃亏。

雪花说下就下了，不跟人商量，也不惊动人。雪花的下落完全是雪花的事情，跟人一丁点的关系都没有。但村人不这么认为，老年人尤其迷信。把下雪称作老天爷造福于村庄和人间的善举，或者说今年春节咱村人都到砾岩村的龙王庙烧香了，龙王爷看着这片儿人好，下点儿雪，算是村人对神仙虔诚的一种回报。久而久之，年轻人也不自觉地顺从了老年人的说法，虽很少发表议论，心里边也还是这样认为的。

我行我素的雪该落在哪儿就落在哪儿，只是风一吹，它们就偏离了既定的方向。纷纷扬扬的雪花，在暗冥的天空，仿佛珠链儿，一颗跟一颗，中间是灰色的空气。但它们下落到一定高度，再也不是直线了，而是整串儿地微微斜着，像是谁在下面拉着奔跑一样。雪覆盖了青灰色房子，村庄一片安静。远山近坡上面再不是枯草和荒地的破落样子，一个个一面面地光洁起来。

树枝上也落满了雪，有个成语说是“玉树琼花”，好像就是这个样子，岑参也早说过，那不是雪，而是满树的梨花。

村人们跑到柴火堆前，用斧头劈了粗的，剁了细的，一摞摞地抱回家，放在雪下不着的屋檐下面，或者灶火跟前，再去麦场上掏了一筐子麦秸，用来保障吃饭。不光是民以食为天，只要张着嘴巴的，不管哪一个，都得以食为天。就连不说话的树木，也要向大地要吃的。

村庄进入少有的安静，村人之间往日的打骂和叫嚣，也因为下雪而少了许多。但这只是表面现象。下雪了，家家都没事干，那时候村里才几家有电视，想来村庄也真可怜，20 世纪 90 年代初，城市里电器已经普及，村庄里还是十四寸的黑白，最多也不过三台。年轻人喜欢看电视，整天钻到有电视人家的家里，不管人家给多少白眼，都赖着要看。老年人大概不习惯看电视，就坐在家里或者找人扯闲话。五十来岁的妇女们也闲不住，让肚子里的闲话憋得四处乱跑，到东家说西家不好，到西家说东家亏心。

其中有一些长舌妇，特别擅长见人说人话，见鬼说鬼话。只要一开口，不一会儿，嘴角就冒出了白沫子。瞅个空隙，叫人家倒碗水喝，不管烫不烫，稀溜溜地喝几口赶紧接上话茬儿，继续说东道西。说到最后，村里没有一个好人，就她自己好。

不光孩子们活跃，下雪天也是光棍们的大好时机。这类事情，很多人避讳，但非常普遍。比如，哪个光棍要是和谁家的婆娘有过一次，下雪的时候，恰巧男人又不在家，机会难得，吃了晚饭就直奔目标。自己有婆娘，而且孩子好几个的男人们若热衷此道，其实早就瞅好了目标。要是准备下手，就要多费些口舌和心机，女人一般不会主动开口。什么事情都要讲究个水到渠成，你情我愿。强行的话，那就成了名副其实的犯罪。

对有点积蓄的光棍来说，找相好的时候还有挑选的权利，家境不好的光棍只能随遇而安，好赖逮着一个就算烧了高香了。穷点的光棍吃着饭，或者躺在光板儿炕上，脑子里一刻不闲，把附近村庄的婆娘统统想一遍，然后再筛出那些男人不在家的婆娘，一个一个地想，觉得没可能的就遗憾地放在脑后，有可能的再想，从每一个细节开始，以自己平素时的观察为主线，以经验为结论。然后付诸行动。

但这种关系大都不太稳定，不几天就闹翻了，有一些则持续的时间长一些，保密工作也做得到家。我在村庄的时候，看到过这样的事情，不知怎么着，这家婆娘或男人就和某个光棍吵起来了，两个人摩拳擦掌，准备大干一场，仔细一听，原来是因了光棍骚扰人家婆娘，或者谁谁谁说了人家的闲话，当事人知道了当然不饶，吵架打架自在情理之中。

其中一个说，他先前和自己的一个叔伯嫂子之间的勾当全村人都知道，已经到了明铺暗盖的嚣张地步。因了他嫂子为人刻薄狠毒，自家男人管教不住，离婚又怕自己也沦为光棍。时间一久，看见了就当没看见。

他自己说，和他堂嫂子的事情很偶然，自己都没想到。也是一个冬天的时候，他一个人闲得没事儿，躺在炕上心里火急火燎，就四处游转。见他堂嫂子家亮着灯，就去了，从窗口缝儿往里一看，只见村里的另一个光棍在里面正穿衣服，穿好后，又拿出钱放在炕沿上。彼光棍开门走后，此光棍就跟在后面，一把拍了人家肩膀，那小子吓坏了，还以为半夜里碰了一只鬼，吓得一屁股跌坐在地上。抬头一看是他，就说，哎呀兄弟，你这一次可把俺吓坏了。

第二天傍晚，这光棍就到他堂嫂子家去了，说还没吃饭，堂嫂子做了饭给他吃。吃完了这家伙还不走，有一句没一句胡乱拉呱。他堂嫂子看出来他的意思。眼看就要夜里十二点了，这小子才嗫嚅着说，昨夜里碰见那个谁了，他堂嫂子一听，就知道他的意思了。收拾了碗筷，哄睡了儿子，大花被子一拉，啥事儿都水到渠成。只是，这光棍每年打工挣不少钱，除了自己零花，基本都到了他堂嫂子手里。

家里有婆娘，但好色的男人，追逐目标的手段和方式，比光棍也高明不到哪儿去。

且说雪后，天气放晴，积雪开始融化，一天时间，向阳处的就消失得差不多了，田地里面雾气蒸腾，氤氲缭绕。一到傍晚，温度骤然下降，正在融化的雪不得不暂时停下，已经化成水儿的就结成了冰，村庄的房前屋后到处悬着冰凌。有悬挂不牢的，冷不丁地掉下来，吓人一跳。

冬天像是一只老熊，步子缓慢，到了年关，外出打工、做木工、拉大锯的人相继回到了村里，钞票不管多少，总要带一点的。遇个暖和一点的天，有勤快的人家，把牲口和猪圈里的粪铲出来，和土粪掺和了，春节一过，再等上个十来天，就又该往地里送粪了。

难以描述的命运

大表嫂怀孕几次，都流产了，直到二表哥结婚那年，她才产下一个男孩。二表哥和二表嫂婚后，竟然也出现了与大表哥、大表嫂类似的情况，即怀孕不久，“孩子就掉了”，这是方言，意思是胎儿没有保住。为了儿子儿媳早点生下他们的孩子，大姨眉头紧锁，到处求医问药，比当事者本人还要着急上火。有天傍晚，大姨来我们家，和我母亲猜测说，谁知人家两口子怎么回事，怀一次流一次，老大老二都这样！我母亲一脸狐疑地说：“是不是你们家的坟地不正，或者有啥问题的缘故？”大姨说，也可能是年轻人房事不注意吧。

第二天一大早，一个手持罗盘的中年男人，在大姨父和几个表哥带领下，去了他们的老坟地。坟地是逝者的最终去处，肉身寂灭，灵魂飞升。那个男人是附近村子里最有名的风水先生，整日背着罗盘，受邀于雇请他的人们，游走于人居与坟茔之间。说来凑巧，一年多后，二表嫂产下了一个女孩。如此之事，有些玄秘或者诡异，当时我觉得不可思议，有一种悬在半空的感觉。当我读了点书，初懂世道人心，便又觉得，这些形式纯属子虚乌有，抑或是唯心主义在民间的形而上的实践罢了。不管怎么说，在南太行乡村，生养下一代可谓天大之事。假如大姨妈和我母亲出生或者嫁在某座城市，这种思想意识会不会有所减弱？大地上的人，基本上都隶属于自己的文化地域，无论居住在何处，也无论身处什么年代。

这也可能是“人生地理学”的体现，也有些“天人合一”意味。但可以肯定，不同地域的人，对自然地理的适应能力，也是各不相同的，因为血缘和后来的居住关系，无论是外嫁的女人，还是一生守在一地的男人，都会因为地域相近而天然性地“熟稔”，文化和思维也趋于雷同。生产生活方式的传统、单调，再加上山川河流阻隔，农耕时代的乡村，基本上自成一统、自给自足，也因此形成了某一片地域人群的共同生活与文化特征。可事实上，即便是同一个家庭，每个人的命运也各不相同，甚至大相径庭。

无尽的时间之中，东风浩荡人间，南太行乡野沟壑与坡岭上，再一次植被葱郁，鸟兽欢鸣。漫山遍野的洋槐花开了，形似链条的白色花朵不舍昼夜，照亮了远远近近的村庄，甚至岩石上的苔藓乃至沟壑里的潺潺流水。二表哥已经结婚五年，他们两岁的小女儿曹霞，虽然肤色黑了一点，但也聪明伶俐。此前一年五月，二表哥夫妻俩闹别扭，而且很凶。夫妻吵嘴打架，在乡村乃是稀松平常的事情。可二表哥的表现却很激烈。

在我印象中，二表哥个性温和，二表嫂也有些懦弱。按道理，这两人做夫妻，一般的矛盾冲突可能免不了，但不可能爆发更激烈的行为。可那一次，两口子吵闹的时候，二表哥居然喝了一碗做豆腐用的卤水，二表嫂也在场，亲眼看着自己的丈夫喝下去。事有凑巧，大姨正好路过他们家院子，二表嫂随口对大姨说了这一情况。

卤水学名盐卤，主要成分是氯化镁、氯化钠和硫酸镁。少量食用可以凝结蛋白质，过量则是毒药，可致人死亡。村人也都知道，二表嫂有些“不够数”，即智力不够的意思。这是二表哥第一次自杀。二表哥对我很好，每次一看到我来了，大老远就咧开白牙的嘴巴笑，叫我的名字，我紧跑几步，跳到他怀里。我们家盖新房的时候，姨父带着他的几个儿子，从一开始帮忙帮到房子盖起。

每到冬天，田里没啥活儿干了，二表哥和另一个人搭伙去山西左权一带的农村给人拉大锯。20 世纪 80 年代末期，木工电器还没有深入南太行山区，人们做家具，修饰门窗和椽檩梁等，还全部手工，二表哥也能凭着一身力气，挣一些钱，贴补家用。

大姨听二表嫂这么一说，顿时一声惊叫，扔掉锄头，直奔二表哥家。当时，二表哥已经开始呕吐了。三表哥等人听到，急忙找了一台拖拉机，把二表哥送到卫生所。二表哥这才捡回一条命。

这肯定是一场劫难，有些死里逃生的意味。恢复后，家人和亲戚们都规劝二表哥千万不要做傻事，命是自己的，命没了，老婆孩子就都跟着别人跑了。还有爹娘还在世，要尽义务，促使二表哥打消自杀的念头。

二表哥黑色的脸膛上，密布阴云，眼里充满了血丝。尽管他一直在亲人面前表现得很好，但厌世的话和情绪总是不经意地被人觉察。我想：一定有什么可怕的东西攻占了二表哥的心智，使他对自己的生命，乃至整个世界产生了排斥和厌倦情绪。1988年春天，洋槐花开得漫山遍野、亮如白昼。二表哥拖着沉重的步子走到大姨家，站在青石铺就的门口，对大姨说，娘，洋槐花开得很稠，我再去给你捋点回来，你剁碎了，腌起来，喂猪。

当时，大姨妈也没多想，随口回答说，中午我给你做饭吃，在家等你回来。可谁也没想到，二表哥在村外一道山沟里，选择一棵正在开花的核桃树，用一根麻绳，将自己的身体悬置在了死亡的空中，与这个世界彻底决裂。他肯定也会想到，当他死亡时，这世上最疼爱他的母亲，肯定痛不欲生，肝肠寸断。他似乎也顾不得了，如果内心的痛苦，在现实中得不到缓解与根本性的解决，当事人也只有一死了之，用寂灭的方式来结束。

二表哥化作一座坟茔，整个世界都和他无关了。大姨以精神失常、大小便失禁近两年的代价，接受了这一事实。母亲说，她在看护大姨妈的夜里，时常听到大姨妈犹如惊雷的哭号，震得屋顶尘土簌簌直落。有时，大姨妈正在路上走着走着，忽然跑起来，嘴里不停喊着二表哥名字，凄厉而又急切。有几次跌到田地里，压坏了一大片庄稼。

人死不能复生，这句话的真正戳心之处，唯有失去过亲人的人才能真正体会。再痛彻心扉、刮骨钢刀一般的号哭，也难以唤回消失了的生命。大姨妈的头发瞬间灰白，皱纹深得让人觉得岁月的残酷。这个时候，四表哥也在邻县一个村子结婚了，不久也有了孩子。孙子孙女们相继出生，大姨并没感到高兴，反而哭闹起来。她和几个儿媳的关系都很紧张，儿媳妇怪她不给带孩子。大姨对我母亲说，要是给老三家带，不给老四家带？老四媳妇有意见。带外孙，不带孙子，儿媳们都有意见。

唯一听她话的，便是表姐。此时也嫁人了，不久也生了孩子。二表哥的女儿彩霞跟着大姨妈和大姨父长大。2001 年春节后，冻僵的大地再次蓬松，向阳处的野草冒出了嫩黄的芽尖。这时的大表哥，已是一个虔诚教徒了，整天抱着黑皮的《新旧约全书》，坐在树荫或者太阳窝儿里研读。家里正墙上挂满了基督画像，门楣门框和外墙上贴满了散发着灵魂气息的“箴言”和“赞美诗”。一个人全身心被外来的一种宗教信仰所笼罩，我不知道那究竟是怎样一种思想体验和人生境界。

大表哥不是整天游走于附近大小村庄，对那些衣衫褴褛、大字不识一个的乡人，不厌其烦讲述他对《新旧约全书》有限的理解，还抱着经书喃喃自语，身边放着一本翻烂了的《新华字典》。大姨和我母亲规劝他说，上帝也要人吃饭，起码你得管好自己的老婆孩子。大表哥听不进去，认为大姨和我母亲的话，是在教他违背上帝的旨意。

事物总有其两面性。因为读《新旧约全书》，大表哥自学了不少汉字，且能够说出每个字的大致含义，也知道了很多乡村人极少知道的西方神话故事，甚至可以给其他人进行简单讲解，虽然不一定正确，但也是一种长进。这使我想起伯特兰·罗素的一句话，人生不仅要有信仰，还要有知识。这是人生的翅膀。有几次，我翻看大表哥的《新旧约全书》，薄薄的纸张，字迹密布，满是箴言和诗篇。

母亲最感念大姨一家的是，我们家盖第一栋新房子时，他和大姨父还有几个表哥帮了不少忙，平素，两家关系好，几乎每个人在一起都很妥帖。感恩是优秀品质，我也始终对大姨家的人保持了高度的信赖和亲情。但大姨妈的不幸又开始了，这年春天，大表哥突然精神失常，当即送到医院。当晚，大姨父去给大表哥一家照看家门。第二天一早，太阳都照遍窗棂，大姨父还没起床，大姨妈觉得奇怪，推门不开，喊叫不应，撬开门，一辈子没说过一千句话的大姨父已经全身冰凉。

灾难又一次在老年大姨妈命里展开。五个子女当中，大姨妈最喜欢二表哥，虽然他的生命短暂，但异常孝顺，从不让自己的母亲有什么委屈，每次到山西左权县做木工回来，都要给大姨妈带些好吃的，给点零花钱（孝心的最好体现）。大姨父的猝死使得晚年的大姨妈失去了最后的依靠，即使这个男人不会说一句宽心话，但在和不在，完全两个境界。一个月后，大表哥从医院回到家，正值春忙，大表嫂带着他去山里刨地，回来路上，不小心从山坡上滚下来，瘦而高的身体像一块严重风化了的岩石，快速翻过草木和石头，泥土和碎渣，溢出一团鲜血，也成为一具渐渐失去温度的尸体。

大姨妈所承受的这些，在远近十余座村庄当中似乎是最惨烈的，许多人叹息说：怎么这么命苦呢？“命苦”这个词具有十足的宿命意味，在中国人认知当中，每个人都有命，而且，从出生就注定了的。不管这说法是否虚妄，世上什么都可以改变，唯独事实陈列无疑。

大姨妈似乎感觉到了一种无可奈何的力量，袭遍她的身体和灵魂。时间不仅是连续运作的杀猪刀，还是杀猪刀最锋利的刃口。许多年后，我还没感觉到白驹过隙，就也是年近半百的人了。每次，从外地回到故乡，一定要看望的亲戚中，大姨妈排在第一位。这里面有三个原因，一是我从小就没见过姥姥姥爷，大姨妈对我一直就像姥姥一样慈祥可敬。二是大姨妈经历的人生苦难，太令人“惊悚了”。作为一个晚辈，很多事情我替她感到悲伤和无奈。三是她晚年生活并不幸福，但不在于大姨父和大表哥的先后猝死，而是他们一家人，那种极其复杂的家庭关系及其导致的无休止的内部利益冲突和纠纷。

儿女多了享福，是乡俗观念之一。在乡村人看来，人结婚，就是为了养儿育女，繁衍后代。这是天大的事。孟子说，“不孝有三，无后为大”。所有文化习性，都必须依靠人获得流传。《易经》说，“万物并育而不相害”。大姨妈虽然没了姨父和两个儿子，但还有两个儿子和一个女儿，可残酷的是，人间亲情也会在现实利益面前一触即碎。因为二表哥的房子产权的归属问题，几个表哥闹了好几年，各自为战，明争暗斗，寸土不让，大姨妈夹在中间，左右为难。我母亲和小姨多次试图解开大姨妈的家庭矛盾，但都无功而返，甚至激发了更多冲突。

家族当中，各不相让的，不是骨肉同胞，而是妯娌们。女人参与其中，便使得本来可以迎刃而解的事情，变得复杂，归根结底，最大的问题还是物质资源过度匮乏之故，倘若人人富裕，便不会在意眼前小利，特别是兄弟之间的财产和利益。

贫困不仅限制人的想象，还在不断扭曲人心。这样的原始物质欲望，实际上是人类文明发展的缩影。要是我，绝不在乎那么一座房屋，折合现行货币不过一万多块钱。而他们十分在乎，用尽心思和手段争夺。物质的极度匮乏和经济能力的低下，使得这种争夺充满了硝烟甚至血腥味道。而我不在乎的原因是，相对于他们，我可以较为轻松地获得与此相等的资产。人不但为时间所毁灭，更直接的毁灭来自自身的无尽欲望。

每次回家，我都会请大姨妈到我们家小住几天。春夏秋，倒是方便，她可以自己沿着马路走来。冬天雪停，我就搀着她，走三里多路，踏着干硬的积雪，到我们家里，坐在院子的阳光下。晚上，大姨妈和母亲睡在一起，她们两姐妹，关系一直很好，每次见面，都有说不完的话。她们在回顾往事，也在表达困惑，以及各自家庭中遇到的种种难题。我想，她们姊妹俩起伏于黑夜的话语是有着非常丰厚的生命亮度和灵魂性质的，也许他人永不可知。

老人们说，人老了就像孩子，这有点像《道德经》中的“复归如婴儿”。有时候去看大姨妈，她非要留我们吃饭，还要我们住几天，我们总是找各种理由拒绝。失去了丈夫和两个儿子的大姨妈晚年是寂寞的，她或许有很多的心事要对喜欢的人说。可我们没有答应她，这里面有些私心，即我们不愿意倾听一个老人的心事，哪怕再亲近。或许我们还年轻，不会体验到大姨妈暮年的沧桑与悲凉心境。

我以为人生至此，已经够惨烈的了。可命运的奇诡性就在于，我们永远不知道下一刻会发生什么。2006 年 9 月 24 日早晨，大姨妈带着表姐及其孙子孙女九人，由三表哥大儿子驾驶一台老旧的三轮车，去给相距三十多里的四表哥收秋。这本是亲情互助的一种体现，可没想到，行驶到寺沟村的时候，由于毛糙和速度快，三轮车不慎翻转到路边，表姐及其唯一的十多岁的儿子当场死亡。

大姨妈重度昏迷，其他几个孙子和外孙女分别严重骨折。令人恐怖的灾难在大姨妈一家分阶段出现，而且每一次都很突然和暴烈。接到弟弟电话，我惊呆了，脑子里出现一个巨大的谜团，然后是一团诡秘的烟雾，最终才是无法忍受的悲痛，震惊得半天没说出一句话。

我哭了，绝望地哭，割肉般地哭，还有锥心刺骨地哭。大姨妈这种前所未有的家庭灾难堪比一场惨烈的种族灭绝战争，死去的表姐及其儿子面目全非，按照当地的禁忌和讲究，棺材只能停在村外。这个禁忌不知起源于何时，但人都在遵守。大姨妈在医院昏迷三天，方才睁开眼睛，但已经糊涂不清，浑然忘了自己和身外一切。她的那些孙子孙女，也都在病床边呻吟不止。

我打电话对照看大姨妈的母亲说，我出医疗费。可大姨妈时而清醒，时而糊涂。因为医疗费的问题，大姨妈又被拉回家里，这无疑是等死。人人都知道，这个人就要死了，只是时间问题。我觉得不可思议，儿女对于父母临终时态度，比平时的咒骂和殴打更为残忍。尤其是那些明明可以治疗，但又受制于经济能力的人。

那段时间，一直是母亲和小姨轮流伺候大姨。她们三姐妹的情谊，可用感天动地来形容。儿女的责任和义务，在这个时候体现得尤为深切和重要。由于母亲和小姨的伺候，大姨又苏醒过来，只是大便不止，母亲、小姨妈、彩霞几个人给她清理和擦洗。秋忙时，母亲白天回家干活儿，晚上再去照看大姨，有几次去得迟了，大姨妈就骂我母亲。我心疼又高兴，对母亲说，有大姨骂你多好，她没了，想找人骂你，也找不到了！母亲对大姨的爱是血缘深处和骨髓里的。

除了母亲和小姨妈，以及二表哥女儿彩霞之外，其他人没近前一步，更没有给大姨清理过便溺，擦洗过身子。母亲感慨地说：你大姨生的孩子不少，可顶啥用啊？她的观念与大姨妈没有区别，生子防老，是乡村的传统习性，其中包含了卑微的一厢情愿。

大姨也做过几年虔诚的基督教徒。我想知道的是，在病中和最后时刻，她有没有梦到先她而去的大表哥、二表哥、姨父和表姐及其外孙？还有……当时翻车的情景？知不知道儿女们之间的纷争根源？

我想，大姨妈已经无法思考了。或者，她心里明白，可再也不想提及了。

即使几个表嫂故意在大姨的病床前，大声说表姐已经死了，想以此来使得大姨妈更加伤心，当场死去。人心的恶，在有些时候真的肆无忌惮。可大姨妈充耳不闻。有几次，表嫂们在病床前大闹，大姨妈全身哆嗦，用被子蒙住脑袋。母亲怒斥大姨妈的儿子儿媳……我能想到她怒对众人的时候，飞舞的白发和涨红的脸颊，也第一次感觉到了母亲极其正确的一种强硬和睿智。

回去探望大姨，我对母亲说，支持她对表哥表嫂们的训斥，并说，要是我在现场，绝对冲上去，甩他们几个耳光！可我知道不能那样做，大姨终究是表哥们的亲生母亲，两家关系再好，也不可能参与彼此的家事，这也是南太行乡村的一个由来已久的“规矩”。

正在消失的大姨只知道，在她来过的这个世界上，当她父母和大哥先后去世，现在的她只有我母亲和小姨两个亲人了。她这一生，把人世间所有的灾难和痛楚，全部经历和体味了一次。半年多后的秋天某日，母亲刚回到我们家，三表哥就骑着摩托车赶过来，说大姨又在骂我母亲。母亲急忙出门，赶到大姨家。大姨已经不行了，母亲抱着她，让三表哥等人帮忙净身，找来早就买好的寿衣，在大姨身体还算柔软的时候，给她穿上。

这个人的命运，悲凉得无以复加，也无法描述。大姨死后，为了一些家庭琐事，三表嫂依旧怒火冲天，拿着棍子磕打大姨的棺材，并且想把棺材推翻。大姨和大姨父被安葬在一面山岭上，一侧是深沟，一侧是山崖。那地方有些孤立，好像大姨一生命运的写照。

冬天，朔风劲吹，我跪在大姨坟前，哽咽出声，但没流泪。我是悲伤的，也知道，这世上有一些人的命运，同情、悲悯、惋惜的眼泪也无法照亮。大姨本极普通，大概率上，她们一家人的命运也应当与周边乡亲们一般无二，可他们的遭遇却如此深重和惨烈。

村人说，丑妮子命苦得盖世上少见，丑妮子便是大姨名字，本姓曹。在这世上，我们时常看到日光能够照耀的地方，并积极给予反光，在众多雷同之外，总有一些人的生和死甚至不如草芥。唯一令人安慰的是，无论再苦难的人生和经历，当事人一旦作古，一切又都归于混沌。很多时候，我总是想起大姨，唏嘘之外，心里始终还飘荡着一个谜一样的东西，那就是：人之生，为何个个不同却又异曲同工？所谓的“天道”当中，究竟蕴藏了一些什么样的万物规律和本质？与此同时，每一次想到大姨，我也会想到尼采的一句话，“其实人跟树是一样的，越是向往高处的阳光，它的根就越要伸向黑暗的地底”。

那些存在，那些消失

1973年到1981年，我们家和老军蛋同在一个院子居住。他母亲是河南人，据说是饥荒的年代逃到这里来的，就做了老军蛋的娘。老军蛋上面还有三个姐姐。老军蛋父亲比较瘦，个子也不算高，但体力很好，总是在附近的山坡上抡着镢头刨地。我们南太行乡村，大多数地方土地很少，包产到户之后，每家每户分到的田地，也只有三四亩稍微多一点，后来人口逐年增长，家家户户打的粮食不够吃，只能抡着镢头，向荒坡要田地。几年下来，老军蛋的父亲已经刨了很多坡地，用来种玉米、黄豆、芝麻等农作物。

他父亲名叫赵加铁，本事可不只是光着膀子、抡起镢头刨山为田这一项。年轻时，据说跟着一个本事很大的人，学习阴阳法术。他们午夜起身，长时间跪在某一尊神像前，念念有词，天光大亮了才起身。几年后，练就了一身掐算命运、搁置阴阳的本领。总有不少人专程到村里来，摊开手掌，请他指点迷津。

老军蛋母亲四十岁那年，得了一种怪病，全身瘫软，有时候能起来走路，有时候趴在炕上不能动弹。三个闺女先后长大，也先后出嫁，收受的彩礼钱大都为她治了病。

我也请赵加铁算过几次命。那时候，一个十多岁的农村小伙子，又生长在改革开放的初期，人的心思一下子活跃了起来，大人们挣钱、致富，孩子们努力读书，考上大学走出农村，是社会主流。我虽然年纪小，但也知道人活一辈子不容易，最关心的就是将来的前途命运了。身边有这样的未卜先知的神人，机会当然不能错过。

有几次，坐在赵加铁身边，我心里忐忑又兴奋，十分虔诚地伸出自己的手掌。他抽着烟，用粗糙的大手，抓起我的小手，细致地摩挲一遍。然后用左手，在自己手指关节处掐算一阵。深吸一口烟，吐着浓如白绸布的烟雾问我，你是哪年哪月哪日什么时辰生的？对于这些，我完全不知，只好跑回家问母亲。然后再小马驹子一般跑到他身边，复述了自己的生辰八字。

这是一个聪明的人，也是一个很会说话的人。村里一般的邻里矛盾、纠纷，他和他们家人一般不参与。但遇到势力大的人家，他会主动低头，并无条件地参与到势力大的人家阵营当中。比如，村里另一户人家势单力薄，但不服势力大的人家欺凌，常有螳臂当车的反抗之举。势力大的人家便在分田地、荒坡、修路、浇水、出义工等公共事务上，对反抗者进行必要的打击报复。这时候，他们家便会主动靠拢，参与到打击势单力薄的反抗者的行列中来。

起初，我觉得他有这样的本事，完全可以不听从任何人调遣。可爷爷的一句话，帮我解答了疑惑。他说，人都是墙头草，哪里风大飘哪里。再说，人在弱势的时候，就得软下来；不软，就像那些很高的树，不是被狂风刮倒，就是被雷击了！

掐算了一阵子，赵加铁说我将来吃不了苦，肯定不会像父母一样待在农村里，肯定会到外面的世界去工作和生活。再者，我三十岁以前东奔西跑，一事无成；三十岁以后才能逐渐稳定下来，生活嘛，比上不足比下有余。我觉得笼统。再问他我将来能考上大学吗？他笑着说，考大学很难，可是你自己很爱钻研，将来的文化可能是很深的。

在南太行乡村，说人文化深，就是学历高之意。我眨巴着小眼睛，还是满心迷茫。还有一次，我问他将来婚姻如何？赵加铁又照葫芦画瓢，给我掐算，语气斩钉截铁地说：你将来的媳妇肯定不是咱本地人。他的这句话对我是一个巨大的打击。那时候，我正暗恋邻村一个女同学。我痛苦了好多天，心里一直否定老军蛋父亲的预言。为了证实他说得不对，我鼓足勇气，给女同学写了一封情书，想一锤定音，以铁的事实回驳赵加铁的胡说八道。可我那位女同学确切地回信说，俺不喜欢你，俺喜欢班长朱建军！

这种打击，使得我第一次对人生的方向有了怀疑。我起初以为，真正的爱情，是可以不靠什么地位，以及个人人生前途的。

人在很小的时候，总是以理想主义的方式，去幻想将来的人生，可理想主义的目的，就是要人在现实的硬石板上撞得头破血流，粉身碎骨。

赵加铁的同胞弟弟赵加铜也会算命，和赵加铁师出一门。此外，他们兄弟俩还都会看风水、定阴阳、打醮（冀南乡村流传的一种道教仪式，主要用来祈福禳灾），邻近的人家若是要为先人找坟穴，或者亲人过世了，总要来找他们掐算排定埋葬的日子，再帮忙找一处可以保佑后人人财两旺的坟穴。同时，若是谁家亲人过世了，也请他们帮忙掐算下葬的具体时间，还有一系列的安放与埋葬方式等。通常，他们在给其他人家堪舆阳宅或者坟穴的时候，手里拿着罗盘，漫山遍野地转。

类似他们这样的神人，不多见。祖父说，他们的本事，一般人学不到。即使有师傅亲自教，还要看缘分，看个人的禀赋天性。物以稀为贵，人的才能大致也是如此。每天，都可以看到有些人，提着各种礼物，专门去找他们兄弟俩，带着满腹疑虑和一脸的虔诚，请他们指点迷津，规诫命运。

赵加铜先后生养了三个儿子，两个女儿。最小的女儿也还比我大六岁，他的大儿子也只比我父亲小几岁，但与我辈分相同。

遭到女同学拒绝，我捧着碎成八瓣的心，买了一包九分钱的红满天牌香烟，到赵加铜面前，请他无论如何好好给我算算。他也像赵加铁那样，先是抓住我的手掌，仔细看了纹路，摩挲了一会，又看了我的脸。说，你这孩子有福气，将来不会面朝黄土背朝天，这社会上肯定有你的一碗饭吃。这句话也是我们南太行乡村的方言，即将来混社会的意思，多是褒义。

要在其他时候，他的这句话是最令我欢欣鼓舞的了，一个乡村孩子，家境不好，最大的梦想就是能够将来有一个混饭吃的地方。当然，这个“混饭吃的地方”，大多数指的是公权力部门，最差也是事业单位。可我刚刚失恋，心里最想知道的却不是自己将来的出路问题，而是能不能使得暗恋的人回心转意。面对他，我想问，却又不好意思。那个年代，早恋还是一个令大人耻笑的私密事情。我们家比较贫困，而我暗恋对象的父亲是村主任，早就是万元户了。自然门不当户不对。嗫嚅半天，我支支吾吾地说，再给俺看看婚姻吧。他哈哈笑了起来，说，你还是小孩子，好好上学吧，找对象还早呢！

回到家里，我就把他说的“将来社会上有你一碗饭吃”这句话说给了母亲。母亲一脸不相信地说，那是人家糊弄你的吧，就你这个样子，俺咋就看不出来呢？

乡村的日子整年累月，都是田间地头的生活，也都是晴日阴云之下的光阴。只有下大雨或大雪，苍天不让人出门干活，人才能稍微清闲一会儿。有的人头蒙被子睡大觉，有的人踩着泥泞和积雪东家西家乱窜。每年寒假，我们最开心，要是风和日丽，一般都要帮父母干活，或去山上打柴。遇到雨雪天气，自然什么活儿也不用做的。村里有几位老人，特别会讲故事。当地人叫“说闲话”。评书、演义，还有各种妖魔鬼怪，远处近处发生的奇怪故事等，都在这些老人嘴里，变成了悬念迭起的民间故事。

我最常去的是一个孤寡老人家，她叫什么名字，村人忘记了。我叫她二奶奶。爷爷说她娘家在山西左权，父亲是个财主。因为家境优渥，又很重视教育，熟读各类经书，也听得满脑子的古书和传奇故事。没事时，我们几个就喜欢围坐在她家的土炕上，不停地给她点旱烟，听她讲《隋唐演义》《水浒全传》《杨家将》《三国演义》《七侠五义》等。她说话抑扬顿挫，轻重得当，还有形象的声音和表情伴奏，比那些说书人的表演还精彩。我们每次都听得入迷，有时候一听就是一天，也不觉得饿。

关于她的丈夫，从没人说起，我也没询问过。只知道她一生只生养了一个女儿，还是一个哑巴，虽不会说话，可也聪明。长大后，嫁到三里外的一座村子，时不时回来看看她。在路上遇到，我们叫她姑姑，她答应，冲我们和善地笑。

村里还有一个老人，叫赵有志，夫妻俩一辈子只生养了一个儿子一个女儿。赵有志先前在国营煤矿上班。妻子对他很好，每一碗饭都要送到赵有志手里，可赵有志几乎每天都要家暴一次，把老婆打得鼻青脸肿，伤痕累累，身上总是青一块紫一块。尽管如此，妻子也不反抗。每次挨了打，擦掉血迹，洗净脸面，笑意盈盈地站在丈夫面前。

许多年后，赵有志的妻子突然去世了，赵有志拒绝儿子儿媳的奉养，把端来的饭和送来的东西扔到院子里，一个人坐在妻子去世时的房间，抱着妻子生前枕过的枕头，一连几天几夜不吃不喝，也去世了。

那时候我还是一个少不更事的孩子，听到他们的事情，心里满是神奇，总觉得这两个老人，浑身上下都散发着一种说不清的味道。他们大致是世上比较奇怪的一对夫妻，如现在人们说的“相爱相杀”。在古老的民间，众生当中，这类事情总是以各种方式呈现，令人错愕和不解。

这对夫妻的儿子儿媳，现在也是七十多岁的老人了，偶尔说起他们父母（公婆），男的伤感不已，女的则一脸笑意。有几次，我亲耳听他们的儿媳说，俺公公婆婆，那是世上的一对活宝，一个一天不打人手痒，一个一天不挨打皮痒。两人好像有深仇大恨，可他们比谁都恩爱，谁也少不了谁。她的这番话，听得我五味杂陈，只觉得天地造物真的都神奇无比。就像我祖父说的那样，这世上，有一厢情愿的，就有一拍即合的。

赵有志夫妻已经离开人世四十多年了，可他们两个的蹊跷姻缘，却深刻地烙印在我的记忆中。与他们家相隔不过几个街道的，有一个名叫曹连柱的老人。早年间，曹连柱娶了武安一个闺女为妻，生养了一个儿子。也不知道为什么，曹连柱就是不喜欢自己的儿子，把儿子打得死去活来。有时吊在树上，用蘸水的麻绳抽打，或冷不丁地，用木棒从后面击打。有一次，曹连柱猛地用一根木杆打在儿子的膝盖上，自此之后，他儿子一生都没有站起来过。

这使得曹连柱对自己的儿子更加厌恶，一天内要暴打几次。孩子舅舅看不下去，在武安市内为一直蹲着走路的外甥找了个看大门的活儿，直到曹连柱去世之后，才一个人返回村庄。

他的儿子名叫曹老大，残疾导致了他一辈子单身。曹老大仍旧住在他爹娘生前的老房子里，种点地，自己弄点吃的，满脸黑垢，基本上看不清脸，穿的衣服好像砧板，他喜好抽烟。有一次，没烟抽了，便蹲着往小卖部跑，走到一个斜坡，烟瘾骤然发作，便像一个圆球一样，滚了十多米，最终被一棵椿树挡住之后，尽管脸上脖子上都渗血了，曹老大仍旧不管不顾，蹲着跑到小卖部，先拿了一包烟，打开，抽了几口，整个人才恢复了正常。

关于曹连柱父子的事情，我好像至今不知道原因，也从没有见过他老婆。按道理，一个男人，对自己的孩子，应当疼爱有加，毕竟虎毒不食子，曹连柱何以对曹老大这样恨？其中必有原因。在我猜测中，无非是非自己亲生，用毒打儿子的方式，报复妻子的不忠。抑或曹连柱天性中有一种不自觉的施虐倾向。若在今天，这样的事情，肯定有人出面约束，家暴，致人伤残，肯定要绳之以法。

可在20世纪70年代末，乡野大地之上，万千村庄之内，许多的事情，大致是放任自流的。家家都有一本难念的经，也都有不足为外人道、外人无从得知的那一面。正如乡人所说，家务事，乱如麻，思路再清晰的思想家也难以从中理出头绪。还有的说，不管是哪个地域，只要是人，每一个家族都有一个传统，每一个家庭都有自己独特的作风或者说性格上的传承，好和坏，很多时候，并非在表面，以及表面的事实上。

村人常说，这世上，有一个特别隐蔽的规律，即，这一辈的人好了，下一辈人大致也不错。反之亦然。还有的说，人生不论什么命，行善积德，就不会受到命运的约束。就拿孝顺来说，做婆婆的孝顺自己的婆婆，儿媳也会孝顺她，一辈沿袭一辈，这是传承，也是家风。有史以来，村人总是觉得，在冥冥之中，总有一种看不到的东西，深入每个人的天性和血脉当中，生生不息，源远流长。

村里另一户人家，和我父母同一个辈分。男的叫朱建生，他老婆不知道姓什么，人都喊她随妮子。妮子这个称谓，在我们南太行乡村，一般是指女孩子，也可以用为人名，如张随妮、刘巧妮、朱白妮、赵有妮等，几乎涵盖了20世纪50年代以前出生的所有女人名字。他们夫妻先后生养了六个女儿、一个儿子。随妮子年轻的时候，经常因为琐事，和自己的婆婆闹事、打架，两两对垒，各不相让，最惨烈的时候，大把大把地薅掉对方的头发，头皮上都隐隐渗出血来。她的六个女儿相继出嫁，随妮子也变成了老娘儿们。

随妮子的六个女儿，在各自婆家的声誉也都不好。其中，大女儿不守妇道，和几个光棍有私情。二女儿既和姐夫不清楚，也和妹夫有些暧昧。三女儿未婚先孕，嫁到了很远的地方。四女儿婚后不久，便和另一个男的私奔了，十多年后，才带着孩子返回我们村。

随妮子和朱建生两口子也不觉得羞耻。随妮子精瘦，短身材，眼睛不大，眼珠子总是在飘动。有一年，同村的一家人，趁着春节团聚的时候，兄弟姐妹们聚在一起，商量一些家事。这个随妮子是他们邻居，两家经常为一些鸡毛蒜皮的小事，相互叫骂、大打出手。当晚，一家人正在严肃商量家事，正说到紧要处，一个老太太突然推门而入，上去就和人家辩论。这家人当中的老四，是一个暴脾气，二话没说，上去就扇了随妮子一个耳光。

随妮子这才反应过来，随即放声痛哭。夜半私闯民宅，随妮子本来就不占理。被打又被呵斥了一顿，只好跑出那人的家门，先是步行到三里外一个光棍家，一口气吃了两碗剩面条；又连夜奔到三十公里外的三女儿家，哭诉。又动身，沿着崎岖蜿蜒的山岭，走了十八里山路，到乡政府所在地找到做生意的儿子儿媳，声泪俱下。然后，又到派出所报了案。天色微明，她再次动身，返回村庄，太阳还没升起，她已经回到自己家里，躺在炕上，叫来医生，开始输液了。

随妮子一生最善于步行，尤其夜间，村人都说她长着一双驴眼，走夜路，向来不用手电之类的照明。我差点笑岔了气。这简直太神勇了，一个年届七十多岁的乡村妇女，自行车都不会骑，即使半路拦车，深更半夜，估计也没有司机敢停车载她。而且，她走的都是小路，机动车根本无法行驶。村人异口同声地夸说，随妮子那两条短腿，比火箭还快！我则说她是我们村的“神行太保”。

村庄是一个小型社会，其中的人各姿各态，几乎人人都有故事。相对于正常的人，还有一些边缘性的群落。邻近的一个村里，聚集了十多个先天发育不全的人，有男有女，有真的疯癫的，也有半疯半癫的；有能正常生活的，也有不能自理的。其中一个女的，虽然经常发疯，早年间被远村的一个男人娶走，生养了一个健壮俊美的男孩。余下的几个都是男人，其中两个，人很聪明，能吃会干，也没有啥明显的缺陷，但就是娶不到老婆。对这些人，习惯称为光棍汉子。

在民间，始终有一种很好的美德，即很少有人故意欺负残障人。为此，自身有缺陷的光棍，基本上不用担心自身的权益受到他人无端的威胁和侵害，但他们并不安分，其中的原因，就是生理需求。对于正常的女人，肯定不愿意嫁给没能力养活自己，或者自己根本瞧不起的男人为妻。但光棍不这样想，只觉得，自己哪都好，怎么就娶不到老婆呢？按照光棍的话说，好白菜都被野猪拱了。他们这些好猪，肯定是上辈子造了啥孽，老天爷惩罚他们没有白菜拱。

另一个光棍白占奇是其中幸运的一个，因为他的大舅子是乡里干部，便给他撮合了一门亲事。女的也是智障，但不要紧，起码的吃喝拉撒，简单的会话还可以。这些人，说傻不傻，说聪明，也不聪明。叫作“不够数”，就是智力上有不同程度缺陷的人。

白占奇娶了老婆，在我们村引起了一阵惊愕。正常的人，都知道是怎么回事，可其他的智障人却都愤愤不平，公开说，他白占奇傻得不透气，咋能娶上老婆？他能娶老婆，俺就能娶仙女！话虽这样说，现实却是残酷的。

其中一个光棍，名叫白沾光，和白占奇住在一个院子里，还算是本家兄弟。有一天中午时分，白占奇扛着铁锄头，甩着大脚片子从地里回来，刚一进门，就看到两人光着身子在炕上打架。白占奇闷吼一声，跑到院子里，拿了一把镰刀，回屋就喊说，白沾光你敢睡俺老婆，老子今儿非把你那个害人的东西割下来，喂给我姐夫家的狼狗吃了不可！

白沾光耳朵有点聋，正在兴奋，突然见白占奇闯了进来，一激灵，蹿下炕沿，一个闪身，跑到院子里，猴子一样钻进自己家，迅速闩住了门。白占奇怒火攻心，提了镢头，三下五除二，砸开了白沾光家的木门。此时的白沾光，已经穿好衣服，门被砸开的时候，冲过去，抱住了白占奇，说，哥，咱们是堂兄弟啊，反正俺嫂子闲着也是闲着。俺一会儿给你一袋面粉，一包烟，你看咋样？这样的事，本来是奇耻大辱，不共戴天之仇，谁也没想到，听了白沾光的话，白占奇立马住手，睁大眼睛看着白沾光说，一包烟不行，必须是两包！白沾光随口答应说，行行行！

白占奇和白沾光的事儿，一度被当作笑谈。有人问白占奇为啥这样，白占奇咧着嘴笑着说，那个事儿，天王老子也不可能天天做，老子累了，不想做的时候，他做，反正他又不白做，一袋面算三十块钱，两包烟起码也得十块钱。哼！人都笑。白占奇也笑。人可能笑他傻，他则可能笑别人不如自己聪明。

村庄之中，人和人的关系，无论是怎样的交集，几乎都是公开的，很少有人能够把私密事情做得天衣无缝。因为，乡村说到底是一个熟人社会，几乎时时刻刻都在方寸之间讨生活，相互之间知根知底，无论谁家的风吹草动，都会在另一些人的耳朵里，发出一些滋味和说法不同的响声。

时至今日，这些人无一例外地老了，有的已经死去了。剩下的，还是原来的村庄和我的乡亲们，一代代的人又冒了出来。人的事，人和人的事情，也从不间断。一个时代和另一个时代，看起来是递进的关系，在很多时候，也可能是一种巨大的割裂与告别。

现在的村庄，人们关注的，似乎只有生老病死，贫穷和温饱、发财和升官等一类的消息了，对周边的人和人的事的兴趣也在不断降低。从前的年代，一件新鲜事，可以让众人议论好几天，现在则几个小时，甚至几分钟，就不再提及了。

大地上的人们的生老病死从不间断，即便是声名显赫，也不过是三五里之内，知道的人多一些而已；更多的却寂寂无闻，甚至隔壁邻居都不知道对方的姓氏。20 世纪 90 年代到 21 世纪初，村里不少人在煤矿、铁矿事故中丧命，而且都是青壮年。他们的妻子很快改嫁他人，孩子留给公婆或者带走。当然，也有一些青年人死于各种疾病。如一个名叫刘岳林的小伙子，二十岁出头，结婚当晚，突然肚子疼，不到一小时，就死了。还有一个名叫赵新娟的女孩子，兴高采烈到市里购置出嫁的衣裳，回程时，班车翻下沟底，新娘的美梦顷刻间烟消云散。

万事万物都是时间的祭品，人像草木一样更替，草木也像人和人的那些事情一样年年翻新。转眼间，我离开村庄将近三十年了。留在那里的人，好像时间不长，就一个个地长大了，又一个个地老去。每次回到村庄，总会看到新的坟茔，在不同田地和坡地寂寞而悲怆地隆起，四周茅草茂盛，柳树成荫。也有一些总觉得年纪还很小的孩子突然结婚了，并且生了自己的孩子。也突然有人叫大伯、爷爷，甚至太爷爷了。

这样的氛围，充分体现了人世的不确定性，也从本质上暴露了生命的仓促和无常。每次回到故乡，我都会去看望一些年岁大的长辈，从内心祈愿他们活得长久一些，不论是自己的亲人，还是乡亲。只有人，才是村庄的生命力所在。

每一次回故乡，不是听说这个人去世了，就是那个人没了。村庄乃至这个世界上，几乎每天都充斥着诸多方式的活着和死亡。村里的他们，在我的记忆当中，始终是生动、丰富的；当然也都是固执、迷茫、卑微的，也是繁复、个性、脆弱、无助的。我知道，自己也和他们一样，逐渐老去，是万事万物的共同宿命。

面对这样的人和人生，如果用一句大而不空的话来表达我对村庄和乡亲们的情感，我只能说：村庄、他们、我，在的和不在的，新生的和老掉的——他们都是我的，我也是他们的。

冷　春

1

发黄的光线落在被子上，温和而又细致地摩挲，又移到脸上。小武觉得一股微热，有些舒服。他睁开眼睛，忽然觉得，这个世上，真没什么大不了的事儿，古往今来，一层层的人，一层层生死，人家的日子可以过，自己也可以。大不了就在这农村，像其他同龄人那样，闲时出去打工，农忙时回来，然后再出去打工。娶个老婆，穷也好，富也好，日子都是一样过。想到这里，小武忽然觉得自己浑身有了力气，阴魂不散了大半年的那种瘫软、沮丧，甚至濒临死亡的感觉顿时烟消云散。他一骨碌爬起来，穿好衣服，三蹦两跳地就走到了爹娘的房间。

爹娘住在隔壁，一排老得只剩下烟熏火燎味道的石头房子，似乎一副巨兽的骨架，充满了时间的腐朽味道。爹和娘正坐在院子里的稀薄日光下吃饭，饭菜是几十年雷打不动的小米粥就咸菜。小武自己拿了碗，舀了一碗粥，又拿了一个白馒头，也坐在爹娘旁边的凳子上吃了起来。爹咦了一声，娘也咦了一声。两人的表情由黯淡迅速转变为惊讶，然后是不相信和欣慰。这大半年来，小武闷闷不乐，除了睡觉就是坐在院子里发呆，还有的时候爬到后山上一个人坐在岩石和茅草上，两只眼睛直愣愣地看天，看远处和近处的东西，也可能啥也没看。

这一个早上，小武好像瞬间换了一个人，脸上也有了笑意，从吃饭的动作来看，好像真的脱胎换骨了。在这之前，每个早上，爹喊几遍，隔一会儿娘再去喊几遍，小武也不起床。好不容易起床了，小武也低着脑袋，年轻小伙子，全身晃得好像一根老弹簧。爹和娘一看小武这样子，心里随即也腾起一团火焰，老两口看着小武，说："孩子，慢点吃，多吃点。"

日子就是高兴着过的，小武的转变，使得沉闷了小半年的家，突然有了生机，而且是活泼泼的那种，爹娘心情也出奇地好。

下午，天色突然转暗，有雪零星落下，到晚上，雪势加大，屋外不断有枯树枝被压折的崩断声传来。一家人坐在煤球火炉边。娘对爹说："他爹，咱小武也一下子长大了，这几年，也挺用功，费脑子，可命运不济，没考上大学，这孩子，看起来也和咱俩一样，是个受苦的命，俺看啊，咱老两口还得再咬咬牙，给孩子盖个房子，说媳妇时候好说，将来给他娶了媳妇也有地方住。”爹说：“本来就该的。人活一辈子，养儿嫁女、起房盖屋、打发老人就是一辈子的任务。现在，大闺女和二闺女紧跟着都成了别人家的人，就剩下咱小武。要说在村里，咱家条件不算好，可也不算最差，起码也得给孩子盖一座像样的房子。不让人小看咱，孩子再能娶个好媳妇，咱老两口也就算是功德圆满了。”

这时候，南太行山区已经开始时兴修盖红砖砌的房子。以前用石头垒起来的房子，现在的年轻人相不中，觉得没有红砖、水泥加钢筋修的房子好看。老年人倒是不喜欢红砖水泥盖的房子，提起来就说，哼，那个土烧的砖，哪里有石头块子结实？要是再像 1976 年那样来一次地震，包管红砖稀里哗啦碎成末末子！可年轻人不管这些，尤其是闺女们，到城里待了几年或者转了几趟，就对那些里面用砖和水泥砌起来，外面再加一层光滑的水泥，贴一层瓷砖的房子，喜欢得哭爹叫娘，好像住进那样的房子，就真的进了城一般。爹说：“啥样的时代，就时兴啥东西，没办法，人啊，只能跟着时代走，啥也别说了，咱也盖砖房，不能叫别人笑话咱太土腥！”娘说：“行，别人咋地咱也咋地，反正不能落在别人的后面！”说干就干，大年初五就托人买了红砖、钢筋、水泥，一个春天还没过完，一座新房子就盖起来了，入夏，请木匠打好了门窗，又请装修队，按照城里人的方式，好好地装修了一番，但沙发、梳妆台、立柜、鞋柜、碗柜、床头柜之类的家具，觉得还是等到小武说上了媳妇以后，让人家媳妇儿自己去市场看，喜欢哪样的就买哪样的，省得到时候再花双份儿的冤枉钱。

说起来也挺快还挺顺，当年冬天，小武小姨来家里，随口提起她们村里的一个叫曹琇的闺女。说那妮子上了初中以后没再上学，在县城打了两年工，还没听说有婆家；年龄和小武相差一两岁，人长得细眉大眼，脸白生生的，也算是个美人儿。要是可以，她可以先去探个口儿。探口儿的意思就是先摸摸情况，再试探一下那闺女爹娘的基本意向。这意思，有点像地下党窃取情报。要是闺女的爹娘没把话儿说绝，那就说明人家父母对小武有意思。要是一口气回绝，即使把人腿儿跑成蚂蚁腿儿也白搭，不如趁早另起炉灶，再找别人家的各方面都比较合适的闺女。

毕竟是亲姐妹，小姨回去没几天，就托人带话来说，曹琇的爹娘对他们家的各方面情况还比较满意。这话的意思有两层，一是曹琇爹娘对小武爹娘的为人，以及他们家的家境比较认可，二是也觉得小武长得不错，人也聪明，不是一个窝囊人。有了这个比较明确的“口儿”，就等于曹琇家向他们家开了绿灯。娘赶紧对妹妹说：“哎呀啊，这可是一个好事儿，那你就多跑跑，多说说。成了以后，俺和他爹，还有小武，不论到啥时候，也都忘不了你当妹妹和小姨的恩情。”亲姐妹这样客气地说话，可见小武娘的心情，兴奋得已经把自家人当成了外家人了。小姨咯咯笑着说：“瞧俺姐姐这话说得，把恁亲妹妹当二家旁人了！”娘也笑着说：“这不是心里高兴嘛，孩子找上个媳妇儿，成了家，以后的时光就由人家自己过。当爹娘的就也算把最后一桩大事完成了！”

2

小武的小姨家在十里外的胡家铺，曹琇家也是。两家关系不错，也算是相互知根知底的人。可在胡家铺村里，有一些关于曹琇的不好的传言，有人说，曹琇在县城里打工的时候，先后和城里的两个小伙子有过来往。表面看，谁家门上的钟不让敲，哪家的闺女不让人惦记呢？小伙子喜欢闺女，闺女喜欢小伙子，本就是一件稀松平常的事儿。可问题就在于，闺女到底被人睡过了没有。一男一女谈恋爱的时候咋整都行，最后结了婚谁也没话说，就怕谈了一个，被人睡了，再来一个，又被睡了。在城里人看来，年轻人都是那副德行，男女见面还没三天，就你情我愿，死去活来地到床上表真心诉衷情去了。

村人这么背后说，一个大闺女，在城里打了几天工，钱没挣回来几个，也没攀上好人家，谈恋爱倒是学得比兔子还快，这还不算，还让城里的小伙子睡了。这些闲言碎语，对已婚的妇女倒没啥，对还没结婚的黄花大闺女，就是一个天大的事儿。小武小姨当然也听说了。可在她看来，曹琇是一个本分，而且有心眼有主见的闺女，不可能那么没耳性、没界限，在城里跟人恋爱倒是有十分的可能，但和人稀里糊涂地脱裤子上床，她觉得这绝对不可能。

曹琇的家和小武小姨家之间，就隔了三道门墙。初中毕业以后，曹琇在家里闲待了差不多两年，才到县城打工。先是在一家不大不小的饭馆当服务员，后来又去玻璃厂和螺丝厂干过一段时间。

按照常理，一个没结婚的大闺女和一个已婚多年的中年妇女之间，该没有太多的共同语言。可这人和人之间，就讲究个缘分。曹琇和小武小姨就是这样的一对。还没去县城打工的时候，曹琇就特别喜欢往小武小姨家跑，和小武小姨扯淡话，两人的关系也就从一般的邻居转化为无话不说的姐妹和闺密。别看小武小姨四十多岁了，可论辈分，曹琇叫她嫂子。虽不是亲的，也是小武姨父家的叔伯姑嫂的关系。曹琇到城里打工第二年，也不知道胡家铺村哪个人的尖鼻子在城里探了一下，就把车屁和煤砟子连同关于曹琇的一些传言带了回来。听了的人，摇头叹息说："哎呀，那么好的一个闺女算是白瞎了！这可不，本就是山里的闺女，要想去当城里的大小姐！这不，还不到两年时间，就先后找了俩对象，都给人家睡了没数的遍，临了还是被人家一脚踹回了咱这山旮旯儿里来了！"

也不知怎么着，这话就传到了曹琇的娘耳朵里去了。曹琇娘回到家，把大儿子喊过来，脸上结着一层厚霜说："赶紧、立马、现在去把曹琇那死丫头叫回来！……她要是不回的话，就当俺没生她，让她愿意往哪儿滚就往哪儿滚！"

对那些传言，曹琇的大哥也有耳闻。大哥嗯了一声，转身回到自家，换了一身干净衣服，坐上班车直奔县城而去。

第二天中午不到，曹琇就连人带行李一股脑地回到了胡家铺，半年多再没有单独去过县城。家里就她一个年轻人，干农活又枯燥，她也干不好。爹娘老对她虎着脸。曹琇自个儿觉得心里闷得慌了，就去小武小姨家闲坐一会儿，说一些心事话儿。有一天，曹琇又去小武小姨家聊天，趁没人，曹琇眨巴着眼睛，语气怯怯地说："嫂子，外面说我的那些话儿，你信不？"话刚说完，曹琇就肃了神情，眼神疑惑又期待地看着小武的小姨。

小武小姨笑了一声，看着曹琇说："哎呀，傻妮子啊，人的嘴，那都是墙缝里的风，来不见，去没影儿，琇儿，只要咱自身做得好，管他们臭嘴咋胡咧咧嘞！"曹琇嗯了一声，觉得小武小姨说的就是那个理儿，可细一想，话说得好听，但不是明确表态。曹琇又眨巴了几下眼睛说："嫂子，俺给你实话说吧。俺在县城干活这几年，确实有俩小子对俺不赖。你也知道，现在的城里人，早就没以前的恁多讲究了。把啥事儿都不当个事儿。"

说到这里，曹琇的眼睛看着小武小姨的脸。

小武小姨的脸霜了一下，马上又涌起几丝笑容，右手搭在曹琇的肩膀上，眼睛盯着她的眼睛，郑重其事地说："妮子，不管外面的世界变成了啥样的五颜六色，可咱们这里，还是个农村，而且还在山里。这世上的啥事儿都会变，可也有个快慢。要俺看啊，在男男女女的事儿上，还是咱山里边的人做得对。"

曹琇听了，先是站起身来，叹了一口气，好像从牙缝里挤出来的一样，轻微得让人觉察不到。小武小姨似乎觉察到了曹琇这一个不经意的变化，脸色也不由得紧了一下，然后伸出手指，替曹琇拢了一下额前的刘海，笑着说："小妮子，你又有了啥心事儿呢？"曹琇看着小武小姨眼角的几条皱纹，忽然提高音量说："嫂子，每天用嫩黄瓜片贴贴，皱纹就不会这么明显了！"小武小姨转身抓起扫帚，也大声说："咳，黄土都埋了半截了，还在乎个啥脸咪？"

3

在给曹琇爹娘说之前，小武小姨事先就问了曹琇。当时，曹琇也没有感到惊讶，还问了小武家的一些情况，然后笑着对小武小姨说："既然是你的亲外甥，肯定好了！要坏，肯定也坏不到哪儿去。"小武小姨笑着说："傻妮子，这是终身大事，管一辈子的，还是得你自己做主。"曹琇却说："要是这样的话，以后我就不叫你嫂子了，也叫小姨。你凭空长了一辈儿，俺就地矮了一层。"

说完，曹琇就回自己家去了。

看着曹琇的背影，小武小姨的心里忽然莫名地打起了摆子，主要是关于曹琇的那些闲话，现在，两个村离得远，闲话还没传过去，但也是迟早的事儿。往后，姐姐、姐夫知道了以后，会不会责怪她这个妹妹？再说，她和小武的娘，毕竟是吃着一对奶头长大的亲姐妹。

想来想去，小武小姨还是觉得提前给姐姐、姐夫明说了比较好。她又骑上电瓶车，专门去了一趟姐姐家。把曹琇的底细一五一十地翻给姐姐、姐夫听。姐姐的脸色当即就有点儿发黑，姐夫也是。小武小姨笑了一下说："要不然，咱们就绝了这个念头？另找，凭咱小武这条件，找个媳妇儿，到哪儿都不难！"姐姐侧脸看看姐夫。姐夫坐在炕沿儿上，狠抽了一口烟，说："大妹子，别人说曹琇的那事儿到底有影儿没影儿？"小武小姨看着姐夫已经花白的胡子，细声说："咋说呢，依照曹琇自己的话来说，那是没有的事儿。在村里，那妮子就和我关系最好，见我比她的亲嫂子还亲。我想……她不会给我也说假话吧？"

姐夫又深深地吸了一口烟，从鼻孔往外冒的时候，眼睛瞄了一下自己老婆。小武娘也知道，自己的男人这是在征询她的意见。沉默了一下，小武娘支吾地说："要不，等小武回来以后，看看他的意见再说？"

这是一个折中的意见，既不用当场下决定，又找了一个最合适不过的台阶，把箭在弦上的事儿一下子又放回原位。

那天，本村有人盖房子，小武去给人家帮忙去了。正在给别人家干着活儿，喊回来也不好，人会说故意偷懒。小武小姨说："那也行。关键就看小武他自己了。以后是人家俩人过时光咪！"说完，就骑上电瓶车回胡家铺去了。从小到大，小武都算是一个比较安分的孩子，虽然，家里数他最小，爹娘也稍显溺爱。可小武生性稳当，也不像其他孩子那样爬高上低，胡作非为，胆子比头大。小学到初中，成绩中不溜儿，高中也是。第一次高考，离三本线还差 42 分；补习了一年，倒差了 58 分。爹娘要小武再补习一年，即使砸锅卖铁他们也支持。小武摇摇头说："没脸了，两年都没有考上，再补习一年，就是拿铁锅挡住，脸也没地方搁。"爹娘见小武的心意已决，也就不再劝。老两口晚上躺在炕上才又说："啥也不怪，就怪咱家坟地不好，不该出上大学、进政府部门当官儿的后代，认命吧！"

4

小武回到家的时候，天已经黑得找不到鼻尖了。一进院子，就往自己的房里走。爹听见了，叫了一声，小武俩腿一拐，就进了爹娘的屋。娘让他先坐下。爹点了一根香烟，郑重其事地坐在炕沿儿上。老两口相互看了看，四只眼睛在相互推辞。最终，还是爹开口说了这件事。最后还得问小武自己啥意见。小武的脸唰地红了，他觉得有一团火，不知道从哪里燃了起来，一下子就把整个脸烧红了，连耳朵都觉得烫烫的。低下头，小武真切地听到自己的心在怦怦跳，跟铁锤敲石头一样。他抬起手，挠了几下头顶，然后结结巴巴地说："这事儿，还是恁俩说了算！"娘说："小武，这个事情，关系到你一辈子，得你自己拿主意！别到时候真的有这个或者那个事儿了，你再反过来怪俺和你爹！”小武哦了一声，抬起头来，眼巴巴地看看爹，再看看娘，又把脑袋垂了下去。

爹说：“胡家铺的曹琇，是不是你同学？在校时候咋样？你还记得不？”爹一口气问了几个问题。小武茫然地抬起脸，看着爹说：“曹琇？曹……琇……上初中那会儿，我不记得有个叫曹琇的啊！再说，胡家铺村的一般都在乡一中，俺在二中。”“那曹琇和你就不是同学了。”娘接着说。爹也哦了一声，转脸对娘说：“干脆你来说，把事儿说明了，省得这么绕弯弯儿，费劲儿！”娘用眼睛斜了一眼自己的男人，然后，断断续续地把曹琇的事儿一五一十地说给了小武。小武沉吟了一下，脸色格外肃穆地说：“我想想，到明儿早上再给恁俩说。”爹嗯了一声，娘叹了一口气。小武站了起来，身子一转，整个人就被院外的黑夜吞没了。

5

抱着先见一面再说的态度，当年秋天的一个傍晚，娘带着小武去了胡家铺村。南太行乡村的风俗，相亲都选在晚上，也不知谁定下的规矩。在小姨家吃过饭，小姨就带着他们娘儿俩去了曹琇家。曹琇爹娘也都是老实人，对小武娘儿俩也挺客气，又是让座，又是倒水，满脸堆笑。这也是乡村人家基本的礼道儿，但小武娘却从中感觉到了一种谦卑或者说低下的意味。曹琇的爹娘把曹琇喊到他们平时住的屋里，意思就是让她和小武见个面，俩人相互打量一下，看能不能对上眼。为了给俩孩子留够时间，又让俩人不觉得尴尬，几个大人们坐在一起扯淡话，说的无非是一些年收成、种啥庄稼合算、从哪里买的化肥和种子好等一类的农事儿。

进屋的时候，小武很腼腆，曹琇娘让了几次，才坐在沙发上，好像是有些害羞，俩手一直在小腹和大腿之间相互缠着。曹琇一进门，小武噌的一声就蹿了起来，先是眼睛直冲冲地看着曹琇，发现曹琇也正在看他，立马就把脸转到了别的地方。

曹琇一见小武，脸就红了，下巴向胸脯一勾，整个人就成了锄头形状。

小武小姨笑了一声，起身走到小武和曹琇跟前，先介绍了曹琇，又介绍了小武。然后又对他俩说："哎呀，你们俩啊，还害啥羞啊，都二十大几的人了，又都上过学，算是文化人，该比一般的老农民有见识吧！不要干看着，说说话儿啊！"说完，又伸手把小武的肩膀向曹琇跟前推了推。

事实上，当着大人的面儿，即使俩人想说话，也难以开口。当时，曹琇觉得小武挺文静的，个子也高，人也结实，心里边觉得挺好，唯一不足的是，倘若结了婚，俩人一起过日子的话，男人太文静了很难吃得开。现在这个社会，愣的怕横的，横的怕不要命的，谁老实谁吃亏，谁好谁没好下场。不过，话又说回来。愣的、横的、不要命的，也都没好下场，老实人看起来吃亏实际上最后不吃亏。

想到这里，曹琇的心忽然飘了一下，好像一只风筝在阳光热烈的空中飞了一大圈。小武也是，尽管上了十几年的学，班上女同学丑的俊的也有上百个，可他从没有对哪个有过超越同学关系的臆想。直到去年复读的时候，他才对一个家在城里，爹是卫生局副局长的女同学有了一点别样的感觉，但也只能是心里想想。他知道他们之间的差距，他要是考上大学，念想和好感还有可能落到实处；要是考不上，还得回到这山圪塄里，跟爹娘一样“修理地球”，即使八抬大轿，也休想把那个女同学娶到他们家的炕头上来。

看着曹琇，小武忽然觉得，眼前这个闺女，浑身上下都散发着一股青春的、令人眩晕的异性的或者说母性的蓬勃味道，尤其是那双眼睛，明显突出其他部位的乳房，耳朵后面细密毛发下闪烁的那种洁白……小武觉得，一个女人就是一座天堂，一个女人就是一个世界……书上的这话还真不假。平生第一次以相亲的方式见到曹琇，小武发现自己心里和身体内掩藏多年的那种东西似乎猛兽，以咆哮的方式，那么决绝而又英武地奔腾了起来。

当晚回家的路上，爹娘问小武啥意见。小武想也没想就说，他没啥意见。爹停住，在黑暗中瞪大眼睛盯着小武的脸说：“小子，这下你可要想好了，以后有啥不满意的可不能怪我和你娘。”

小武咬了咬嘴唇，使劲点了点头。

也就是说，这桩婚事没怎么费力，就确定了下来。媒人自然是小武的小姨。

接下来，两家把彩礼钱数等基本说定后，按照当地风俗，又在一个黑夜，两家人聚在一起，让小武和曹琇递了手巾，也就是定了亲。这一点明确了以后，说明小武有了媳妇了，曹琇也有了汉儿们。关于这一点，不用架起大喇叭喊叫，两村人也都会迅速地相互传播，不消几天，十里八乡的大小人，就都知道了。

6

人和人的亲近关系，是层层递进的，即使两口子也是，小武和曹琇见了几次以后，就都明显不一样了。有事没事儿，小武就往胡家铺村跑，到曹琇家里帮着干农活，或者做点别的活计。每次去，小武都想着，丈人和丈母娘最好都不在家，就曹琇一个人在。两人可以关住门，在房间里耳鬓厮磨。小武特别喜欢这种感觉，一个小伙子和一个大闺女，好像有说不完的话儿，更吸引人的是他可以抱抱曹琇，还可以亲，虽然目前的层次只能到嘴巴和脸蛋、脖子，但一个小伙子把一个异性抱在怀里的那种感觉，小武脑子里想遍了所有学过的词，用在这里，也都觉得不太合适，说美妙得让人魂飞魄散。

每次抱着曹琇的时候，小武总是觉得对方的身体里面，蕴藏了无限的可能，而且是任何超群的想象力都无法达到的。有时候，他自己也明显觉得身体内那种蓬勃，以昂扬欲喷的姿势，左冲右突，在寻求突破。可就在这个时候，曹琇用嘴蹭着小武的耳朵，放低声音说：“咱俩结婚以后，假如我不是处女的话，你会不会立马就不要我了！”“那……怎么会呢？不要瞎说！”小武想也没想，就嗔怪曹琇，然后又使劲抱住曹琇的腰。嘴巴对着曹琇的耳朵说：“我愿意咱俩是一辈子的，生在一个床上，死埋在一个坟地里！”

7

南太行乡村年轻人结婚的日子，大多选在冬天。原因一是冬天比较闲，有大把的时间；二是食品不容易坏掉，不那么浪费东西。确定了结婚的日期以后，爹娘就给了小武一些钱，让他带着曹琇去县城里买衣服、家具等。两人在车屁连天、煤屑和尘土横行的县城里转得汗浸全身，还没买好。坐在凉棚下吃生煎包、喝豆腐脑的时候，小武看着满脸煤屑和汗水的曹琇说：“要不今晚上……咱俩就不回去了，明天买好了，咱再一起带回去，你看咋样？”曹琇吸着巧克力味儿的冰激凌，眼光闪烁地看着小武说：“你说行，俺就行！”

遍地灯光的时候，俩人带着一大摞东西，找了一家旅店登记住下了。曹琇要洗澡，让小武到外面转转。小武嗯了一声，起身关门就下楼了。对这座县城，小武虽然在这里上了四年高中，可还是比较陌生。下了楼，小武先是在街上游逛了一大圈，约莫着时间差不多了，就回到了房间。曹琇开开门，身上穿着一件加厚的睡衣，上面尽是粉红色的桃花。打开门，曹琇扭身就往里面走，小武怔了一会儿，关上门，紧走到曹琇背后，一把抱住了她。

随后的事情傻子都心知肚明，小武知道，那是人最美好的享受，也是致命的重复。从那一刻起，他确信曹琇所说和村人的传言并不是空穴来风。曹琇确实不是第一次。俩人完事儿以后，小武喘着粗气，盯着满面娇红的曹琇说："你确实……不是……第一次啊？"曹琇脸色一肃，眼睛也忽然变冷说："我早就问过你了！"小武啊了一声，仰躺在床上，看着因为年久或渗水变得发黄的天花板。

8

俩人的婚事，两家商定在农历十一月十八。一大早，村里人都来帮忙了，饭菜的香味弥散了整个村庄。九点钟，太阳正摇头摆尾地越过东边的山岭，向着全世界宣告它的明亮，小武跟着小姨，还有伴娘和伴郎，坐着轿车直奔胡家铺村。轿车后面，还有几台车，最后一台是负责燃放鞭炮的，"二踢脚"和成串的鞭炮一路炸响，凡是听到看到的人都知道，这是谁家小子又娶媳妇了。胡家铺村的曹琇家也是人马搅转，亲戚朋友来了一大堆，挤在院子里，叽叽喳喳的。小武和其他人在吃饭，作为媒人的小姨和伴娘伴郎被人缠着，或说彩礼钱，或被曹琇亲戚的孩子缠住要钱。

十一点整，曹琇顶着红头巾，由小武搀着，从家里出来，到车跟前，曹琇忽然转过身子，扑通一声跪下，然后嘤嘤唧唧地哭了起来。这也是当地的一个风俗，即闺女在上婚车之前，要象征性地朝着家门哭几声，用以感谢父母的养育之恩，也表达自己不愿意离开家，成为别人家的人的心情。其实这都是形式和讲究，每一个出嫁的闺女，结婚那天，肯定是梦寐以求的，也是五味杂陈的。车一路返回，照样一路鞭炮和“两响”。双方的亲戚来了一百多个人，上礼之后，开始坐下来大吃大喝，然后各自返回。晚上，主要是村里人来蹭热闹，闹洞房的大多是小武的同辈兄弟，围着小武和曹琇折腾了半夜，然后各自散去。

结婚和过年一样，也就一天的热闹。热闹过后，新婚的两人就成了夫妻，也把此生到死的时光交给了对方。洞房花烛夜，俩人还没宽衣解带，小武就说了声累死了，然后身子往新婚的床上一躺，闭上了眼睛。曹琇心里咯噔一下，忽然有一种不祥的预感，使得本来也累的她，心里迅速升起一块黑影。在床边坐了一会儿，曹琇起身，叫了一声小武。又伸手拉他起来。谁知道，小武把曹琇的手甩开，转了个身子，脸和身子一起朝床尾转了过去。

曹琇觉得很委屈，禁不住一阵悲伤。就要哭的时候，她想起娘说的话：“结婚第一天不能哭，哭的话，眼泪一辈子都止不住、擦不净。”收住悲伤，曹琇走到梳妆台前，对着镜子照了照。里面的她，紧致的大红棉袄也没裹住高耸的胸部，新做的发型端庄大方，尤其是头顶插着的那朵红色，看起来跟真的一样，还娇艳欲滴。曹琇笑了笑，转过身，在盆子里先倒了热水，又加了点冷水，然后把头上的簪子、插花等都去掉了，然后洗掉了脸上的脂粉和口红。

婚后三天，是“叫肆意”，即新娘的爹娘及姑姨等长辈到新郎家吃喝一顿，再把闺女带回去。这个风俗的表面说法是，闺女刚嫁出去，爹娘想她了，叫她回去住几天；隐性的含义则是，年轻人初尝美事，怕守不住，坏了身子，叫他们分开一段时间。一般而言，新娘回到娘家少则五六天，多则七八天，新郎就该去叫回来。从这以后，结婚的所有程式就都进行完毕了。十天以后，小武才去丈人家把曹琇接回了自己家。时光一天天地过。小两口之间好的时候须臾不离，不好的时候，也就是关起门来吵嘴、生闷气。

9

两个新人就成了旧人。春节后几天，天气就暖了起来。小武想出去干活挣钱，和爹娘说了。爹娘叹口气说："虽说你结婚没花多少钱，可也有点小欠。再说，你都成家了，以后日子还得自己过。出去挣钱也是应当的了。"小武闷着头嗯了一声。站在一边的曹琇看了看公婆，又看了看小武。然后站起身，对公婆说："那没啥事的话，俺先回去了啊！"公婆几乎同时说："回吧！"可出门的时候，曹琇没叫小武，独自出了门，脚步声渐去渐远。小武仍旧闷着头。爹在抽烟，娘拿来一个簸箕，剥晾干了的玉米棒子。小武叹了一口气，也慢慢地站起身来，没给爹娘打招呼，也甩脚就出了门。

第二天上午，村里一个包工头来家里说，他在山西和顺承包了一个还不错的砖厂，正找人干活，不知道小武愿意去不？爹说："这事，你得问小武本人。"娘一听，就站在巷道口上朝院子里喊小武。喊了好几声，也没人答应。娘走了几步又喊，还是没人答应。后来直接走到小武和曹琇的新房院子里喊，这才有人答应。过了三分钟的样子，小武才一边出门一边系上衣扣子，跟着娘来到前院。

问了情况，小武说愿意去。包工头说："那就好，准备一下，明天上午有车来接。"说完就笑呵呵地走了。看着包工头一摇三摆的背影，爹压低声音说，这个活俺看差不多，都是一个村子里的人，不怕他诓骗了咱。

小武要出门打工，娘包了饺子，曹琇也帮忙。俗话说：出门饺子，回家面。意思是出门的时候，家里要包饺子，算是送行。从外面回来了，吃一顿面条，算是安心。包饺子的过程中，婆媳俩说了一会儿话。捞出来的第一碗饺子，曹琇端给了公公。公公谦让了一下，端起来就蘸着醋蒜吃了起来。第二碗曹琇给了婆婆，婆婆谦让，让她给小武，说自己稍等会儿再吃。曹琇见婆婆真心谦让，就端着碗走到小武跟前。小武坐在小凳子上，见曹琇端了饺子来，抬头看了一眼曹琇，伸手接了过来。

第二天一大早，七点多了，小武和曹琇还没起床。爹娘怕包工头的车来接了，小武赶不上，可这时候，又不好意思去院子里叫，只好耐心等。阳光都晒到后院背阴的墙根了，屋里的小武和曹琇还是没动静。爹对娘说："去叫叫吧！"娘扭身，从一边巷道向后院走时，几次张开嘴，想喊他们起床，可都没喊出来。走到小武住的新房院子里，娘忽然觉得有点不对劲，但一时也说不清有啥事。再去喊小武和曹琇起床，可喊了几声，屋里还是没人应。这时，小武爹也急慌慌地跑到了后院。

老两口敲了半天门，没人开，也没人应。爹心里有一种不祥的预感。甩开大步子，回家拿了一把劈柴的大斧头，朝着喜字还红艳艳的门猛砍了过去。大约几分钟，新门就成了一片片的烂木头，还露着白惨惨的茬口。爹一步跨进去，看到小武和曹琇还在床上并肩躺着，刚要张口骂，却又觉得有点不对，就扯起嗓子喊：小武！小武！琇儿！琇儿！可两人还是一动不动。爹伸手在小武胸脯上摸了一会儿，再看小武鼻息，娘也摸了，又探了曹琇的鼻息。两人同时惊叫："哎呀，娘啊，这可全毁了，这两孩子啊，都没了啊，这没心眼的孩子，咋就这么想不开，叫俺以后可咋活啊！”

凄厉的哭声在村庄响起，不一会儿，爹娘给小武修的新房子外面，就挤满了一边探着眼睛往屋里面看，一边嘀嘀咕咕猜测的村人。上午，小武的两个姐姐和姐夫，也都骑着摩托车来了。随后，曹琇的爹娘和大哥等人，也一路哭号着从胡家铺村来到了小武和曹琇结婚的新房里。小武爹拿着一张纸，脸上好像挂着十斤的铁，递给了曹琇的大哥。曹琇大哥打开看，只见上面写着这样一段话：“爹，娘，所有的亲人，对不住你们了。我做的错事，后果自己承担。嫁给小武以来的日子，没有一天舒心的。这都啥年代了，小武也上过学，有文化，整天因为俺嫁给他的时候不是处女的事，和俺闹别扭，骂俺破烂、婊子和转手货。俺长这么大，从没乱来过，可小武就是不信，白天骂，黑夜也骂。俺实在受够了这日子，活着不如死了好受，也唯有一死，才能证明俺是清白的。这往后，就拜托大哥多照顾爹娘了。”

大哥一把眼泪一把鼻涕地读完，吼叫着说：“死妮子，这个有啥啊，实在不行咱离婚，一辈子当老闺女呗，干吗想不开啊！”小武大姐姐哭着走过来大声说：“后面还有啊，可怜俺小武……俺就这么一个弟弟，俺爹娘就这一个儿子！呜呜呜呜……”曹琇大哥翻过那张纸，确实有字，只见上面写着：“爹、娘，两个姐姐你们好：说实话，俺开始是嫌弃琇儿，老是和她闹别扭，给她脸色看，给她气受，还总拿话来挤对她埋汰她。

后来，俺也慢慢地想通了，可谁知道，昨儿个夜里，趁俺不注意，琇儿吃了半瓶子安眠药，等俺发现，身子都凉了。俺觉得有愧，对不起她。她死了，俺也不活了！俺跟着琇儿去阴曹地府做夫妻了！拜托大姐、二姐，好好替俺孝顺爹娘。再说，即使俺不死，琇儿的家人，估计也不会放过俺和俺家人。不如，到下面去陪琇儿吧。反正，人不管活到啥时候也是个死！”

两家人哭得地动山摇，连墙上还崭新的双喜字都在颤抖。门外围了一堆乡亲，众人神情各异，诡秘、悲伤，甚至还有冷漠和嬉笑的。小武小姨也哭得上气不接下气，擦鼻涕和眼泪的空当，模糊的眼睛扫了一圈众人，忽然觉得心里凉凉的，痛痛的，还有些怒气在使劲冲撞。她噌的一声站起身，哭着对众人，扯着嘶哑的嗓子喊说：“恁都快滚！滚，别来俺姐姐家看热闹！”

众人面面相觑，有的摇头，有的转身，不一会儿，就都散了。正在这时，警车呼啸着来了，拉起了警戒线。刚修了两年的房子，门上的大红对联和双喜字还没有掉颜色，就成了两个新婚的年轻人的归处。原本已经发热的初春，热烘烘的村子里，忽然间变得冷飕飕的，所有在场的人，不由得起了一身鸡皮疙瘩，浑身打起寒战。

在民间

他又一次向我哭诉，俺又被人骗了啊！我哦了一声。他说，骗他的那人叫王晨曦。我又哦了一声。他吸溜了一下鼻涕，继续说：这不，过了年，俺就给他开车。还是那种大拖挂康明斯，跑神木拉煤。最快四天来回一趟，遇到缺货、堵车等情况，最慢一个星期。我说，他怎么又骗你了？他吸溜一下鼻涕说，这一次到神木，王晨曦没去，我和他外甥一起开车去的。装好了煤，正准备往回走，他外甥说，压在车座下面的两千块钱不见了。可是，车后座上面的夹层里还夹放着的五千块，还在。

我叹息说，你怎么老遇到这样的事？他说，谁知道？你说俺现在咋办？我说：乡里乡亲的，应当好说。他抢断我的话说，不可能，看他那样儿就是不想给剩下的工资了。我说你回去再和王晨曦谈，面对面把情况说清楚。他犹豫说，只能这样办。

给我打电话的那个人叫张建囍，河北沙河蝉房乡人。王晨曦也是。张建囍的家距离乡政府十五里外，群山耸峙，草木茂盛，再向西，是沿省道一字散落的大小村庄。王晨曦的家距离乡政府不过数百米，虽也有山，但只能叫峦，与张建囍家四周的山比起来，只能采取仰望的姿势，还得把脖子抬到酸疼。2011 年，王晨曦与人合伙买了一台重型卡车，从陕西神木往河北邢台沙河、邯郸武安一带运煤，赚取运费，借以谋生。

沙河有许多玻璃厂，周边还有一些煤场、团球厂、选矿厂。到神木拉煤赚钱，不知兴于何时，王晨曦不是第一个，也肯定不会是最后一个。此前，张建囍已经跑了三四年，工资从起初的三千八涨到了四千八甚至五千一二。王晨曦应是他第十一二个雇主了吧。先前的雇主，有本地本村的，也有邢台沙河那一带的。曾有一段时间，张建囍给本村一个堂哥开车，两户人家隔着一道山岭，关系多年来不咸不淡。张建囍给这位堂哥开车将近一年时间，干活也算是操心卖力，堂哥从不亏他一分钱工资。

张建囍把这个情况对我说后，我欣慰。以张建囍的家业和个人能力来看，给别人开车挣钱是最佳选择。他父亲 2009 年去世，母亲虽日渐老迈，鬓发胜雪，但身体健硕，精力充沛。张建囍先后生了三个女儿一个儿子。过去的十多年，他一直处在计划生育的巨大压力下。有一次，计划生育工作人员以闪电之势到张建囍家，要他交罚款。张建囍当即给我电话。我说，上次不是交了？他说，人家还要。我说，不给不行吗？他说，不给就拉我去结扎。我又说，上次他们收你的罚款有发票没，他说没有。我说你咋不让计划生育的人给你开具发票，哪怕是收据都好呢？

他支吾一阵，我叹息。最终，他又交了钱。我再问他要收据和发票，他说这里都是这样，交钱了就算交了，没有开发票和收据那一说。我对他说，公务人员收取民众罚金，不开发票就意味着罚款缺乏正当性和法律有效性，钱款流向就有诸多可能。他说，这个没法说，反正不再来要钱，不拉俺或俺媳妇去结扎就行。还有一次是冬天，风吹着山岭上的茅草，枯树枝发出单调的呜咽与吼声。张建嚞六十多岁的母亲正在家里吃饭，忽然背后站了一个人。

老人家手中的饭碗从五指间跌落，在水泥地面上闷响一声，碎成几瓣。那人是计划生育的工作人员，还是来要钱的，张建嚞对我说。我说，国家工作人员擅入民宅，也是不对的。当时完全可以报警，或者上去打他一顿。张建嚞说，俺不敢。俺还以为政府人员可以随意进出私人住宅。我叹息说，他们怎么又来要钱？张建嚞说，人家说又有新规定了，生了二胎三胎的必须结扎。可是俺老婆还没生小子呢，结扎了就再也生不成了。俺以后就是有女没儿的人，街坊四邻笑话。我说，儿子就那么重要吗？张建嚞也叹息。这时候，他母亲接过电话继续说，在俺这里，谁要是没儿子，就是绝户头，老了没人管，死了没人埋！

不久，第三个孩子生下来，还是女儿。为再生一个儿子，张建嚞和他母亲、老婆商议后，又征询我的意见。我同意他们的决定，即把孩子送人。张建嚞母亲极不情愿，说张建嚞第三个女儿眼睛大而明亮，笑起来还有俩酒窝，脸也圆圆的，是一个美人坯子。但女孩子再美也抵不过儿子，更抵不过强大的北方乡村人本传统。再两年，张建囍的老婆又生了一个，看到与女性相对的生殖部位，张建囍和他母亲还有老婆都笑了。孩子满月后，张建囍老婆与村里其他妇女聊天时扯着嗓子说，可俺他娘的再也不用受那个罪了！

张建囍继续给别人开车。一个月内，有二十多天在河北、山西和陕西的道路上驾驶着卡车飞驰。有时候他来电话说在山西岚县、阳泉，有时候说在神木，还有石家庄、鹿泉和邢台。我只对他说一句话，注意安全。他总是嗯一声。大致是 2010 年秋季，张建囍又来电话说，他想自己买一台卡车跑神木，和以前的雇主一样，自己的车自己挣钱。然后又对我说，他大姨家三表哥的儿子想入伙，大表哥的儿子也想入伙，而且情绪高涨。张建囍说了自己买车跑车的诸多好处，他的几个表嫂，还有入伙人，言语铿锵，也对我表达了他们的诸多美好愿想。

他最终目的是冲我借钱，我想了想，说行。即使不行，也必须要帮他。哪怕借给他的钱打了水漂。后来我又觉得不对劲，坚决反对。可当我电话打过去，他们几个已经交了部分车款，要退掉，车行要扣除十分之二。也就是说，要不买，两万块就算白给了车行。我正要汇钱，张建囍来电话说，他以前的车主得知他要自己买车，就婉言辞退了他。我当时大怒，说他愚蠢。

我说，在车没有买到手之前，不要歇着，继续跟着那个车主跑，人家不炸毛，又对你不错，你要继续给人家干活。再说，万一你的打算落空了呢？他不听。冷静下来，我仔细分析了张建囍对我讲的话，三个人合伙买一台车，而且只有他一个会开车，那两个没有驾驶执照，更没有开重卡的经验，要靠他带。这还是小事，跑一次按六千元利润计算，平均每人才两千，每人每月还车贷三千,三十五万的车起码要还十年。十年后，这台车早就报废了。张建囍说，买车后他不管账，交给一个表侄子媳妇，他只管开车。我问他跑一次消耗多少钱，他说油钱大致三千，吃饭等不过几百元。我问张建囍说，你不管账，沿途消耗等都凭经验，你觉得合适吗？张建囍说，都是那样，没啥不合适的。

放下电话，我决定不汇钱给他。晚上，电话又响，是他的三表嫂，还有大表哥的儿媳妇，轮番给我说买卡车的好处。我问了他们几个一句话：财务怎么管？他们说，都是亲戚，谁还不放心谁呢？我笑笑。我打通张建囍电话说，我坚决不支持你买车，更不能和亲戚们合伙干。一个合伙人不关心合伙的财务，行车消耗凭经验，相互间的信任仅仅建立在亲戚这层关系上，不靠谱，你买了，肯定会赔钱，这毋庸置疑。弄不好，亲戚成仇人，闹得不可开交。

张建囍说，不买不行，定金都交了，不然两万就没了！我说你们现在赶紧到车行去，说不定有熟悉的人在买车，你们转让，若可以，让个一千两千总比损失两万强。张建囍又说，现在都喊出去了，买车买车，现在不买了，让人笑话？我呵呵笑了一声，自己都觉得有点刺耳。然后说，这时候让人笑话，总比以后赔几十万块钱强吧。你已经是三个孩子的爹，上面还有老娘，你赔得起吗？

刚放下电话，和张建囍合伙的几个人又来电话。他们说，就差借你的钱了，其他的钱俺们都借好了。我说，借好也不行，要不你们两家合伙，让张建囍只给你们开车，还负责把他们俩（驾驶技术）带出来。他们说，那咋行呢？我说不行也得行！他们听我态度坚决，放电话时还说我说话不算数，搞得啥事儿嘛这是。

几天后，我正在办公室忙碌，冬日暖阳从窗外闯进来，再加上地暖，后背上沁出一片热汗。张建囍又来电话说，正好有一个乡人买车，一分钱也没让，车就转给了他。我长出一口气，笑着说，这样才好。又对他说，事实上也是那样，你们三家合伙，本来利润不高，再加上你是主要负责开车的，车在路上，难免会有各种意外，如轮胎爆了，零件坏了，等等，哪儿都得花钱，再遇到地方的流氓地痞，拦住你车以各种理由要钱，哪儿都要消耗。最后算谁的？还有，你们三个只有你一个正式司机，你是师傅，工资分配上一致的话，你自己不甘心，不一致了，他们就有意见。

张建囍嗯嗯，说我说得对。我笑笑说，你前几天咋不承认有道理呢？他说那时候是为面子，买车在俺这里算是大事，口风漏出去了，后来没了影儿，同行邻居会嘲笑俺。我说，你到现在还没搞清楚，面子不是大事，生存才是关键。你有了车，有了面子，挣钱了皆大欢喜，赔钱了，三天两头有人来家里要账，本来好好的亲戚间翻脸水火不容，你不是更没面子？他还是嗯嗯。我说，你还是找一个比较好的车主，继续给人开车挣钱吧，一个月五千,一年少说也有五万，除了花掉的，还有三万存款，几年后，你也有几十万了，孩子上学，老人养老，生活也会比较轻松。

有半年或者三四个月，张建囍没再来电话。偶尔想起来，心里觉得他可能过得按部就班，再没有什么波澜腾起吧。还觉得对张建囍一家而言，这种状态是最好的，俗人过俗人的生活，凡人做凡人的事。给人跑车挣钱，也是正当职业。再些天，我忍不住了，打电话给张建囍，他说给另外一个老板开车，还是跑神木拉煤炭，跑一遭歇三天再上车，月薪五千左右。我笑，嘱咐他好好干，跟定一个不错的老板，为人家尽心，注意安全。

我还问起老人和孩子们，他说都好。大女儿上小学五年级，成绩还行。二女儿还没上学，跟着奶奶田里村里玩，儿子不过两岁，还得人看着。我说，你应当多关心一下大女儿上学，在外村，吃住条件都差，做父亲的回家了，买点好吃的给她，去学校看看，与老师交流一下。他说好。又问老人情况，他说也好。他母亲信仰基督教，每周三次聚会，遇到有外地来传教的，还跑到外村去听。回家也不闲着，帮他们种地，大热天去薅草、锄地、撒化肥、浇水、喷洒农药，用汗洗脸，回到家腰都直不起来，趴在炕上半天才起来吃饭。

六十多的老人了，你怎么舍得呢？张建囍说，她要去干的。我忽然发怒，几乎吼叫着对他说，你不能让老人看孩子，你老婆下地吗？他又嗯了一声。我说，算了，今儿就这样吧！没等他说话，就掐断了电话。

2010 年，对每个人而言，好像是一个临界点。新世纪的头十年，不管是单独而孱弱的个体，还是其他一些更为庞大的事物，自身都有一些新的迹象慢慢泛起，一些令人心神恍然而又不安的响声此起彼伏。张建囍来电话说，你们那里天热，有空带侄子来吧，山里凉快。他母亲也说，好想再见见你们，尤其是孩子。那时候我还在西北，沙漠的烈焰充斥着毫无遮拦的戈壁，到处都有大地的油脂在沸腾。乘飞机到北京，再坐火车到邢台。

邢台比我前些年去的时候显得更糟，或者还是老样子。一出车站，就是热浪，其中还携带着煤尘、油烟，漫天的噪声把耳膜打得颤抖不已。找了一台车，直接奔张建囍家。过了南太行山与冀南平原交界地带的丘陵，道路节节升高，再后来是于乱石深涧之中，昂然拔起的暗红色山峰，其上植被茂密而翠绿。车在半山腰奔驰，窗外的灌木擦着脸庞。我嗅到一种湿润的气息，一下子心神爽洁，忍不住哦了一声，一口气入腔，如电闪遍及每条神经，似乎隐藏而闪烁的灵魂都跟着跳动了几下。

下车是一片翠鸟鸣声，从河谷的杨树上宕到山坡的柿子树上。沿着小路向上行走，一边是茅草，一边是田地，还有些刚成熟的板栗树，刺蓬蓬的板栗摇摇摆摆地在长圆形的绿叶中。儿子嚷着要摸摸，我说扎手。儿子看到山上开着粉红色的小花，我采下一朵，放在他鼻子前，他嗅，说，有点发臭。再转过一道山岭，三座石头房子赫然被树木淹没在一道山坳里。张建囍母亲笑着，他的二女儿则躲在奶奶身后，拉着奶奶的衣襟下摆，咬着手指，两只小眼睛滴溜溜地看着我们，很是羞怯。

日光在山坡上抬高，院子里椿树和梧桐树打下阴凉，只是，不断有虫子在高空吃喝拉撒，有一些还不小心掉下来。儿子蹲在地上看虫子怎么走路，七星瓢虫怎么能飞还能爬树。更大的声响来自知了，从四面八方，用高八度的嗓音，把夕阳逐渐抬高到天空向下的位置，又把夜色以止歇歌声的方式，拉到大地表层。张建囍的母亲坐在小马扎上，给我们讲家里的事情，张建囍老婆在做饭。烧的是木柴，烟雾升起，越过椿树树冠，似乎在向上帝表达人间的某些讯息。

老人用满口南太行乡村方言说她们家的过往和现在。这样的场景，我已经有很多次的体验了。她总是很唠叨，把前些年的事情又讲了一遍。尤其是张建囍这些年的家庭生活和在外打工的种种经历，讲得嘴角冒白沫。从她口中，我无意中得知，2009年，张建囍给一个车主开车，那辆车三个人合伙，也是跑神木拉煤。其中两个车主，也是与张建囍同乡。另外一个，是清河县迁徙到邢台市桥西区的。张建囍开车几个月后，要结算工资，借口是老婆要生孩子，住院需要钱。

邢台车主说没钱，不给。一共有八千多。张建囍坚持要，车主就是坐在车上，抽着烟，和其他人聊天，不理他。张建囍急得没法，作势要卸掉轮胎。车主跳下车阻拦，张建囍拿着扳手，朝车主挥去。车主也不示弱，找了一截钢筋，朝张建囍头上打去。张建囍低头一闪，趁势一拳打在车主脸上，又用扳手砸对方后腰。旁边的人上去拉劝开，车主报案。张建囍闪身走了。

事后，张建囍母亲说，要不是建囍躲得快，钢筋打在头上的话，哪还有命在！

我唏嘘。张建囍母亲又说，没几天，据说派出所要逮捕张建囍。张建囍吓得晚上不敢在家睡觉，无奈，找了一个信得过的人商议，实际上是央求。那人是他老婆妹妹的汉子（丈夫），叫张建囍姐夫，但年龄比张建囍大八九岁。那人告诉他，派出所那边他有人，是副所长，以前在这个乡派出所，后来又调到市区某派出所。他以前熟识，并让自己的女儿与那位副所长的女儿结为干姐妹。去说情应当没问题。张建囍心怀感激。几天后，他那位挑担反馈说，对方态度很坚决，非要派出所处置。他说了半天情，人家才答应说，让张建囍交两千元保证金后，可以继续干活，但要保证随叫随到。张建囍回来和母亲商议，母亲说派出所还要钱，不大对劲。正犹豫，张建囍的挑担又来催，张建囍拿了两千元，还带了一些核桃栗子等土特产，到市区那家派出所，把钱和特产给了那个人后，说了些好话告辞。我立马问，有开发票没？张建囍母亲摇摇花白的头。

我也低下脑袋。觉得这事情不可思议。又问，这事你们怎么没和我说过呢？老人叹息一声，说，那时候想的是远亲不如近邻，有个挑担在跟前帮忙，应当不会受骗。我也叹息了一声说，派出所为什么要当事人拿保证金，收了又不开具发票，这不和先前计划生育罚款一样吗？当时，你们觉得交保证金合理吗？张建囍母亲眼神闪动，有一丝卑弱的光亮在蚊虫围舞的灯光下亮了一下。

第二天，去邻县武安一个地方。沿着盘山公路向西，地势越来越高，可以看到张建囍家及散落在低处的大小村落，一色青红石头，外加几栋新修的半边楼。整体看，就像是一幅摊在大地上的水彩画，透着一股陈旧而安闲的生机。向西看，只见高山耸峙，各姿各态，峭拔凛然，次第毗连，绵延无际，似乎天空也变窄、零碎了一般。翻越这些山，就是山西地界了。我们一起去了赵匡胤的京娘湖，峡谷之间，碧水静漾，两岸各色宾馆和农家乐挤在山头或山坳里招徕顾客。公路弓一样悬在峭壁上。又去长寿村，登临晋冀两省临界点，只见村落随山岭呈现或隐没，河流蜿蜒，在日光下蟒蛇一样陈列游弋。

晚上睡在青石房屋里，我儿子跟着张建囍母亲，还有他的大女儿一起，在中间房屋里。夜渐浓，除了偶尔的风翻动叶子，如万千手掌，在黑夜发出颂歌。夜虫鸣声好像从地底传来，在窗外，在屋后，在床下，此起彼伏。睁着眼睛看黑夜中屋梁与白色墙壁，有一种静谧，就像氤氲水汽，逐渐浸入骨髓。早上，太阳照到屁股我们才起床，儿子和张建囍的孩子们在山岭奔腾，儿子喊姐姐，姐姐喊弟弟。

再去张建囍的亲戚家。他的两个舅舅十年前先后过世，所居的房子窗棂上只见白纸飘摇，里面黑咕隆咚，向外透射着一种时间的恐惧感。他的一位舅母还健在，跟着儿子生活在新修的楼房里。他的大姨妈也在几年前去世，房子空了，紧闭的木板门下部被雨水溅得斑驳不堪，木质的门墩已经腐烂，院子里的杂草张扬无忌。他的小姨妈还健康，带着两个孙子，时常和儿媳妇一起，在街上、山上晃。又去看了张建囍大女儿所在的小学，处在一座大村子的外围，狭窄、逼仄，因为暑假，连一个人也没有。我从窗户看到，教室里课桌与凳子陈旧不堪，黑板有的边角残损，空气里飘荡着一股腐朽、土腥的气息。

我的大儿子锐锐和张建囍的大女儿正在一起做作业，我发现，他大女儿的基本功很不扎实，基本的算法都没弄懂，汉字有些少笔画或者干脆就是错别字。我说了这个情况，也表示担忧。张建囍说，我们这里的孩子就这样，没法子。还说，上面要山里的孩子下学期开始到七十里外的新学校读书。那里是煤矿、铁矿密集地区，又是高速及煤炭钢铁运输主干道，这些小学生要去，每周都要来回一百四十里，费用肯定也不少，还有安全问题。我说那要真的撤并，该咋办？张建囍说，别人咋办俺咋办！我又说，没人反映实际情况吗？他说谁也不挑头，谁挑头谁倒霉。

张建囍说，他们自然村一百多口人，每人田地不过五分，年景好，粮食基本够一家三四口吃，遇到大旱，必须要买粮食，否则大人孩子都得饿肚子。我在山岭上看到，他们村子周边山峰连绵起伏，植被茂密，不见牛羊踪迹。他说，政府十几年前就封山育林，不让养家畜；以前还有人进山打柴放羊，现在人懒了，壮劳力都出去打工挣钱，没人再到山里去。

去外村时，遇到一个头发乱如茅草的男人，一说话就露出鲜红的牙龈，嘴边不时冒白沫。他热烈而激昂地说，俺们这里好啊，青山绿水的，没污染。又指了指四周各种形貌奇特的山峰说，几乎都有很好的传说，邻县都开发了，当地群众也富了，这里没人管。然后摇头，口角唾液甩在了左胸上。

离开张建囍家，我们几乎没在邢台停留，当晚就到北京。次日乘飞机回到巴丹吉林沙漠。此后，张建囍电话不断，有时候他不打来，我会打去。每次都说些琐事。从张建囍口中得知，他们村里有人在打后山的主意，因为岩石含硅。还说，临近的武安某地已经有一座山挖掉了。沙河很多玻璃厂，硅石可做玻璃，每吨四五十元，一座山少说也能卖百万元。我说，那座山是制高点，水源地，要挖，吃的水就没有了吧。他说，可不就是呢！幸好村里几个老人坚决抵制，理由很简单，即挖山破坏风水。

张建囍仍旧给人开车挣钱，平均一年换两家。每次换，他也不说。直到王晨曦以失窃为由拒绝支付他工资。一个下午，我正在写材料。电话响，一看是张建囍母亲的，我急忙接。她说，建囍又出事了，那个车主不给他钱，问我咋办。我说你先不要着急，我打电话问问建囍再说。建囍电话里说了具体情况。我又与车主王晨曦通话。思忖了一会儿，王晨曦拿出三套方案。1. 送交公安部门，但他不想。2. 让张建囍和他的外甥回家反省，好好想想，到底问题出在哪里，钱找到了照发工资。3. 两人每人扣发三千元，是对他们的警告，以后长记性。

我觉得他说得也在理，两人一同出车，对财物有保管责任。钱不翼而飞，理应有责任追究，经公，公安部门扣押两人，因相互无证据，这事何时才能了结？与他说完，我又对张建囍说，最好的方法是软磨硬泡，回一点是一点，他扣你三千，还有其他工资，先拿到手，再理会其他。还对他说，继续给王晨曦跑车，王有辞退之心，也要好话说。

最终，张建囍拿回了一千多元工资，但还有一千多根本拿不回来不说，额外又被扣三千元。王晨曦说，这是对他们俩的教训。随后，张建囍再打电话给王晨曦，王以各种理由推拒，意思很明显，就是不付扣款与余下工资。某一日，与一位毕业于西南政法大学的同事散步，说起此事，他说，车主放钱时若没有对张建囍说清楚，就不存在保管责任。张建囍与王晨曦没有签订用工合同，但事实存在。又说，倘若张建囍坚持要这些钱，就坚持要，到法院起诉也没问题。

次日，我找张建囍要到王晨曦电话。王坚持说，张建囍和他的外甥有责任，扣发钱正当。还说，不是不给他们，是因为他们保管失职，让他受到了损失。我申明观点，他好像有点心虚，但仍旧坚持自己意见。从他口气中，王晨曦似乎有赖账倾向。我忍不住怒发冲冠。王晨曦又说，张建囍有点小毛病，特爱财。我气得大笑，声音震得自己耳膜都疼。我说，张建囍一个农民，打工的，他一家人就靠他开车养活，不爱财他喝西北风吗？你王晨曦不爱财会买车拉煤赚钱吗？

王晨曦知道我不在河北，也不在任何政府部门，语气轻蔑。方才说某某镇的镇长是他同学，他们班上的骄傲之类的。我掐断电话，悲哀弥漫，似乎一把刀子，在我身体乃至骨子里旋转切割。对张建囍一家，我实感无能为力。钱款不多，但对张建囍一家而言，却有泰山之重。我深切感到，即使小民之间，也有着各种各样的算计、坑讹。翌日一早，我醒来翻看手机，有两三个未接来电，是张建囍母亲，就回了过去。

她急切说，建囍气得不行，要去起诉，你看行不？我说，他怎么气得不行？他自己想周全了吗？写好起诉书没？她说不知道。我让张建囍接电话。他说找律师写，然后到法院、公安局、劳动人事局告王晨曦。我说你自己不能写吗？他说他不会。又问他起诉了怎么办？倘若王晨曦托人找关系，再送礼比你多，你输了官司，也就输掉了在你们乡里的尊严和口碑，以后怎么抬头生活？他说他几天来睡不着觉，胃也疼，还被老婆奚落。

我说你没有绝对把握就不要去做。他说那就不去了？我说暂且不要吧。还劝他，再找份开车的活儿干，不要闲坐着。他说不找了，啥也不想干，总是叫人坑骗，没法干。我叹息说，你不找活儿干坐吃山空，就等于浪费生命，你是三个孩子的父亲，家里吃喝拉撒都要你拿汗水换，你赌气不干活，最终受损的还是你，尤其是你的三个孩子，他们一天天长大，你愿意他们和你一样，长期生活在卑微之中，在孤立无援的自卑中艰难成长吗？

他不吭声。我说得过于直接了，也才明白，在乡村这民间场域，众生芸芸，几乎每个人都蓬头垢面，满手泥浆，所为的不过是维持基本生存。而他们之间的竞争、算计、伤害也无与伦比。与张建嚞相比，王晨曦占有主导权，他是车主，经济能力与社会能力显然高于张建嚞，他之所以敢扣发张建嚞工资，是建立在张建嚞不会反抗，并且不会给他带来直接经济损失的基础上的。

这些年来，我始终与乡村有着直如匕首的联系。为这件事，我答应张建嚞先问问当地的朋友有没有办法，然后再告诉他如何决断。可是我又很惘然。这是小事，我开口，自己都不好意思。

我还是想让张建囍自己解决，而他就只有冲动，或动手，或起诉，或阴损对方，但三者对张建囍来说一点胜算都没有。我也知道他的愤怒、屈辱，但不知道该怎么帮他。想真的不管了，但总过意不去，因为他是我的同胞弟弟，我也是他母亲所生，而且比他早来人世五年。

乡村青年朱有成

朱有成一直跟着他爹朱青山。朱青山以前是县城供销社朱家庄分销点代销员。供销社普遍不景气，就把各个分销点承包给个人。朱青山和几个儿子闺女商量了一番，都觉得可以承包，也算给最小的弟弟朱有成找了一份工作。

学了一年，朱有成就把算盘打得吧啦吧啦响，做生意也有新鲜招儿，比如，人买了 100 块钱的货物，他总要送一包火柴或者一袋盐巴；朱有成的嘴皮子也甜得风雨不透，不是叫大爷大娘，就是俏姑娘、好小伙，总是说得来他这里买东西的乡亲心花怒放，莫名其妙地美滋滋的，即使不想买的东西也忍不住买。时间一长，村里人夸奖朱有成脑子活，是个做生意的好料。

十七岁那年冬天，雪下了一夜，整个村庄和山川都白得分不清高低平凹和远近了。一天晚上，和尚沟村的白起亮，踩着沉重的夜色打着手电，走了三里的山路，带着一身寒气，走进了朱青山的家门。这时候的朱青山已经是七十多岁的人了，本来就要睡了，白起亮乍然来访，使得他一时间揣摩不透对方来意。

白起亮清了清嗓子，先是说了一顿家常话，然后一本正经地看着朱青山表示，愿意把闺女白巧凤许给朱有成，两家结为亲家。朱青山愣怔了一阵子，眨巴着眼睛，看着白起亮，小心翼翼地问，这是真的假的？白起亮说，哎呀呀，这事儿还能胡扯？朱青山松了一口气，笑了一声，说，那敢情好。只是，俺家可是高攀了啊！白起亮微微笑了一下说，说哪里话，咱们啊，这是相互高攀！

白起亮是小学教师，前年刚转正，月工资大几千，直系亲戚当中有当乡长的，有在信用社工作的。方圆十几里，算得上少有的家大业厚。闺女白巧凤还不满十八岁，因为实在没有读书的脑袋，辍学后，上门说亲的人都快把门槛给踏破了。白起亮不是嫌对方家住得太远，就是觉得门不当户不对，拒绝了好多前来提亲的人。

朱青山二话没说，就替朱有成答应了这门亲事。白起亮走后，朱青山就跟朱有成说了这件事。朱有成见过白巧凤，人长得虽不是很漂亮，但也动人，朱有成说当然没意见。然后又召集在家务农的几个儿子，几个儿子都说这是好事，没啥意见。朱青山就说："那咱瞅一个好日子，先递了手巾，免得夜长梦多。"

所谓递手巾，就是订婚。腊月初三，当天晚上，朱青山在新买的一对花手巾里包了一千块钱，带着朱有成，父子俩跟在媒人张翠玲硕大的屁股后面，踏着早已被鞋子磨光的石板路，到了白起亮家。喝了几杯酒，围绕朱有成和白巧凤的婚约，双方交换了意见。朱有成给白巧凤手巾时，白巧凤脸红过了屋梁上的灯泡，双手在腹前拧了一会儿，就把手巾接了过去。

朱有成和白巧凤本是乡亲，还是近邻，平时也比较熟悉。可一旦递了手巾，就是名正言顺的未婚夫妻了。出于对朱有成的真心喜欢，白起亮总是叫朱有成到家里吃饭，心里也把朱有成当作亲儿子一样看待。

朱有成八岁那年秋天，娘得癌症去世了。几个哥哥和姐姐先后娶媳妇、嫁人，朱有成和他爹朱青山一起过。白起亮和老婆张桂花像亲爹娘一样对待朱有成，捏了饺子，或者做了什么好吃的，总要给朱有成留一份。朱有成对丈人和丈母娘也很尊敬，出外一趟，总要带些稀罕的东西回来给他们。白起亮两口子逢人就说朱有成孝顺、懂事，别人也顺着他们说朱有成精明，算账谁也算不过他，将来可是一个做生意的好手。白起亮两口子比朱青山还高兴，若是别人在他们家里说这一番话，就非要留人家吃了饭再走不可。

朱有成听说山西的烟比这儿贵很多，到山西至少得贵上七八毛钱。一盒烟赚二毛的话，一条就赚两块钱，一箱子五十条，能赚一百块。要是一次拉十箱子烟，一次就能赚一千块钱。除了车费和开销，一趟起码也能赚八百块，况且，这离山西又不远，开一辆三轮车，三四个小时就到了。

亲爹和丈人丈母娘也说他这想法可以。第二天一早，就揣了六千块的人民币，和四里庄同学张平江一块儿到武安县城买农用三轮车。试好了车，交了钱，找了一家饭馆，要了几个菜，吃得肚子溜圆，朱有成和张平江各自点了一根烟，摇着三轮车，回到了朱家庄村。

那天晚上月亮很大，黄黄的，挂在湛蓝的夜空中，把星星映得不见了踪影。朱有成趁着月光，在同学加好友张平江的指导下，摇着三轮车，跨上车座，握着方向盘，在商店院子里突突了半个晚上。放下车，朱有成对张平江说："这三轮车挺简单，真好开。只要把住方向，分清油门、离合和刹车就行了。"张平江说："就是简单，谁都能开这玩意儿。"两人进了商店，朱有成打开一瓶啤酒，对张平江说："你今天也辛苦了。喝杯啤酒，晚上睡得香。"

朱有成和张平江自小关系就不赖，一块儿光屁股长大，上小学的时候就是同桌，到中学一起住校，吃喝不分你我。张平江娘馒头做得好，白白的、松松的，朱有成喜欢吃。张平江的娘也知道自家儿子和朱有成关系好，每次都让张平江多带几个，给朱有成吃。

第三天一大早，朱有成带了八千块钱，到市里批发了香烟。回到村里，就到张平江家去了。张平江一家住在一面向阳的山坡上。日照时间比别处要长，五月和秋天打了麦子和玉米之类的粮食，放在院子里或房顶上，一天就干透了。

朱有成说："你有空没？咱们明天一块儿到山西去。"

话音刚落，张平江的娘就问："去山西干啥？"

朱有成说："往下庄村那边送几箱子烟。想让平江帮个忙，一块儿跑一趟。"

张平江的爹不大乐意，对张平江说，"明天到你舅舅家去，把排子车拉回来"。朱有成侧脸对张平江的爹说："俺不叫平江白去，两天给一百块钱。"

张平江的爹这才说："要不我去把排子车拉回来算了。"

天还没亮，两人装好了车，用绳子把二十箱子烟绑结实，俩人就直奔山西方向。中午到白岸村，又开着三轮车，开始爬白岸岭。白岸岭海拔一千八百多米，一条坑坑洼洼的公路绕在山上，路况不是太好，几乎每个月都有车在这儿出事儿。

朱有成开三轮车经验不足，就让张平江开。

三轮车爬到山顶，已是下午四点多了，朱有成和张平江站在白岸岭上，刚才路过的城镇和乡村尽收眼底，远处山峦起起伏伏。再远的地方，天色一片苍茫，灰色的雾气或者发电厂的煤烟弥漫起来，一波一波的，浮在天空和山峦上，遮住了朱有成和张平江远望的目光。

进入山西左权县境内，公路向下，俯冲几面陡坡，就到了下庄村。这时候，太阳已经西冲，余晖挂在远处山腰上。车子刚停下，立即围过来一堆人。朱有成想找个开商店的妇人家，一下子推出去，省劲儿。张平江当然顺从朱有成。最后和一个叫苗永利的商店老板达成了一致意见。不过，苗永利说他现在没有足够的现金，可以先付三分之一货款。朱有成说，也可以，叫苗永利付了钱，剩下的打了欠条儿，并一再对他说，半个月后来取钱。

朱有成驾着三轮车正出下庄村，张平江坐在车厢点了两根烟，递给朱有成一根。抽了一口，往后吐烟的时候，看见两个骑摩托车，头戴大檐帽，车把上挂着公文包的人，冲他们赶了过来。张平江急忙拍拍朱有成肩膀，示意他往后看一眼。朱有成一看，知道税务所的人追来了。

朱有成加大油门，朝着河北方向跑去。跑到村后一座石拱桥上的时候，迎面开过来一辆卡车。如果桥再稍微宽一点，朱有成就逃脱了。偏偏那桥面很窄，卡车一过，三轮车就没了足够的地方。朱有成油门不减，冲着卡车左边的窄窄的路面冲了过去。卡车刚刚开过，朱有成的三轮车右边就蹭到了栏杆，由于车速快，朱有成一时把持不住，三轮车打了一个趔趄，侧翻在地。

张平江被甩了下来，扑在桥边的硬水泥地上。朱有成比张平江更惨，脑袋碰破了。税务所的执法人员停了摩托车，骂道：“叫停车不停车，没轧死你们算万幸了！”

张平江看看朱有成，朱有成捂着脑袋看看张平江，两个人一脸疼痛和沮丧。

围过来一堆看热闹的人，左权县东部这一带的人舌头打卷儿，外地人一般听不懂。朱有成和张平江只看见那么多的嘴巴动弹，也不知道在说些什么。

朱有成捂着流血的脑袋，转脸对张平江说：“平江，找几个人，先把车翻过来，找个地方放了，咱去卫生院看看。”张平江走到几个小伙子跟前，用乞求的语气说：“老乡老乡，帮个忙。”几个小伙子眼球一齐对准了张平江。其中一个窄长脸，皮肤很白的小伙子说：“帮什么忙？”张平江说：“也不要你们白帮忙，把车翻起来，推到供销社院子里面，一个人五块钱。”那小伙子说，“五块不行，一个人十块！”

放好三轮车，张平江拿了摇把和坐垫子，就拉着朱有成去了卫生院。躺在满是油垢的病床上，两个人先是一阵沉默。朱有成叹了一口气说，“真没想到，这一次出了这样一个事儿，也不知道车有没有大问题？”

“这可能是谁去通知了税务所，要不然什么事儿也没有。”张平江眼睛朝着屋顶说。

“可能吧，该出事儿怎么也没办法。”朱有成语气沮丧。

第二天一大早，两个税务人员来到了医院，说不但查到了朱有成卖烟的那家商店，还把二十箱子烟没收了。朱有成知道这次赔大了，心里一阵沮丧，眼泪溢了出来。两个税务人员看了看朱有成，说：“不但要没收，还要罚你们的钱。”朱有成腾的一下坐起来，也顾不得胳膊疼了，睁大眼睛说：“还罚钱？罚多少？”税务人员说：“三千二百块！”

朱有成脑袋轰的一声，有气无力地倒在床上，闭上眼睛。张平江赶紧掏出香烟，挤出一脸献媚，递给两个税务人员，说：“还有没有商量？或者像这样，烟不要没收了，我们掏罚金，多掏几百块钱也无所谓。”

税务人员说：“这是国家规定，咋还讨价还价？”

朱有成说：“请问领导，你们的家在下庄村还是拐儿镇？”

两个税务人员相互看了一眼，各自露出一片暧昧的笑说，有事儿到税务所就行了。

两人出院，第一时间去了停放三轮车的旅社，房前屋后都找了一遍，就是没找到三轮车。旅社服务员说，车管所的人又来了，说你们的车没有牌照，是黑车，叫了一辆拖拉机给拖走了，还让你们到车管所去。

朱有成颓然坐在皮毛不整的沙发上。

两个人正要出门，买他们烟的苗永利又来了，说烟税务所给没收了，也应当把预先支付的三千块钱还给他，朱有成说：“这烟是在你店里没收的，又不是在我车上没收的！”苗永利说：“道理是这个道理，但都是你们的原因造成的，这钱必须得给俺退回来。”朱有成说：“钱是不能退，其他的事儿还可以再商量。”苗永利说：“不给不行。”

张平江对朱有成说：“要不先给家里打个电话？”朱有成说：“也只有这样了。”苗永利说：“你们的事儿我不管，先把我的钱还给我！”朱有成把西服里面的兜一翻，拿出一沓钞票，冲苗永利大声说道：“你看，就剩下这么一点钱了，给你也不够。”苗永利眼盯着朱有成手里的钞票，急忙说：“俺不管，有多少算多少。”朱有成说：“我车还在车管所，等把车的事情搞定了，再说这事儿。”

朱有成起身朝门外走。苗永利吼道：“你今天不给钱就不要走！”朱有成转身骂道：“我不相信你还能把我打死在这儿！”说完，凝着一脸的愤怒，和张平江出了旅社大门。朱有成三哥在电话那边大声吼道：“你是怎么搞的，这下你可完蛋了！”朱有成说：“你来不来？”三哥口气缓和了一些说：“今天没车了，明天下午到。”

山西这一趟，几乎倾掉了朱有成几年来积攒的家业，烟全部被没收，车管所又罚了八百多块钱。朱有成和三哥一商量，安排张平江先开车回去。苗永利怕朱有成半夜逃跑，叫了自家的小舅子和亲兄弟，和朱有成形影不离。朱有成无奈地对苗永利说：“苗哥，咱们这叫不打不相识，河北和山西挨得这么近，以后咱们还做生意呢！”这时候，朱有成三哥到餐馆要了几个小菜，拿了两瓶酒。苗永利推辞，坚决不喝。朱有成三哥激将说：“山西人就是不如河北人爽快，连酒都不敢喝！”

苗永利的小舅子说：“喝就喝。”说完就端起一杯酒，仰脖子倒了下去。朱有成对苗永利小舅子说：“这才像山西人嘛，喝酒就是交朋友。”说完端起一杯酒，一饮而尽。喝了一阵子，双方都很真诚，使得苗永利也受了感染，也开始喝了起来。

喝到半夜，朱有成说出去上厕所。他三哥拿着杯子跟苗永利一个人喝了两杯，然后身子一歪，倒在床上，打起呼噜。苗永利和亲弟弟、小舅子几个相互看了一眼，都觉得不像是装醉。睡了几分钟，朱有成三哥突然发出要呕吐的声音，身子弹起来，朝外面冲去。朱有成跟着出门，拍他三哥后背。苗永利一看，见这弟兄俩确实喝得不着调了，转身回到房间，和自个儿的小舅子、兄弟喝了起来。朱有成听着里面喝得热闹，悄声对他三哥说了一声，赶紧走，两人一溜烟跑出了旅社大门。

从山西回来，朱有成又做了几次大的生意，却都赔了，算上在山西那次重创，累计欠债十多万块钱。这在 20 世纪 90 年代的北方农村来说，简直是天文数字。一个人一辈子才能挣多少钱？十多万的外债，几乎注定了朱有成以后几十年的人生命运。朱有成越挣扎陷得越深，不得已盘卖了商店和三轮车，偿还了一小部分债务。

朱有成落到这步田地，白起亮自责说：“谁叫俺当时的眼睛长在屁股上呢？”有心退了这门亲事，又不好开口。

朱有成早就猜出白起亮一家人的心思，他们不说，自己也装不知道，逢年过节照样去探望岳父母，烟酒礼物也不少给白起亮拿。每一次朱有成来，白起亮就躲出门去了。

腊月，白起亮找了自己的大舅子，现任乡长朱保定，在一个月明星稀的晚上，叫来朱有成和他爹，在家里摆了一桌，借着酒劲儿，总算替白起亮了断了这门亲事。

第二年春天，白巧凤嫁到了十多里外的大米沟村，当年冬天生下一个闺女。听到这一消息后，朱有成先是嘿嘿笑了一阵子，然后捂住脑袋，嗷嗷哭了起来。

最后的矿难

元宵节都过了，村里但凡健壮的男人，都出去打工了，朱福林还在村里晃荡，东家西家，和那妇女辈话满天飞。这几年，附近一带的煤矿铁矿都关闭了，说是保护生态，很多人也就没了打工的去处。朱福林是一个单身汉，一人吃饱全家不饿，倒不怎么关心挣钱不挣钱。正当他在村里溜达得百无聊赖，农历三月初三这天中午，天气热得苍蝇乱飞，福满天石英矿矿长张来水开着宝马车来到了朱家庄。

朱福林的家，也只是三间石头房，除了门上的对联是红的，有些喜气之外，屋里的光线和家具，就像他个人生活一样黯淡。走到院子里，张来水大声喊了朱福林名字。这时候的朱福林，正蹲在屋地上吃昨天剩下的面条。听到有人喊自己的名字，下意识地应了一声。

张来水直截了当地说，“福林，你的爆破手艺不错，我矿上正缺炮工，想请你去不知道你觉得行不行？”朱福林说，“多少钱？”张来水说，“这个嘛，好说，只能比别人给你的多，甚至超过他们”。朱福林说，“这都是空话，你就直接说吧！”张来水讪笑说，“好，咱们论炮算账，一个炮 300 块，要是更大面积的，给你 500 块”。

朱福林想也没想就说，“那行”。

石英矿不像铁矿、煤矿那么深。石英矿也就六七米深。虽说炮工活儿危险，可挣的工钱多；再说，世上哪有不冒险就能发财的好事呢？其他工人没他这个手艺和天赋，都只能闷在井下抡镐头、铲石头，也挣不了几个钱，炮工就只管凿孔装炸药爆破，其他的活儿一概不干。轻巧，还赚得多。

第二天一大早，朱福林卷了铺盖，带上吃饭的大盆子，骑着一台早就老掉牙的摩托车晃晃悠悠地到了张来水的石英矿，开始上班。朱福林这个人虽然很懒，可他爆破的手艺还真不错，每一次，都能根据硬石山的坚硬程度和实际面积，在心里估摸出需要打多深多大的炮眼，装多少斤炸药，需要几个雷管引爆，等等。

上工三个月，因为爆破准，省炸药省雷管，效率高，矿石产量也高，张来水自然很高兴，每次见到朱福林，都要甩几包好烟给他，拍着朱福林肩膀说，福林啊，你这爆破手艺可真好，真能干。

麦子长到膝盖高了，杏子长成了大果子，漫山遍野的绿色淹没了石英矿。井下又遇到一块硬石山，工人们抡着铁镐吭哧着刨了半天，出了不少汗，冒了不少火星儿，也没能刨出一个可以撬开硬石墙的口儿来。朱福林到矿下一看，哈哈笑，对工人们说，又该轮到俺老朱出马了，那镐头再利，也不如俺这炮来得结实！工人们给朱福林开玩笑说：谁不知道你光棍汉子球锤子硬啊！朱福林转身拿了风钻，戴了眼镜，找准打炮眼的位置，折腾了两个多小时，打出了一个一米多深的炮眼，拿了炸药、雷管和炮捻子，捣鼓半天，装好了炮。

朱福林让工人们先出去，再把缆车放下来。

工人们好不容易逮着一个休息机会，上到地面后，一个个许是忘了井下还有人，都跑到工棚里喝水去了。井下的朱福林看着没人了，点着炮捻子，起身就往井口跑。可当他到了井口，却不见缆车，朱福林大声呼喊，可没人答应。

炮响了，朱福林的身体也在巨大的爆炸中四分五裂。

此时的张来水正和一个领导喝茶聊天。突然来了电话。张来水本来喜悦的脸，瞬间就成了歪茄子。领导说，你有事你先忙。张来水起身如实向领导做了汇报。领导说，开矿风险大，然后，挥了挥手。

张来水返回矿上，兔子一样跑到井边，叫工人们帮忙在井下井上搜寻朱福林尸体，又差人到朱家庄通知朱福林亲属。工人找了半天，也只是找到了朱福林的两只大腿和一颗血肉模糊的头。

报信的人到了朱家庄，首先找到朱福林的哥哥朱福海。朱福海当场怔住，旋即哭了起来。老婆杜花花也叹了一口气，说福林的命真苦。然后拿了毛巾，递到他手上。看着朱福海的红眼圈说："别哭了，得想想这事该咋办。"

朱福海说，赶紧给咱爹娘说说吧。杜花花说："这事儿不能先惊动他们，先到矿上看看啥情况，不管咋说，咱弟一个大活人也不能就这样白死了吧！"

朱福海说："也对！"随即发动摩托车，带着老婆杜花花一路冒烟，直奔石英矿。

朱福林残缺不全的尸体堆放在一面花被褥上。张来水一脸沮丧和焦灼，对朱福海说："大兄弟啊，这事儿太叫人想不到了，福林是个好兄弟，年纪轻轻，就这样没了，唉，谁心里也不得劲啊！"

杜花花蹲在树沟干呕，哇哇的声音吓跑了好几只野兔。两口子被张来水请到临时办公室，屁股还没挨上破得没皮的沙发，张来水就说："大兄弟大妹子，你看事儿出来了，谁也没办法。"

杜花花擦了一下嘴巴说："大矿长，虽说俺家福林是个光棍汉子，可也是一条人命啊。你也知道，俺婆婆都那么老了。"

张来水一脸无奈地说，这事儿谁都不愿意出，咱福林也是一个好人。停顿了下，又开口说："还是先把福林收殓了吧，现在天热，放这儿也不好，剩下的事儿咱再说。"杜花花说："咋个说法啊？先把人收拾回去，这算啥事儿？"张来水一脸堆笑地看着杜花花说："大妹子，你放心，咱乡里乡亲的，别的矿咋处理咱也咋处理，谁也诓不了你！"

杜花花抬头看着张来水说："嗯，俺想着你这大矿主，说成啥，也不会哄骗俺这傻老百姓！"

一辆四轮车驮着一口棺材，蹦砰砰地开到矿边平地上。张来水叫了几个工人，连被子一起，把朱福林那些残缺的尸骨放进棺材。朱福海和杜花花向张来水说了声，俺先回去了啊！就骑着摩托车，沿着山路直奔村里。拉着朱福林尸体的四轮车也突突地跟了上来。

按照规矩，不能把没有成家夭亡的人带回村里，那样会很晦气，还会对自己家人产生不好的影响。还有的说，人要是凶死的，魂也不安心，肯定要闹不寻常的动静，来发泄自己心里的怨气。朱福海和杜花花一合计，决定把朱福林的棺材放在离村子远点的偏僻地方。

两人骑着摩托车，到村外三里多的一座桥上。杜花花说："福海，这里前不着村，后不着店，不如先放这儿吧。"

朱福海说："行！"

又问杜花花说："那啥时候埋啊？"

杜花花瞪了朱福海一眼，绷着脸说："钱还没见一个，你就急着埋人啊！脑子被狗咬了还是被驴啃了？"

两人等了一会儿，后面四轮车也到了。杜花花站在路边，冲司机招了招手，示意停下来。因为走的是上坡路，司机没熄火，杜花花把嘴巴凑近司机的耳朵大声说：“就把棺材放这桥边吧。”司机是雇请的，只负责运送装有朱福林的棺材，至于放在哪儿，死者亲属说了算。几个随行工人下车，拿了木杠子，用绳索将棺材绑了，嘿呀一声，棺材抬下来，放在了杜花花指定的桥头空地上。

朱福海老母亲早就哭成了泪人，躺在朱福海的床上，满头白发乱得像鸡窝。朱福海的老丈人和老丈母娘也来了，问了杜花花去矿上的情况，也相继叹了一口气。杜花花刚想坐下，朱福海的姐姐姐夫也进了家门。姐姐也 50 岁的人了，眼圈哭得像两颗大红枣。姐夫手里夹着一根纸烟，站在朱福海姐姐的旁边，两口子先上前去叫了娘，安慰了老人几句，又坐在床边。

村里也有不少人来打听情况，说着大致相同的同情话、体面话。

等安静下来，已是深夜了，杜花花对朱福海说：“让娘回去睡吧。”朱福海姐姐站起来说：“娘咱回去吧。”

朱福海的娘哭得只剩下喘气的劲儿了，鼻涕、眼泪弄得满脸都是。婆婆和姐姐刚走一会儿，朱福海的老丈人和老丈母娘抬脚进门，还没坐下，老丈人忧心忡忡地说：“刚才那阵子人多，啥话也不好说。刚回到家，觉得不放心，这不，俺俩又回来了！”杜花花把爹娘让到椅子上坐下，又让朱福海给他们倒茶水。老丈人说：“事出了，你俩准备咋办？就你们弟兄俩，爹也没了，只剩下娘，这事儿，你们可得想好，做好。”

朱福海接过话头说：“该咋办就咋办呗。”

老丈人弹掉一块烟灰，叹了一口气，看了朱福海一眼，又把脸转向杜花花。杜花花斜了朱福海一眼，又把脸对着自己的亲生爹娘说：“张来水说了，别的矿咋办他咋办，要不然的话，俺还不把尸体拉回来呢！”

老丈人说：“这样做对，可不能着急埋掉。那人一入土，啥话儿就都不好说了。”老丈母娘也说：“现在天气越来越热，不能拖，得抓紧办。不过，咱得有个原则，那就是他张来水啥时候赔偿了，咱啥时候埋人。”

天还没亮透，两口子就起来了。简单洗漱了一下，吃了点东西，要再去矿上。杜花花对朱福海说，“你是男人，他们肯定找你说。”

朱福海说：“那当然了！”

杜花花又说：“说你个狗头，老娘给你说明，等一会儿，咱们到了矿上，不管张来水说得南山变平地，骡子能下驴，咱就咬住一个字不放松！”

朱福海说：“啥字？”

杜花花伸出巴掌，在朱福海脑门上拍了一下，大声说：“钱，钱，钱！……你这个木头脑袋，记住没有！”

朱福海嗯了一声，说：“记住了，记住了！”

到矿上，矿主张来水正蹲在一棵杨槐树下闷头抽烟，见了他俩，老远就笑呵呵地迎了过来，又让进临时办公室，先是给朱福海点了一根香烟，又让会计给两个人倒了杯开水。

张来水自己也点了一根香烟，吐了一口烟说："大兄弟，大妹子，恁俩的意思我明白。这么说吧，国家有规定，煤矿铁矿好像是十五万，可咱这是石英矿，国家也没给咱定啥标准。"

杜花花说："虽说是石英矿，可也是矿啊！"

张来水脸色冷了一下，不一会儿又泛起一片笑容说："大妹子说得对，可咱这虽然也是矿，可是没有人家煤矿铁矿挣钱多啊。具体情况要具体对待嘛！"一边说着，一边拉开了抽屉，摸出一包口香糖，撕开，走过来给了朱福海一枚，朱福海看也没看就放在嘴里转着舌头嚼了。杜花花没接，嘴里说："这玩意儿是有钱人闲着没事儿嚼着闹玩儿呢，俺这庄户人家吃不惯。"

张来水笑了笑，回到座位上。自己也嚼了一枚口香糖，半天没说话，只是嘴巴不停地动，两个腮帮子鼓鼓的。

杜花花喝了一口水，咕咚一声咽了下去。各自沉默了一会儿，张来水又给朱福海扔了一根香烟，自己也点着一根，说："福海兄弟，咱这都不是别人，福林是你的兄弟，也是我的兄弟。他不在了，我这心里也是难过啊。你说出多少钱能买回一条人命呢？"

朱福海抬起脑袋，嗯了一声。

杜花花放下水杯子，接着张来水的话茬儿，大声说："人一死，说啥都不顶用了！福林要不是在咱矿上干活儿，哪儿会有这事呢？”说完，低头小声抽泣了起来，又在眼睛上抹了一把。张来水嘴角往上微微拉了拉，又合拢说：“这会儿我手头也没现款，你俩也知道现在谁拉矿石也不是给现款。这样吧，水墨头村的那个加工厂欠了我十来万块的款，明儿我去要回来，也算是对咱福林兄弟一点补偿吧。”

杜花花眼睛直盯着张来水的脸说：“俺听说国家煤矿铁矿死一个人给十五万，看起来福林这条命真不值钱啊！”

张来水扭头大声喊了一声会计，会计应声推门进来，张来水说：“打开保险柜，先把朱福林那三个月的工资拿出来，给福海兄弟，剩下的过几天再说。”

杜花花说：“福林的工资不用说，张矿长也会给的。可俺再穷，给福林办丧事的钱还拿得出来。”

张来水说：“知道你们能拿得出来，可这是福林兄弟该得的。”一边说着，从会计手中接过钱，递到朱福海手中。

接住钱，朱福海低下头，手指蘸了一下唾沫，一张张数了起来。杜花花斜瞪了朱福海一眼，又看着张来水说：“福林跟前没儿没女，按照咱们这里的规矩，怎么着也得给他寻摸个阴亲，少说不得三万啊。”

张来水知道杜花花的意思，表面上装听不懂，依旧笑着说：“这个倒是，咱这儿有这个讲究，找个阴亲也不枉福林兄弟来世上一遭。”

天气越来越热，山坡上下，草长莺飞，洋槐花含苞欲放。麦地里的杂草也和山坡上的一样，见风就长，更因了肥料充足，长起来比任何地方的都快。吃过早饭，村人大都扛着锄头，戴着草帽，到麦坪地干活。一边走路，嘴巴却也都没闲着，议论的焦点自然都在朱福林的死，以及朱福海两口子身上，有人说："朱福林那小子生来就没福气，三十大几还娶不上老婆不说，现在又在矿上送了命，连个囫囵尸首也没捞着。"

尸体腐烂发臭了，村人暗地里也替朱福海和杜花花两口子着急，再加上婆婆不断寻死觅活，杜花花心里也挺别扭，但张来水的赔偿一天不兑现，就一天不能埋人。

阴阳先生朱柳珠拄着拐棍，抖着下巴上的白胡子说："人死了，又是五月天，不埋的话，影响村人事小，要是你们家宅里出了啥毛病，那可是大事！"

朱福海嗫嚅半天，看了看老婆杜花花。

杜花花斜了一下朱福海，笑着上前对朱柳珠说："祖爷，福林好歹也是咱朱家的一个男人，虽说没娶上媳妇，也没个后，可那也是咱家的人啊。就这样埋了的话，那矿主不认账的话，咱朱家祖坟上可就多个冤鬼啊！"

朱柳珠深吸了一口气，点点头，咳了一声，颤颤巍巍拄着拐棍出门走了。村人见家族最年长的人说话都不管用，也就不再说话了，也觉得，反正也不碍自己啥事儿，放着就放着吧，臭就臭吧。

朱福海和杜花花知道，一旦棺材上面盖了土，矿主反过来就可能不认账。只能看着朱福林残缺的尸体一天天变质，流着迎风臭十里的黑水。

两口子一天往石英矿跑三趟，就是不见张来水人影。一打听，不是到石家庄买机器零件了，就是到老北京去了，两口子跑了几次张来水家和他老丈人家，只见到了矿主媳妇和丈母娘，两口子把事儿说了，原意是讨个说法，没想到张来水老婆也很精明，笑着说："那是男人的事儿，俺娘儿们家做不了他的主！"就把杜花花和朱福海打发了。

朱福海骑着摩托，带着杜花花，到石英矿，趁工人还没下井，两口子仰面八叉地坐在井口，对工人说："张来水要是再不来，矿就别想开了。"有一个工人站出来说："要找就找矿主张来水，俺们耽误一天就少一天工钱，碍俺们啥事？"朱福海看也没看那人，哼了一声，点了一根香烟，慢悠悠地说："这个我不管，矿主啥时候不给俺赔偿，啥时候就别想开工。"

有个性子暴烈的工人急了，越过横在眼前的朱福海和杜花花，开动缆车就要下井去干活儿，杜花花就地打了一个滚儿，躺在缆车轨道上，大喊说："谁要想下井，就从我身上轧过去！"工人一看，再怎么着也不能拿人命开玩笑，一个个摇了摇脑袋，回工棚歇着去了。

阳光炽烈。朱福海和杜花花坐在缆车仅有的阴影下面，感觉像是两条狗，就差没把舌头吐出来。旁边工棚当中，几个个子不高的四川民工端着粗瓷大碗，吸溜吸溜地喝开水，一边用黑色的眼睛看他们两口子。

朱福海有气无力地对杜花花说："哎呀，他张来水要是再不来，咱两口子不饿死也得渴死啊。"

杜花花说："你懂个球，就知道吃和睡，不这样啥时候能把张来水等来啊？"

朱福海咽了一口唾液。背靠在杜花花肉嘟嘟的背上，闭上眼睛。正当两口子饿得肚子叽里咕噜大叫时，张来水开车来了。朱福海打了一个激灵，一骨碌爬起来。杜花花侧脸只是看了一眼，伸出手指，使劲拧了一下朱福海的小腿肚子。朱福海哎呀一声，正想问杜花花为啥拧他，一看杜花花快速努动的嘴和睁得像核桃一样的眼睛，赶紧又躺了下来。

跳下车，张来水直奔井口，看到朱福海两口子，叉着腰笑着看了一会儿，开口说："大兄弟，大妹子，你俩这是干啥？地上凉，赶紧到办公室坐。"

朱福海哼了一声，看了一眼张来水，身子照旧没动。

杜花花一骨碌爬起来，笑着对张来水说："大矿主就是和俺们平头百姓不一样，不是北京就是南京，石家庄都跑腻歪了吧？"

杜花花话中有话，张来水当然听出来了，可脸上没显出任何表情，依旧笑呵呵地说："大妹子这话说得，咱走到哪儿还是这儿的人，走到天边也还得回来。"

朱福海爬起来，跟在矿主和自己的老婆屁股后面，有气无力地走到矿长办公室，两人刚坐下，矿主叫来会计，从黑皮包中拿出一沓子钱，重重放在桌子上。脸阴沉了一下，又舒展开来，望着朱福海两口子说："这不，马不停蹄跑了这么多天，才凑了十万块钱。"

杜花花说："这十万块钱是不是垫底儿啊？"

张来水说："大妹子哪里话，俺应当谢谢你们两口子呢！"

朱福海起身，就要去抓那十万块钱，杜花花拉了一下他的衬衣袖子，大声骂道："儿辈子没见过这个钱啊？"

张来水看了看杜花花，皱了一下眉头，笑着说："谁不爱财啊。"说着拿起那十万块钱，站起身来，走到朱福海面前，放在朱福海手里。朱福海看了看矿主的脸，又转身看了看杜花花的脸，一时不知道咋办才好。

杜花花佯装打掉屁股上的土，对张来水说："这么说，咱福林兄弟一条命就值这十万块了？"

张来水说："哪里的话，人命多少钱能买回来啊？"

杜花花接着说："哪儿能啊，大矿长，这十万块俺觉得太沉了，就是一张纸，俺这会儿也拿不动了啊。"

张来水翻了几下白眼仁，看了半天屋顶，嗤的一声又把黑皮包拉开，又拿了一叠油乎乎的人民币，重重摔在桌子上，荡起一片灰尘。

杜花花照旧笑着说："大矿长，您可千万别生气，福林的丧葬费还没着落呢。"

张来水没好气地说："那能花多少钱？打上三千块到头了，矿上出就矿上出吧！"

杜花花这才咯咯笑出了声，看着脸色铁青的张来水说："还是咱们大矿长见过世面，真是痛快人！"

到村里，朱福海和杜花花两口子才觉得了一种搜肠刮肚的饿，急忙找了一家饭馆，要了两碗大肉面条，又切了三斤酱牛肉，狠狠吃了一顿。此时，天已经黑透了。骑着摩托车往村里走，还没到麦坪桥，就又闻到了朱福林尸体腐烂的臭味。杜花花在后面打了一个饱嗝，声音颤颤地对朱福海喊道："明天就埋了吧。"

蝴蝶在麦芒上一会儿飞起来，一会儿落下去。

朱福海家割麦子，为了赶工，把小舅子杜修林也喊来帮忙。

这天一大早，朱福海磨快了镰刀，杜花花装了开水，摘了几十个熟透了的杏子，和杜修林一起，坐在新买的福田牌农用车上，向麦地驶去。到"S"路段不远处，朱福海忽然觉得一阵眩晕，像谁拿着锤子猛不防敲了一下那般，脑袋里突然飞起来一团白雾，然后就啥也不知道了。

等他再醒来，人还在车里，但车却头朝下挂在麦坪桥旁边一面陡峭的山坡上了，再下面是流着水的乱石滩。杜花花被卡在副驾驶和挡风玻璃之间，要是玻璃不牢靠，人就掉下去了。

打完麦子，朱福林坟墓也修葺一新，石碑上写着，胞弟朱氏福林之墓。村人下地干活时候看到，又是一阵嘀嘀咕咕。有的说，给一个光棍汉立碑，还是第一遭。有的则说，人死了就应当立碑，算是没有白来世上一趟。

村人还注意到，朱福林和朱福海的娘总是有事没事地往朱福林的坟地上跑，不是在一边薅草打柴，就是一个人坐在朱福林墓碑一边，风在撕扯着她凌乱的头发，日光落在她额头的皱纹里，好像明亮的蚯蚓，在深深的泥土中不停蜿蜒。

故乡与外省：离开与回到

笨重、轻盈、机巧的钢铁，从地面到地面，中间是巨大、无尽的空，是运载、悬浮和抵达。离开大地的瞬间，我心里总有一种不规则的、漂浮的恐惧之感，尽管不强烈，但总不踏实，觉得人在悬浮的过程中，本质上与灰尘、飞鸟、云朵、气体，甚至从地面扶摇而起的那些质地轻贱的垃圾没有任何性质的区别。在长空之中，人间的场景迅速置换，地域一掠千里。在空中，我时常想，在这云霓之上，我们这些凡俗之人，能否与传说中的神灵们擦肩而过？再如果，我从窗口掉下去的话，那该是怎样的一种惨烈？还想到那些失事的航班，罹难的人们。人世间很多的不幸都是难以预料的，唯一可以确认的，就是此时此刻。在空中，飞行器平稳，然后安全落地。

每一次安全落地，都要长出一口气。从机场进入北京市区，我觉得自己又是一个本真、地道的北方人了。熟稔的东西扑面而来，空气、建筑、行人的面目和神情，还有隐约在花灯之外的山峦，饭店里的陈设和菜肴的味道等，都是北方的。形体的挪移，地域的改变，最直接的一个反应是，现代化的都市和戈壁荒漠的明显的视觉变化，当然还有人口的多与少，密度的小与大，建筑的高与低，习俗文化的不相同，等等。

那时候，我还在西北的巴丹吉林沙漠从军，几乎每年都要回老家一次，每一次待的时间都是二十天以上。现在想起来，很多的细节和体察依旧深刻。更重要的是，父亲还活在人世。我和弟弟的孩子们也都还小。这样的时光，是不可重复的。父母、孩子和孙子们在一起，一个家完完整整，围坐一堆，是最美好的时光了。

冬天的北京也冷。我背着沉重的行李，带着大儿子杨锐，转身就到了西客站。出行的人真多。我不知道他们都要去向哪里，他们也不知道我。当列车渐行渐远、优雅匀速地开出北京，黑夜包抄了穿州过县的列车，而它却带着我们和诸多的行路人一路奔驰。众多的人，坐着喝水，吃东西，看报、电影、杂志；漫无目的地聊天。和诸多的人同在一列火车上的感觉，是有些奇异的。当然还有感动。世上人如此之多，我和你们同一时刻，在同一条道路和同一列火车上，这种遭遇，包含了很多的蹊跷，也有着不忍细想的意味。其中的有些人似曾相识，和早年的村里某个邻居、亲戚，甚至后来的同事、朋友有些相像。尤其是其中某个异性，总觉得在哪里见过，或者干脆以为就是最理想的朋友的模样。

叔本华说，“生命是一种语言，它为我们转达了某种真理。如果以另一种方式学习它，我们将不能生存”。在当代，人们习惯了乘坐火车、飞机等交通工具，去往然后抵达。这是一个由聚集到离散的过程，本来不相识的人，忽然因为某个时间和事情，因缘际会，同行一段时间路程，有的甚至无意中坐在了一起，或者在拥挤的车厢里发生肉身和眼睛碰撞。但多数时候都是瞬间，其最终也都是离散，只是上下车地点、时间和目的地不同而已。这像极了人生的某些重要细节。

到邢台市下车，似乎就有些家的味道了。可一个人的生身之地，都是有具体点位和大致纬度的。迎面是态度异常强硬的冷风，这一座北方城市，其中最显赫的乃是隆尧县境内的“轩辕之丘”，当然也是祖乙的封地，赵国的疆域。最有名的古人有柴荣、魏徵、宋璟、刘秉忠、郭守敬、张文谦等。一个地方，一个城市，最根本的还是文化，以及承载文化的大儒与科学家、文学家。

看到久违的邢台市区华灯，恍惚之间觉得，自己又成了很多年之前，那个身体瘦弱、胡须稀薄、做事鲁莽，且总“心比天高，命比纸薄”的乡村少年了。这种移形换影般的自我觉察和定位，使我有一种说不清楚的沮丧感，同时又觉得新鲜。此外的一切似乎也不复存在似的。约了在邢台工作的表弟，在一家灯光昏暗的餐厅坐下来，不一会儿，就吃到了口味极其熟悉的饭菜。推杯换盏之间，和表弟喝了一瓶白酒，出门竟然有些晕。

忽然情绪激动，瞬间觉得有很多话急着要和父母说，于是想深夜回家。可不现实，打车倒是相对容易，可山路不好走，还带着大儿子杨锐，那时候他才七岁，人生于世，有了孩子，无论何时，还是安全第一为好。

凌晨口渴而醒，窗外尽是小贩们的叫卖声，连串的鸣笛和上班者咯噔咯噔的皮鞋，敲打冷硬地面的声音，冷清的街灯照耀寒冷的窗玻璃。披了一件衣服，在窗前，看着外面早已旧貌换新颜的城市，想起自己多年之前，一个人在这座城市游来荡去的种种情景。其中有南来北往的班车，行色匆匆的各色人等，脸色麻木、甚或心怀诡计的商贩。在多年之前的老车站，有一个疯癫的中年妇女，整天赤裸着上身，晃着两个肥硕的乳房，敲着一个破了的茶缸，唱着谁也听不懂的歌儿。

我想她一定遭受了什么样的重大厄难，抑或一出生就是一个疯癫之人。多年之后的今天，我再次想起她，而她早已不知去向，到底还在人世不？最好是她已经转移到了一个叫她舒心的地方，比如老家、愿意收留她的好心人家，等等。老汽车站，现在已经耸起了一大片住宅楼，形成了一个很庞大的小区。城市在笼络人口上，一直不遗余力。

天亮之后，在熟悉的街道上行走，天空暗冥，不见太阳，眼前雾蒙蒙的，分不清是雾气还是油烟。不一会儿，鼻孔里攒满了黑色灰尘。中午，坐在回家的车上，有一种莫名的焦躁，我想赶快离开这座城市，离开油烟和煤屑的包围，进入西边连绵的太行山。

在我看来，所谓的城市不过是一种积攒，即将物质堆放起来，为的是吸引和聚拢更多的人和物质。物质的聚散，决定人口的多少，也是经济生态的一个反映。但我不喜欢这样的氛围，总觉得其中有一些叫人心生隔阂与疲倦的东西，比如，人对物质过分依赖和崇拜之后，灵性和慈悲心，就会被蒙蔽。人和人之间的关系，也就物化了，甚至还有心灵与信仰。

再乘车向西，穿过市区，进入萧索的山野，零星的村镇在路边散落。就要到家的时候，我总是莫名感动，其中，就要见到父母是最大的因素。亲人所在处不仅是旅行的目的地，也是内心情感乃至灵魂的归宿点。汽车一路奔行，呜呜的寒风在窗外绵延不息。进入山区，红色的悬崖壁立千仞，崖上枯草和枯树颜色褪尽，裸露的岩石让我感觉到了深嵌的力量和松动的危险。破旧班车走走停停，不断有人和货物上下。到家的时候，夜色已经如雾霭一般自天地之间弥散。我看到，母亲袖着两手，站在蜿蜒的202省道的某一处等着我们，此时，冷风翻动她的白发，姿势萎缩而单薄。

相对于城市，乡村永远是一个更为广阔的存在，即使形体更易，但散落在乡野之间的枯骨和灵魂、文化信仰和祖先的源流也会永久驻扎。我想到，如果不是父母和亲人所在的地方，我还会这么如此殷勤地探望自己生身的乡村吗？如果没有亲人和故乡，包括我在内的，那些入城和离开故乡的人，除了祖宗的亡灵，和健在的父母和兄妹，整个天下就没了心灵与精神的归宿。这是每个人必须面对的，也是无法更改的。苍茫大地之上，人间烟火之中，生民代代不绝，我们都面对着生长和衰落，也都面对着逐步地被淹没和被替代的命运。 重要的是此时我在。珍惜当下和眼前，这实在是一个伟大的命题。

母亲帮我们拎着行李，走到院子，第一眼见到父亲，弓着脊背，咧着嘴巴，笑着看我们。这是一位现年六十二岁，腰身佝偻的农民，白色的胡子好久没刮。回到家里，父亲用粗糙的双手接过我递给的香烟，站在原地，掏出打火机点着。我坐下，看着头发灰白的母亲，脊背弯曲的父亲，乃至趴在木桌上写作业的侄女儿甜甜，心中一阵酸楚，不知道该说些什么好。

看到这座已经烟熏火燎近三十年的房屋墙壁，以及其上悬挂着这样一些年画：《十大元帅》、《四代伟人》、铃木摩托和CNC广告挂历，等等，还有几张庄重肃穆的耶稣画像。再往旁边，是生者和逝者混在一起的大相框，里面的两个舅舅，爷爷奶奶和大姨妈前些年分别过世，为了纪念他们，母亲特意留下了他们生前的照片。一种时间于人、于生命的永不妥协和持续压榨，始终透露着一种摧毁的凌厉感与残酷性。

时间的深度就是人类的深度。

经年的门框背后，我幼年时候用毛笔涂写的几个歪扭汉字依旧清晰。黑色的屋顶上挂满了黑色的、类似毛线的灰尘……熟悉的依旧熟悉，房屋的形状、事物的内核。改变的只是人，只是我生命在光阴之中不断地萎缩和苍迈，新生与新鲜的那些经历。母亲忙活着做饭，皲裂的手掌像是十根木棍；父亲把一根根的干柴掰断，随手填进火焰通红的炉膛。

母亲说，侄女儿甜甜学习好，幼年时候，小嘴巴也特别乖巧。我听着，觉得高兴而亲切。小侄女儿甜甜一声不吭，神情专注，依旧趴在桌子上写字。她的那一种姿势，让我想起自己当年在乡村的一些状态。可惜，现在的甜甜，腼腆、沉默寡言，总是有些不知所措的羞涩。相对于城市，山里的孩子们还是在见识上面有些狭窄的。这在当下年代不是好事。善于给人好的印象，以及良好的语言表达和人际沟通能力，是将来就业和生存的必备之技。

这其实也和家庭氛围有关，父母不仅是孩子的生养之人，也是引路人。弟弟和弟媳妇本身就有些少言寡语，且都不怎么爱读书。与人交往也很少。以至于孩子们也没有得到良好的熏陶和锻炼。联想到我自己，多年之前就是如此。生性自卑，见到人就紧张，到某些场合就有些局促不安，以至于很久之后，才逐渐锻炼了一些口头表达与沟通能力，可直到现在，还是坚持凡是能用信息（短信、微信私聊）解决的，绝不打电话。

很多时候，人是被环境牵着走的，一个单独的个人永远无法将一堆乱石重新塑造成一个整体，任由自我撬动和牵着走。这是一个铁定的事实。我也为此感到不安。但长期以来的问题，不可能一招见效和解决。不一会儿，我们就吃到了母亲的手擀面，外加炒鸡蛋和辣椒酱。我觉得很好吃，那种味道也是久违了的。一个地方的饮食，是气候对人影响的结果，也是大地物产所造就的。南太行乡村人的主食还是面，面条、馒头、饼等。是有些枯燥和单调的。

相对于亲人和乡亲们，我吃到的食物比他们更多，各种食材和味道，已经算是一个有口福的人了。但人一出生而适应的食物和口味，一生都无法更改。我说：娘，你都上了年纪，该吃的吃，该喝的喝，别再省俭了！母亲说：在吃穿用上面，这些年俺不被缺（方言，吃亏），每天都是白面和鸡蛋。说完，脸上溢出一种满足的神情。我低头，母亲是从大饥荒过来的人，有白面鸡蛋，就觉得是最好的了。我不知道是悲哀还是幸福。

窗外夜幕黑不见底，灯火相继熄灭。一家人围坐在火炉边，说陈年的往事，当然还有家境生计和为时不远的明天。这样的融洽氛围，我好久没有过了。在爹娘面前，一切都可以袒露无遗，哪怕做的那些亏心事缺德事，也可和盘托出。说到动情处，泪光盈盈，我想大声哭出来，但又不好意思。我想自己再不是那个鼻涕擦不干净，不知愁滋味的懵懂少年了。在母亲面前，感动和懦弱有时容易被混淆。怕母亲为我忧虑。

我把大儿子杨锐幼小时候的日常趣事讲得有声有色，母亲哈哈笑。我抓起父亲的手掌，翻来覆去地看，那上面的老茧，裂开的血口子，被香烟和泥土染黑又变黄的皮肤……夜枭在干枯的枝头突兀、瘆人地鸣叫。这时，所有的人和物，都在寒冷中沉静。唯有我，和我们一家人的心脏，在沉寂的乡村内部跳动，勃勃的状态，被温情包裹。我想喝酒，却被母亲劝阻了。父亲看了看，说他不能喝，胃疼；我看了看母亲，也说不想喝，胃疼。

旧年的房屋。父亲在炉子内点起大火，熊熊的红色火焰，烧穿了积攒了两年的寒气和霉味。这个劳苦了一辈子的男人，最大的特点就是寡言少语，逆来顺受。在乡村，他这样的人似乎也很少了。生存在这个巨大而又复杂的场域里，人的复杂性早已体现得淋漓尽致。不违心地说，父亲是我在乡村见到的最没有害人之心的人，哪怕他很委屈，甚至受到了诸多的侮辱，乃至尊严的丧失，他都选择了隐忍。如前些年，奶奶被妯娌欺负，痛打了一顿，再如，母亲被村人当面辱骂、殴打，父亲也都选择了息事宁人或者干脆视而不见的态度。小时候，我特别看不起他。及至自己长大后，也觉得父亲懦弱的做法或许是有道理的。他知道，乡村的人，都是抬头不见低头见，处于弱势的时候，逆来顺受也是保护自己的一种方法。

我住的房子是多年前父亲和母亲专门为我盖的，要我娶媳妇用。现在，除了偶尔回来住一段时间，基本上闲置着。一进门，就闻到了浓郁的尘土的味道，诸多陈腐的物质在黑夜里愈加浓郁。我当年用过的那些东西还在，几套家具，过了十多年仍旧崭新，只是角落里多了一些黑色的蛛网，还有暗角里的黑灰。我读过的书籍还在，被灰尘包裹，像是一群沉默的智者。正要睡，忽然听到了老鼠们的吱吱叫声，从屋梁、从粮缸和墙洞不间断传来。

院子里的枯草被风吹动，声音时断时续。这样的夜晚……从前，我一个人在这里睡觉，晚上看书，或者盯着屋梁想心事。一次次睡去，接二连三地梦见爱慕的女同学，赤身裸体的女人，凶神恶煞的妖魔鬼怪，不见底的悬崖深渊乃至至今没去过的地方和叫人难忘的独特场景，还有无尽的长路及其两边的破旧汽车、横空而来的神仙和陌生者……那时候我就怪异地想，睡眠是不是对生命的一种自觉放弃呢？睡眠，看起来简单，却始终有着令人难以置信的惯性和某种秘密，似乎一种冥冥中的律令，又像是一个早就预设好了的程序。

早上开门，大雾碰头，吞没了远山近岭，就连不远处老坟地滋长的三棵柏树也消失无踪。湿漉漉的冬雾黏稠多汁，还有一种说不清楚的温暖成分。母亲说，要下雪了，我也说，肯定要下的。然后站在缭绕、浓厚的大雾之中，心里默念：下雪对麦苗有益，对人和牲畜也有益。天地之间的任何物质，只要是自发的，肯定都是对万物有益的。就像父亲常说的那样，老天生人，不管丑俊傻俏，都是自带衣饭的。一家人坐在炉火边，孩子们在屋里和院子里玩耍，小手冰凉，但兴致不减。到晚上，雪粒还在高空耽搁，大雾还没有消散的迹象。有人打电话，要母亲去一个地方聚会，唱赞美诗。我说陪她去，母亲却说，这一次不去了，大儿子带着孙子回来了，忙。这种说法虽然欠妥，有怠慢神灵的嫌疑，但从世俗和天伦的角度，却让我感觉到了一种幸福和仁慈。

在家里连续待了三天，我还是哪儿也不想去，在父母身边，我觉得他们身上有一种让我灵魂温暖和亲近的气息。或许正是这种气息，构成了我对这个村庄乃至这片地域最根本的依附和热爱。偶尔和父亲一起，把枯干了的木头用斧头劈开，用以烧火做饭，还有夜间取暖。尽管农民出身，可劈柴还是不在行。父亲说，要想劈得快又好，要找到木头的纹路，顺着，一斧头下去，它就成两半了。再者，柿木、核桃木、枣木、椿木的纹理都是扭结在一起的，不好找，要从截面上找。洋槐木、板栗木的纹理比较直，一看就知道应当从哪里下斧头。梧桐木、老板栗木、松木是最好劈的，一斧头下去，就成了碎的，基本不费力气。

到第四天，雪还没下，雾气仍旧缠绕大地。中午，围困村庄几天的大雾忽然散开，远山近岭一下子跳了出来，就连老坟地里的那三棵柏树，也在青色的冬麦地，抖着一身的苍绿。吃了早饭，我到一河之隔的姑姑家去。一进门，蓦然看到白发，看到腰身佝偻和无可奈何的苍老。姑父头发白得厉害。姑姑则显得年轻一些，但举手投足之间，也有了些迟缓的迹象。坐在温暖的火炉边，我们说了好多。我想到，在我日渐稀少的亲人当中，他们是我在这个世上最亲近的人。

姑姑做好了饭，正要吃，几个同学来叫，乘车到五里外的一家小饭馆。沿路，我看到崭新的房屋，一座座，在山窝里或大路边，崭新矗立，面朝突兀连绵的山峰或是杂乱的村庄。到饭馆门口，我就嗅到了白酒的味道，从陈旧的餐桌缝隙弥散开来。几位多年不见的同学，一起坐下来吃饭，言语恳切，间或插科打诨。他们都是我内心熟稔，但多年不曾相见，甚至心有歉疚抑或渴望、怀念不尽但又无从诉说的人，在这样的场合，酒大致是最好的媒介和工具，让人情绪饱满，内心充盈。我的这些同学，都与我有过几年的近距离生活……姓氏不同，性格各异，甚至有过矛盾和冲突，爱恋和痛苦……从时间层面说：我们是走向苍老和虚无，最近也最亲切的同路人。

黑色高山，盘山公路蜿蜒直上，去往遥远。母亲多次告诉我：你大姨就在那里。我看着，在蓝天之下，苍野之上，冷静的风吹过千山万岭，冬日枯色的山头，像是一顶将军的头盔。再一天，我、弟弟、小姨妈和弟媳妇，乘车向上，在深山路边停下，沿着茅草遍野、积雪未消的山坡，相互搀扶，一步一步向上爬。爬上山顶，迎面是两块谷子地，还长着秋天的秸秆。邻近的连绵松林一色苍翠，在满目枯败的冬日山坡上，令人内心发绿。我跃上一面土台子，蓦然看到一座坟茔。陡然停下脚步，站在原地，忽然悲从中来。

这就是大姨妈的坟茔了，去年冬天我回来，她还躺在炕上，虽然神志不清，满身疼痛，但毕竟还活着。而现在，她就成了一堆黄土。一个人活来活去，最终栖身荒野，黄土掩身，是幸运还是悲哀？活着的时候，每天在黄土上侍弄庄稼，算计生活；而今，魂魄远离之后，肉身被棺木包裹——她在尘世的冷暖、仇恨和幸福、疼痛和愉悦，会不会也都随之远去？

我们跪下来，放声哭，鼻涕眼泪一起流。在荒野的坟茔，除了风和近处的野兔、野鸡、野猪，再不会有人听到。这是我第一次在死者坟前痛哭。我对小姨说：我从小没见过姥姥，从小到大，大姨就相当于姥姥。我也常说，大姨是我从小到大最亲的人。往年，每次探家回来，第一件事就是把大姨接到我们家来，坐在一起说家常。我觉得可靠和温暖。

荒凉的山岗上，北风吹动，松涛阵阵，茅草辚辚。远处的村庄，家家户户新盖的房子东一座西一座，在单薄的阳光下，看起来格外清晰。回到家里，心情仍旧悲伤，对母亲说：大姨"住"在那里，可以日夜看到我们。母亲站在院子里，仰脸看了看大姨所在的地方，叹了一口气。晚上，我想一定会梦见大姨，她会来对我说几句话……可是没有，我想再一个夜晚……好几天过去了，大姨仍旧没到我梦里来。我有些失望，但也觉得，大姨真的疲倦了，或者说，她的灵魂早已离开了坟茔，在某个遥远的地方，开始了新的生活。也或许，人真的死无灵魂。

随后，我再一次去了爷爷奶奶的坟，他们先后去世，最终合二为一，孤独得就像是一道隆起的田埂。我跪下，掏出香烟，放在自己嘴里点燃，再插在他们坟前。香烟迎风呼呼而燃，洁白的烟灰竟然不肯掉落。过了几天，我又一个人去，再次点燃几支香烟，和原来的烟蒂插在一起。

多年来，我一直有着一种自觉的行为：无论是途经还是遇见，我都会向那些隆起的黄土和枯骨，亡灵和坟茔致敬，为他们点几根香烟，拔掉周边蔓延的荒草。在爷爷奶奶坟前，我忽然想到，再过几十年，我也会像他们一样，栖身黄土之下，成为一把枯骨和一颗亡灵。这令人悲伤，但谁又能逃脱呢？唯一令我欣慰的是：无论我在哪里，是一个什么样的人，一辈子做了哪些好事和坏事……都不要紧，一个无可争辩的事实：我会回来，并且永久躺在祖先之下。

冬日惨淡的阳光普照校园。面对孩子们，我不知道说些什么。坐在主席台上，自觉像是一个教学仪器，抑或机械的讲述者。孩子们拿着机子和板凳，一脸的新鲜和虔诚。我想到《圣经》上的一句话："我实在告诉你们……"我想说大实话，说一些所谓人生经验及思想认知。但我不想总结。"过程总是比结果精彩重要"。

我讲，孩子们听，这种互动，甚至是单方面的灌输，我觉得是单薄无力的。有好多次，我想说说自己内心，以及我这样一个人对于人、人生和生命，乃至这个世界的态度和看法，但又放弃了。不是不想说，而是没有必要。这些孩子，总会长大，相比我和我们的当年，在偏僻的乡村中学，他们已经接触和了解到了可视化教学、Internet、现代城市管理、载人航天、生态农业，以及更精细化的医疗、养老、教育、工业生产，等等。且直接参与了更为丰富、生动、直观的现实变迁。或许，他们比我懂得更多。尽管是孩子，但他们只是一些小我十多岁的人，再有几年，他们也会像我一样，每个人都要在这个世界上单独行走，也像这世上所有的人那样，在时光中挥霍自己的生命。再者，他们的创造力和思想层次肯定会超越我们，一代代的人，传承的不仅仅是生命本体，而且还有这个世界自身以及先贤、智者赋予的文化传统、思想意识与科学智慧。

和老师同学坐在一起吃饭，好像大家都没有提起旧事。而在我的内心，却不止一次想起了那些在初中时期的趣事，“战争”的与“和平”的，亲近的和疏远的，简单的愚蠢的和所谓的睿智，都不过是孩童游戏罢了。不一会儿，我就晕了，回到家，很快沉沉睡着。这种睡眠极其自觉。浑然忘了自己身在何处，为什么睡，睡醒之后还要做些什么。

夜幕悄悄挂上门楣，狗大叫了几声。凌晨，起风了，吹得房顶晃荡，树枝折断，嘈杂的奔跑声接连不断。我想起来看看房顶上晾晒的柿子被刮掉没，还有鸡场顶上覆盖的油毡有没有被风刮掉。但终究没敢起身，在我的意识之中，午夜的乡村，总会有一些令人意想不到的惊怵发生，还有那些在白昼隐身，夜晚漂浮的神灵。

早晨的地面上一片狼藉，摔落的树枝碎成几截，枯黄的草屑遍地都是。鸡场顶上油毡有的被掀了起来，有的歪斜得悬悬欲掉。料峭的风对皮肤充满敌意。河谷结满了厚厚的白冰。帮着父亲把油毡用石头压好，钉好了开裂的天窗。我一个人去了一岭一河之隔的老村。见到几位上年纪的老人，他们还是原来的样子，一个个脸色红润，声音洪亮。我感到欣慰，这些人是村里最老的人了，他们在，就是村庄历史的在，风俗人情的在。

村庄是由人组成的，大地上的村庄，人生人死，千转百回，层层黄土之下是白色的骨殖，无际皇天之下是繁茂众生。很多时候，我一个人在村庄路上缓慢行走，一幢幢新建的楼房简单而又落寞，炊烟从后墙冒起，在沟壑之间混合起来，直上苍天。鸡场覆盖了大小村庄，黑色的鸡粪堆得到处都是。

没事的时候，沿着房后山岭，我一个人走上去，枯草之外，是零星的坡地，坡地里栽种着大小不一的板栗树。荒草一丛丛分散开来，干脆得一折就折。弟弟说：就在今年夏天时候，有好几头山猪跑到房后来，獠牙和长嘴拱食玉米、红薯和花生。有些人想法套住一头，卖了五千多元。我记得：这里一直是野兔们的领地，还有神出鬼没的黄鼠狼，我家的那只灰猫还抓住过三四只足有八斤重的野兔。山岭的背后，是一道连绵的斜坡，斜坡的根部，散着几座坟茔，原先长着的野杏树大多替换成了板栗树。每年春天，满村庄的花香就是从这里开始的，朵朵杏花之后，粉白的梨花素颜登场，开得蜜蜂神魂颠倒，蜜香到处流传。再几天，青草迫不及待地蔓延天涯，荆棘复苏吐枝。氤氲春意之中，到处都是飞蛾和蝴蝶。秋天，果实满缀，诸多的庄稼情不自禁地垂下头，粮食的香味催人劳作。山野之上，到处都是人，挑着扁担，背着篓子，颗粒归仓。冬天，我经常和几个同村同学，用斧头和铁锤砸掉干枯的树根，给奶奶烧火用。

往事让人感伤，转眼间，我就是一个年近不惑的男人了，那些遗留的、消失的和永恒的，有苦味和香味的事物，都留在了这里，被风雨清洗，时光掩埋，它们已经从形体上完全地消失了，而在我的记忆和内心，却还依旧鲜活如初。我拿着相机，把故乡附近的山川、房屋和人记录下来，一则想在异乡观看，二来，是要留存下一些影子，以供在许多年后，坐在昏黄的日光下翻阅、思想和怀念。我还将母亲特意留给我们吃的四只大公鸡拍了下来：红红的鸡冠，洁白的羽毛，走起路来异常的骄傲。

可几天后，它们的肉体就消失在了我们的嘴巴里，我觉得残忍又心安理得。被掠夺和宰杀是家畜家禽的命运，而暴力和享受则是人的欲望使然。一个月后，我又要离开，到西北的工作单位了，清晨很冷，北风吹疼了心。母亲把我送到五里外的村庄，弟弟则把我送上到北京的火车。渐行渐远，一个人又离开他的故乡，把父母和亲人又一次丢在了身后。

沿途都是河北，辽阔的北方，太行山犹如龙脊，在京津冀之间横亘与蜿蜒，平原上有诸多的村庄和城市，烟囱里有滋味各异的人间生活和工业生产纷纷冒出。高速奔驰的车辆一去不复返，高高的烟囱之上，天空阴郁得如同心情。

我打开笔记本，翻开父母、亲人、山川和村庄，他们面目安详，就像我小时候看到的一样，多少年了，风俗已久，姿势不变，一如往常。我想：爷爷像我一般大小时，山川和村庄就在；我父亲像我这般大的时候，它们也还是这个样子。现在，爷爷不在了，父亲六十多岁了，我也三十多岁了，从前的人，不知不觉地，消失了一个又一个。到北京，蓦然觉得城市最大的益处，就是把一切东西都聚拢在一起，给人以暂时的方便，还有久居之后的局部的舒适感而已。

躺在羊坊店里某一个房间的床上，看着天花板，再次想起距此不远的故乡和亲人，还有乡村千百年来，一以贯之的、简单的生活方式、繁杂的人性和雷打不动的山川、村庄……第二天，在火车上，向西的途程，接连闪过的村庄，以炊烟和房屋的方式，在大地上陈列，被人穿梭。我蓦然觉得：所谓的故乡或许也是虚妄的，如此广阔的大地之上，任何一个地方都可以称为故乡，只要你认同、融入，适应了气候与身边的人和诸多物种，就可以安居下来，唯独亲情、孝道、痛苦、不安、惦念、热爱乃至死亡和新生，时间和人类，万物和土地，流水和阳光……曲折轮回，一路向前，个个不同，却又无时无刻不是川流不息。

我没想到，这一年的五月，父亲突然病倒了，而且是胃癌。我震惊、悲伤，不可名状。在此之前，我还想，如今的年代，谁都可以活到七十岁以上。父亲才六十三岁，怎么会这样呢？仅仅一年时间，他就走到了人生尽头。我再次回去，想了很多办法，更渴望奇迹发生。事实上，生命的形成是瞬间的，离开也是。生命的本质就是蓬勃的时候可谓无坚不摧，衰落与消失的时候脆弱不堪，且无可救药。

再一年后的春天，料峭的风吹得大地开始复苏，但夜间也还冷得直入骨髓。2009 年 3 月 9 日凌晨 1 时 30 分，父亲走了。而我还没有赶回去，他的一只眼睛始终没有闭上，也始终看着门口。我知道，他一直在等我。可是，直到他实在扛不住死亡的袭击了，我才赶到家里。悲伤无以复加，可也只能顺应天命。这些年来，我一直后悔和自责。对普凡之人而言，世上最大的痛苦莫过于亲人的离散。很长时间里，我想不通，更觉得对不起父亲，以至于忧郁成疾，几乎崩溃。

故乡既是每个人的生身之地与成长之所，又是诸多先祖骨殖和灵魂堆积之处。每一个离开故乡的人，起初是向外的，而随着年龄和时间，却又在慢慢回到，最终可能是必将回到。尼采说，“生命僵死之处，必然有法则堆积。”而这个法则，似乎比人更为长久和强大，在天地之间刚健持久地运行，自始至终地笼罩万物，且具有一种无所不在，无所不能的强大力量。

关于故乡，渗透的和永恒的（代后记）

日光昏暗，北风之下，草木瑟缩，母亲带着我，徒步翻越摩天岭上那段早已坍塌的明代长城，再穿过唐朝泽潞节度使刘稹修建的峻极关，到山西左权拐儿镇，看到一个人躺在马路上，打着滚儿号哭，满身灰土。斯时，寒风摇动杨树，乌鸦飘摇其上，冬天似乎更深了。母亲说，这人生在这个村子里，长大后，在几百里以外的阳泉市工作，每年都回来给他过世的爹娘上坟。我问她，那个人为啥会这样？母亲说，他爹娘也都不在（世）了，自己也老了，哭爹娘，也哭自己没了爹娘的孤苦。我不解，母亲说，不管谁，天王老子到最后也得死，死了就得回到自己爹娘（埋身）身边来。

我们邻村的一个人，早年参军，后来定居辽宁葫芦岛，每次回来，都趴在他父母亲荒芜的坟头上哭得声震荒山，眼泪鼻涕糊得脸上身上都是。那时候我还小，不知道他们为什么如此悲痛。

母亲说，哪里生的人待在哪里舒服。谁老了都得回到出生地，死了也得埋在爹娘的坟墓旁边。我懵懂，不知道自己将来是留在父母身边还是远走异地。十八岁那年，参军离开家乡时，我暗暗发誓说，这一生，我死也不回这里了。在西北军营的最初几年，我是铁了心的，除了惦念还在那座南太行乡村生活的父母兄弟和几个非常亲善的亲戚之外，其他毫不留恋。

我发誓这一辈子不与河北籍女孩子恋爱，将来在西北安家，即使老了，也不回到家乡来。但很奇怪，这些年来，我回故乡的次数多了，对那一片地域和人的看法也有了根本性变化。长年累月待在巴丹吉林沙漠，总忍不住想起那座村庄的人事，有痛苦不安，也有快乐温暖。这是时间在起作用，还有无形的传承与基因，不断变化的世道人心。那是一种看不到，随着时间不断发酵并膨胀的事物。我渐渐觉得了它无处不在的力量，也无数次想起母亲的话，谁到最后都要回到原来的地方，甚至可以触摸到这句话粗糙而结实的纹理，有时像是一根尖利的针，刺着我的心脏；有时如一团棉花，暖在我最寒冷的部位。

这就是灵魂、血缘和传统文化的力量。一个人再不可一世或者英明伟大，总有一些东西如影随形。每周给父母打电话，总能听到一些南太行村庄发生的事情，一些人夭折了，一些人背叛了，一些人消失了，一些事物崩溃了，还有一些正在诞生和改变的人和事。即使是微小的琐事，也能够给我深刻的触动。无论我走得多远，身在何处，本质上，我还是那一座村庄的人，尽管我走了很远，身体在他处停留，内心精神和骨血仍还在原地。

我出生和长大的那座村庄狭小、偏僻，所有的人都与草木齐平，无一例外的卑微。一茬茬的人来了，又走了，就像山上的岩石，被灌木簇拥，也不断被苔藓覆盖，流水穿过的地方坐落着零散的房屋；牛羊和驴子、狼、鹰、金雕、野猪、麝、隼、石鸡、野兔等动物在村庄外围诞生、成长、老迈和死亡，与人为邻。

从这个村出来，翻过一道山岭或者蹚过一条河，就是另一个村庄，隔山隔河隔不住鸡鸣狗叫，更隔不住流传的婚姻和血脉，河流连接村庄，道路拉拢人。我的亲戚们也都在这一带分布。有很多次，母亲告诉我，这里有一个什么什么亲戚，叫什么名字，家境和他们的孩子们如何如何。如此这般，村庄人和人之间，血缘关系绕来绕去，让人眩晕。大地上的每一座村庄都是由各种远远近近、亲亲疏疏的血缘关系联系起来的，因为地域的小和封闭，导致了婚姻乃至血缘的进一步融合和混同，而光阴也在不断冲淡这种关系。

至今我还记得爷爷关于村庄往事的讲述，一种历史或者一些故事，比如强悍的土匪和苛刻的地主，轮换的驻军和修炼成精的猛兽，等等。我小时候，村庄周围的狼很多，尤其是有月亮的夜晚，它们的嚎叫声好像粗犷的音乐，现在，取而代之的是无边的寂静。我六岁那年，邻村一个男人对我母亲说，等我长大了，就把他的女儿给我做媳妇。我当时虽然小，但也有点激动。村里一个男人，为采一种名贵药材，从悬崖上摔了下来；有一个和爷爷辈分相同的人，走着路就瘫软在地，喃喃说：蛇精要他当女婿，不过一袋旱烟的工夫就死了。

还有一个从来没有读过书的女孩子，忽然喝农药。她自己喜欢上了一个男人，父母却不让嫁。她就选择了消失。邻村出了几个痴呆者，想要正常的婚姻是不可能的，但他们的本能并不迟钝，甚至奇怪和变态。有几次遇到当年的一些人，忽然感觉到了陌生，他们的言语和方式令我感觉到了一种新鲜。尤其从一些孩子身上，仿佛看到了自己当年的模样。

我觉得一切都“恍兮惚兮”，在村庄的所有人，不断生长、青壮和老去，一个被另一个替代，深长的血缘就像天书，一笔一画都是平民历史。可有史以来，没有人为这一座南太行村庄和它的人们树碑立传，这里所有的人和自然的故事都在岩石上晾晒，然后又被风吹走。我怀疑那些飞舞的尘埃就是文字的碎片，在阳光和星光下碰撞和传递。前些年，老家一位中学老师说，我本人成了他们学校教育孩子们的一个例子，我觉得欣慰。现在那里的人还记得我是因为我和他们一起长大……若干年之后，我制造和遗落的故事会不会也成为飘浮的灰尘？

答案是肯定的。这令我觉得伤感，也忽然明白，对一个人记得最深的不是别人，而是目睹他（她）诞生和成长的地方——包括草木泥土和人。因此我感到惭愧，人生之初，我对那座南太行的村庄的憎恨似乎不应当，显得狭隘和无知。或许，我憎恨的只是那里的人或者人所共有的本性和恶行，如性格上的促狭、人性恶的过分暴露和施展、互助精神的缺乏，等等，而对具体的人，无论他们做过什么恶事，都可以原谅，他们也只是遵从了自己的本性。

西蒙娜·薇依说，“当人们处在非正义虐行的境遇中而得到了公正的待遇时，却不知感激，这等于剥夺自己那种超自然的、神圣的、包含在一切正义的纯洁行为中的品性。”对于我出生的村庄，对于善恶，人们的判断只是一般意义上或者说约定俗成的那一些，如孝顺和忤逆，过分利己，以他人之巨大的痛苦而使得自己开心欢颜，从他人手中掠夺更多的物质财富，看着他人受难幸灾乐祸甚至落井下石，等等，是人的天性之恶。

当然，我也相信“人之初，性本善”。这世上，总有一些人坚持良知。哦，“良知”这个词，对于从没有受过教育的人而言，几乎不知其为何物。这不能怪他们。社会发展过程中，总需要一些愚昧的人们沉在最底层，为一斗米而欢呼雀跃，为一个略微公正的判断而感激涕零，为一时安稳而感恩戴德。

原谅人的最本质的恶，尤其是底层者与没有文化的人，这是一门修行功课，也是一种无上美德。这里需要的一个前提是，一个人和一群人作恶，只要不那么暴力和邪恶地祸及众生，令一片地域上的人胆寒，因为尊严和物质的丧失，而对生活与未来失去信心，那就还可以挽救，甚至宽恕。可能是因为这一点，这些年来，我对自己出生的那座村庄的怀念之情与日俱增，常常在睡前，重复想到它的原始与古朴模样：在那一片奇崛的山地，十多座自然的村落，像是千年磐石一般坐落在南太行山区的沟壑之间，这里的所有生灵，一生都只能在崎岖中寻找些许的平整，在偏远和青黄不接的现实之中，过自己的日子，幻想外面世界的生活。

我熟悉这里的村庄和人，村子内外的每一块石头和每一棵树木都异常清晰。每一次回去，都要四处走走看看，从一个村庄到另一个村庄，从这一家出来到另外一家，道路除了多了一层柏油之外，宽度和长度仍旧没有改变。沿途的风物依旧，多了的无非是各式各样的房子，有钱的起楼房，没钱的就修建平房；再贫困一点的，只能在摇摇欲坠的老宅里，继续烟熏火燎，衣食儿女。

迎面走来的男女和小孩，有的熟悉有的陌生，但总归是熟悉的。这里的一切都已经深入我的血脉当中，是它第一次接受了我，埋下了我的胞衣，给了我成长和活着的阳光、水、空气和粮食。它于我，就像是手掌上的纹路，曲折但深刻，隐喻也明畅。

爷爷说，我们这脉杨姓人家是北宋名将杨继业的后代，但无确凿的家谱佐证。而人在世上的本质，就是不断走失、被遗忘和被销毁。至今，我们还有一些同宗同族的人散布在山西榆次、太谷、左权、阳泉、大同等地，早些年，相互之间还有些来往，但随着老年人的不断消失，这种亲情也消弭不再了。

农耕时代的人们更在意血缘关系，他们始终有强烈的认同感和归属感，这令人觉得温暖和可靠。尽管，普通民众从来就没有自己的历史，但他们内心有自己的家族源流。这令人沮丧，尽管我一再写到村庄，但一切都是徒劳的，充其量，我只是一个关于乡村历史人文、现世人生、风俗人情、社会风貌、群体和个体命运等方面的观察者和记述者，有时候语焉不详，甚至带有可怕的偏见。要书写，就会不可避免地涉及那里的具体人事，已经发生的和正在发生的，远去的和挥之不去的。

许多事情出乎意料，人生诸多遭遇，其实都是瞬间。只是当事人觉得猝然，而其他人则以为酝酿或者忍耐已久。2007 年盛夏，弟弟电话询问我是否写到了故乡好多还健在的乡亲的逸闻旧事，并在报刊发表？（家乡）好多人看到之后，责问他和我们母亲。有人恶狠狠地说，看那小子怎么还有脸回“家”，我听到了诸多的愤怒和不解，责怪甚至怨恨。在他们看来，我写的那些文字，是在辱没故乡，包括他们每一个人。

为尊者讳，“谁不说自己的家乡好”，这是人们的惯常思维，一旦有人反之，便会被斥为大逆不道，是故乡的“逆子”或者“喂不熟的狗”。震惊之余，也觉得欣慰。那么偏远的村庄，数百年来，所有的人和事物自生自灭，即便有故事流传，但从来都是“口头”和“口碑”，而我做了这样一件事，无论我怎么说和写，都涌动着一种强烈的爱意，甚至慈悲。仔细想想，我写故乡的那些文章，大抵文学写作之初练笔之作，记录了一个人在故乡的一些真实经历，其中涉及一些具体的人和事，这可能就是引发故乡人愤怒的原因所在。

其中一篇文章名为《我的故乡安子沟》，在一家文学网站挂了不知多久，也不知哪位好事者转帖的，文下有三条于2006年3月和4月之间的回复，愤怒、指责和怨恨的情绪非常激烈。当初写这篇文章，我的内心确实有一些怨恨，为我们家人在那个村庄所经受的诸多人为的苦难，对暴力、曲解、钩心斗角、强势打压和无条件屈服等人之恶和底层之恶，等等，表示了愤怒和不满。

在乡村，人对人的恶意，尽管不显山露水，但却落在同一个人或家庭的痛楚，肯定是巨大的，尤其是在我个人逐步认识世界的成长阶段，它们轮番上演，我无法回避，只能晃着渺小如草芥的身体，用心灵和微薄的尊严承受。以至于我离开多年之后，这种状况毫无改观，父母和弟弟承受的那些，时常令我愤怒莫名。尽管身为军人，但在一切服从于经济建设的年代，我的呼吁和求告基本等于零，我也心有怨愤。所谓的故乡，生身之地，它教给我的只有屈辱、自卑和仇恨。我所写的，不过是用文字说出故乡一个子民对它的个体性的记忆和印象，当然还有一些真实的记录与呈现、判断与指出。这类作品，在我所有书写故乡南太行的文字中，占据了相当数量。

我念念不忘的还是至今在那里生存的父母亲人，尤其是他们在那个乡村所遭受的额外的苦难与屈辱。比如，我弟弟被邻居突然袭击之后脑震荡，至今没有得到公正的处理。母亲多次因为房基地问题，遭受他人的辱骂和殴打，也没有谁来进行解决。家里所分的田地本来不多，被其他人多势众的人家至今强行占有，拒不归还。

我做过一些努力，都是正常的方式，可至今没有得到有效解决。人的阶级性的联系是相当容易且普遍的。詹姆斯·斯科特《弱者的武器》说，“在村庄的经济生活中，地方精英几乎总是有其特有的行事方式。倘若他们掌握了物质资源，他们在很大程度上也能控制公共仪式生活”。物质资源的抢夺和支配，是乡村最大的矛盾和冲突基因，因为资源的匮乏与经济的薄弱和脆弱，人们不得不为之耗费相当大的心力、财力和人力，甚至名誉、生命等更重要的东西。

这也很无奈，几乎全世界的人类，都如此这般，并非一国一地。我总是回想起在村庄旧年的生活遭际，以及那些正在加速消失的事物，如文化传统、农耕时代所用的器具、民间传承已久的各种禁忌、思维、思想、现实中信仰的挪移和变迁等。除此之外，唯有连绵山川，潺潺溪流，丰盛枯荣不止的草木，飞禽走兽和岩石一样的天空、无边无际而又短暂倥偬的时光，依旧丝毫不改声色，越过众生，直抵本质与终极。

我坚信自己对故乡的记录不虚妄，甚至很伟大。一个地域的核心是人，以及人的诸多形态和故事。而人是自然的，自然也是人的，人使自然变异，自然也使人不断变化。人是村庄的主体，自然似乎永恒不变，如果要变，肯定是剧变、蝶变；而人的生老病死、日常生活、命运轨迹、思想变革、观念变迁乃至不断地出走和归来，大地上到处盛开着人的故事之花，作为记叙、书写者，我必然要涉及人事。但我相信，对于他们的记叙或者陈述都是真实的和客观的，个人的偏狭情绪不能说没有，但只是存在于我最初书写他们的有限的几篇文字当中。

我知道，我迄今为止的所有的文字都是不成熟的，尤其是书写故乡的那些，似乎都带有强烈的疼痛感和忧愤意识，爱之深恨之切，以及恨铁不成钢等复杂的想法。我衷心希望故乡真的如桃花源，没有争斗、伤害和阴损，普照和沐浴的都是公正和仁义。而我却一次次觉得了自己的天真，也知道，人和人之间的争夺和伤害无处不在，并且是人类一以贯之的劣根行为。而公正和仁义、宽容和博爱是不可缺少的美德。尽管我忘不掉那些伤痛和悲哀的事实，但心境舒和、宽敞了好多，或许得益于年龄（时间）的教诲与揭示。

我很多次一人或者一家人回到故乡。这古老而新鲜的村庄，随时随刻，人在消失、在诞生、在变老，而山川草木依旧，河流虽然逐年干枯，阳光依旧，躺在星星和月亮照亮的黑夜，我觉得一种从没有过的舒适，特别是躺在旧年的房里，静谧甚至寂寥的氛围中，虫鸣环绕，风吹梧桐如拍掌，令我满心的欣慰。还有几次，出差到故乡近处的城市，挤时间回去看看，虽然一瞥，也有一种回身母怀的妥帖和温暖。万事万物都是相对的，都坚持了古老的相持守恒定律。

遥想少年时候，作为村庄一分子，我就是携带了对它的巨大恐慌、仇恨和厌倦逃出故乡的，也由于故乡的种种不如意，尤其是乡亲们的恶，使得我对它始终难以产生喜欢和热爱等积极的感情。至今，我在外省已近三十年，不知道为什么，消泯了多年的仓皇之举和悲哀情绪再度光临，我手指颤抖，头脑发木，像是被某种沉重的东西击中一样，看着窗外的夜，下弦月通身姜黄，弯如人心和世事，如无限的过去、现在和未来。

故乡恒在，童年也是如此。只是，生命总是朝向虚无的。乡村是一个无声无息的生命现场，也是一个基于生存而如此生活的人间所在。烟火升腾之处，不管其中的人多么名不见经传，作为一个生于此地的人，为他们写一些自以为是的文章，为熟悉的乡亲立碑，我觉得也算是一件比较有意义的事情，在很多时候，关爱他者不惟近前的关切，还有命运与文化上的记录与抚慰。

附　录

生命的醒觉与叩问
——杨献平散文的精神向度

王兆胜

文学特别是好的文学，说到底是精神性的，与生命的感受与觉悟有关。杨献平散文创作颇丰，至今已出版《沙漠之书》《生死故乡》《沙漠里的细水微光》《自然村列记》《河西走廊北151公里》《丝路上的月光与马蹄》《南太行纪事》等十多部，可谓丰富多彩，各有胜场。不过，最打动我的，是贯穿于其中的精神力量，那种从大地根部发出的生命叩问。

一、在漂泊中寻找自我

拨开杨献平笔下的灌木丛，出现在眼前的是一条蜿蜒曲折的坎坷路。那里既有作者艰辛的步履，更有难言的心路历程，还是一个不为人知的隐秘所在。其中，不断前行、寻找出路、坚韧不拔、超越自我，是作家前行的内动力。如一个探险者，在生与死之间戏剧不断上演，但顽强的斗志和战胜自我的努力是永恒的召唤。

起于微末即有一个“坏”的开端

杨献平未成年时，被母亲一顿暴打，一气之下竟从村里小卖部拿走一千多元，然后离家出走。他到过山西左权，后去了太原和阳泉，又转到石家庄、北京、承德，接着还去了长春、哈尔滨、郑州、西安，完全是个不管不顾的问题少年。作者回忆：“这次离家出走，伤透了母亲的心。母亲步行到山西找了我三次，一边走一边哭，到亲戚家，两眼都成了红核桃。”即使这样，“而我，仍旧在外面，头发长到后背，耳屎也悬悬欲掉”。“从此，村庄的人就都更看不起我了。人人都说我不知道钱中用，是个浪荡子，以后成不了啥好东西！”母亲为“我”找对象，结果“女方父母一听是我，头摇得都要掉地上了。还有的嘴快，说，俺闺女就是剩在家里，也不跟他！”于是，作者自认倒霉：“这是最大的侮辱。”此时的“我”没有从自身找原因，反而认为“乡人或者农人从来都是眼睛向上看的。做父母的，没有一个愿意让自己的女儿跟一个没出息的人吃糠咽菜，衣不遮体”。这是何等的尴尬与无奈，也透出了作者少年时光的灰色逼仄与懵懂无知，甚至毫不讲理。

当兵时，“我上车，离开，但没掉一滴眼泪”，“那时候我还没有真正体味到人世之沧桑，没有觉得父母多么仁慈和难以割舍”。相反，作者为走向更开阔的天地而感到兴奋和充满幻想。到了部队，“我”的弱点进一步暴露出来，其中之一就是“放纵”，一种不知天高地厚的挥霍无度。作者写道：“除了正常的工作与义务外，喜欢吃好的、热衷于扎堆玩乐、大手大脚花钱等毛病卷土重来。”“我在巴丹吉林沙漠从不考虑今天花钱明天怎么办，总觉得，到月底，还有几十块钱的津贴。有几次，在小卖部欠账达三百多块，相当于半年津贴费。实在没钱还，就写信给母亲。母亲不识字，找别人念。我的理由很堂皇，不是买书了，就是请领导吃饭了。舅舅对母亲说，别听他的话！小姨妈也说，他骗人呢！可母亲不听，步行跑到十里外的邮电所，让人给我汇来五百块钱。”作者没有悔过，“拿到钱，我没有犹豫，还账，继续在小卖部喝啤酒，吃零食，啸聚三五个同乡周末餐馆吃饭。”回家探亲，“临走时，母亲给我路费”，“给了我三百块，我还嫌少，站在母亲面前一脸悲苦。母亲叹息一声，又给了我二百。四年，回去三次，基本上都是父母亲给的路费”。

在婚恋关系上也是如此，作者写自己不断“移情别恋”，有时，再好的女性也留不住“我”的心，“我”要寻找与远行，“至此我明白，人生来是为了拥有，也是为了丢失”。

应该说，当下散文有一大缺憾，是其中少有或者说没有“我”，也没有对“我”的缺点甚至隐秘的揭示，更无忏悔意识。杨献平散文坦诚无欺，将自己“丑陋”的一面毫不讳言和盘托出，这里除了真诚，更是醒觉，知道了自己生命中存在的“尘埃”与“污浊”。读这样的文字有切肤之痛，更触及自我与灵魂，因为有哪一个贫家子是完整的，没有心灵创伤与内在悖动呢?

由痛楚开悟走向爱惜的重大转变

如果杨献平以麻木之心认领甚至欣赏自己早年的这些弱点甚至丑陋，那只会让人反感和厌恶。令人欣慰的是，很快作者就有了新的转变与发展，从而使他走上了不一样的人生轨迹，这是难能可贵的。

对于母亲，杨献平一向觉得她多事、争吵不休，然而“等到自己身无分文时，想起母亲的话：一分钱难死英雄汉！也想起她总是把钱看得比命还重要的省俭和吝啬情景——”对于亲情爱情，作者也反省道：“现在想起来，是揪心的疼。乡人说得没错，我确实是一个忤逆之人，甚至连那两位女同学断然拒绝我的求婚之举，也是无比‘英明’的。”对于自己的无用和责备也深入骨髓：“我常想：现在我还没有经济能力，花父母血汗钱也是应该的。可有时候也自责，在无人处自己扇自己耳光，痛哭自己是天下最无耻的人。”对于父亲，杨献平原来多有误解，认为他懦弱无能，与母亲的强势形成鲜明对照，然而，后来有悟，“我想，父亲一定懂得了什么”，“父亲作为独子，他可能知道：弱者在强者面前再多抗争都是无效的，反抗越多，打击越重，抗争越是歇斯底里，施暴者越是能够获得某种满足，不如逆来顺受，听天由命”。这样的理解包含了深深的屈辱与无奈。

对于情爱，作者虽用情不专，但有个细节却令人心动。作者写道：“有一次，和她一起到左权县城，住在一起，情不自禁，但最终没有做爱。我知道，乡村女子一旦有了第一次，以后再嫁就会遭受男方冷眼甚至嫌弃。一年多后，我已经知道和她不可能在一起了，如果不能成为夫妻，那就要为她以后考虑。在彼时乡村，贞操，仍旧在一定程度上掌控了女性一生的命运和幸福与否。这一点，我问心无愧，也知道，这可能是自小以来唯一的好品质。”善良，哪怕是火星一样燃爆一响，也能测量人性的深度，这是生命中那束最强的光。

对于农村的弱肉强食，杨献平说：“刚离开家乡的时候，总想着如何报复，有朝一日，把自己和母亲所受到的欺辱也让他们尝尝。可在外面目睹了诸多的类似人事之后，才觉得，人和人，在人群中，本就是这样的一种状态，无论哪个地域，还是什么样的人群，本质上都是一样的。想通了之后，再回家乡，心态平和了，也觉得那些人很可怜。”[①] 作者真正的生命超越是在当兵三年后，他说：“在巴丹吉林沙漠军营第三年，我忽然长大了，也明白了，更好地安身立命不是父母的一种要求，而是一个人必然的担当与责任。”于是，“我开始有了自制力，同乡拿酒来，我让他拿出去喝。两年时间，中午和晚上把自己关在人去楼空的办公室里，看书、写字。一个月不去一次生活区，半年不沾一滴酒。”像插上翅膀，杨献平进入一个全新的生命觉悟和精神飞升期。在这一改变面前，生活、人生、感情、世界像扇

---

① 杨献平：《作为故乡的南太行》，《南太行纪事》，中国工人出版社，2021年，第24页。

面般展开。他怀着感恩心写曾给他温暖的女性：“在我看来，她们在某些时候高尚和高贵得令人承受不起。我只是一个贫民，或者说从底层攀爬上来的一个平民。从贫贱到稍微不贫贱，这个距离艰苦漫长，而在此过程中，她们先后在我生命乃至灵魂里出现，这使我荣耀，也必将一生荣耀。”

杨献平还写到自己的妻儿，那是充满温柔似水般的感受。他说：“在沙漠，妻儿是我最想偎傍的人，唯有回到家里，我才可以全身心放松。在他们身边，我始终觉得有一种缠裹的温暖，如冬日峭壁上一只暖炉，时常让我在濒临绝望的边缘感到了活着的美好。”“我出差前，儿子总要抱抱我，说，爸爸，你要早点回来，在外面注意安全。七八岁的孩子，有此心，我必须要感谢上苍，感谢我刚刚逝去的父亲乃至已成骨头的爷爷奶奶。我时常想，我们一家虽然历经苦难，尽管这些苦难在人间微不足道，尽管我们时常有一些怨言、不满足，但血脉相连的每个人都彼此包容、感恩、帮扶与和谐，这是世上最美好的事情了。连同我在人生路上遇到的那些人，尤其是对我有恩的，每一想起，我总是觉得愧疚不安，想尽量报答，包括当年那些拒绝甚至非难过我的人。给予我一粒土，我以为是黄金；给予我半杯茶，我当是汪洋大海。我也始终相信，慈悲和爱同质并重，是人类最纯洁与珍贵的一种传承，是一种方向。爱使我们越陷越深。因为，在爱之中，我觉得此生不虚，也觉得，人世如此美好，不仅我和我的亲人们，还有芸芸同类，如果生死是一种更替，那么，我们可以在此间循环往复不止，如水融水，如血融血。”[①]

杨献平仿佛是由狭窄的穴洞向上攀缘，最后走上崖面，并进入开阔地带，其内心的煎熬与精神的锻造可见一斑。这是一个真正的浪子回头金不换的故事，也是一个经过蝉蜕后羽化的传奇。

在《甘肃肃州：向西的城池》一文中，杨献平写到与军阀马家军血战的红五军时，被其将士、女兵的英勇顽强精神深深感动。当得知军长董振堂竟是河北邢台新河县老乡，于是他写道：“不知为什么，我竟然失声痛哭起来，无视解说员和其他朋友。他们都很惊诧，用一种负责的眼神看着我。我转出去，到董振堂和杨克明纪念碑前，向他们敬礼（我也是军人），再低下头，默哀。墓碑无语，松柏沉默。想起那场悲惨的战事，只觉得心脏四面漏风；想起那种惨无人道的杀戮手段，有一种愤怒，自丹田腾冲而去，有一种悲哀，让我不得不抬起头来，仰望那已经被黑夜填满的深邃天空。”[②]与之前相比，此时的杨献平有了新的精神高度，一种血性男儿风卷红旗的壮怀激烈。

最让我欣赏的是杨献平一些静心的时刻与文字，如在《苍天般的额济纳》一文中，作者在天地间的苍穹辽阔深远中，让自己静下来，仿佛得道般地说：“风静就是心静，风停就是生命的

① 以上引文主要见杨献平：《南太行与巴丹吉林：同一个方向的沦陷（代序）》，《河西走廊北 151 公里》，成都时代出版社，2017 年，第 1—23 页。

② 杨献平：《丝路上的月光马蹄》，当代中国出版社，2018 年，第 222—223 页。

一个再生过程。”“在狂乱的大风和片刻的安静中，我渐渐学会了聆听。”“我一直把羊只和骆驼当作母亲——另一种意义上的母亲。”“黑夜更黑，这时候的戈壁，就只有我拥有光亮了。也只有我，在黑夜的内心独坐，睡眠，仿佛一只树叶一样的船，在静止的汪洋之上，在无意识或者梦境之中，完成一夜的生命旅行。”“这么多年来，抑或上天注定，我已经成为沙漠的一部分，就像一个移动的、用风作为呼吸的沙丘，在旷古荒凉的巴丹吉林沙漠，苍天般的额济纳。”这不仅仅是诗意表达，更是一种灵魂雕刻，一种在生命意义上的花开绽放，这是我为杨献平高兴的地方。由一个山村的“败家之子”向悟道飞升，某种程度上也可以说是“修成正果”。

有人说，散文后面始终站着作家“这个人”①，这是与小说、诗歌不同的地方。阅读杨献平散文也是如此，我首先看重的是作家的自我形象，这是一个经由不断努力进取砥砺后，获得生命醒觉的人，一个具有自我革命精神的人，一个懂得了聆听、温暖、博爱、感恩、仁慈、美好的“大写的人”。没有这些，所有的散文写作都是没多少意思甚至是徒劳的。

二、时光裹挟下的卑微生命

勇于面向自我使杨献平散文实现了内在超越。与此同时，也

① 谢有顺：《散文的后面站着一个人》，《当代作家评论》2006年第3期。

促使其实现了外在跨越，即突破了当前普遍存在的“面对历史，背对时代”写作局限。作家以现实主义甚至是写实主义或自然主义的笔调，探入乡村社会、自然人生的底里，努力发掘其间的生命底蕴，并对逐渐流失的美好发出呐喊。

描写死亡及其人性异化，突显生命脆弱与人生之无奈。关于当前的乡村叙事，多停留在虚幻和表面，总让人感到有点儿“隔”，缺乏切肤之痛和心灵的震撼。杨献平向我们展示了严酷的乡村社会现实，特别是南太行农村的真实状貌。第一，家人与家族人的去世，直接带来生命的悲感。特别是63岁的“父亲”去世，让“我”生出无限的理解与难言的苦痛。当家人逐渐淡化，给父亲上坟也变得不那么经常，“我”路过父亲的坟，深怀悲情地大哭起来，面对坚硬的风诉说，只有自己的内心才能听到。第二，村里人不断死亡，还有非正常死亡，如不断发生的矿难令人生畏。《矿难之后》将生死置于儿戏一样的转换，显示出人世间的悲哀。还有身体被炸飞，最后只能找到几块断片和血淋淋头颅的老三也死于矿难。也有车祸，更有凶杀案频发。在《生死故乡》一书中，《重述一桩过失杀人案》有些触目惊心。仿佛是中了魔咒，原生的村庄一下子变得那样易碎，一如风中沙丘。第三，人情世故越来越淡，人们更看重“钱”等利益。不仅在同村人，就是同族同宗和一家人也是如此，人情薄如纸，功利主义甚嚣尘上，这对原本乡土熟人社会的互帮互助无疑是一种极大破坏。《金戒指》写的是黑老三在矿上被炸死，当父亲问起老大、老二，矿上赔钱了吗？二儿媳妇“杨喜云大声说，一分钱没有！爹的眼睛往大里睁了睁，嘴唇努了努，又颤了颤，叹息一声，说，算了，你弟兄俩再去屋里看看三儿还有些啥，一块装进去，都给他带走吧”。听到这话，母亲去给三儿子收拾东西，发现有枚金戒指，于是“娘说，这三儿，活着时候连个媳妇都没订下，买这个给谁呢？”[①]在相互对比中可见，兄弟间特别是儿媳妇竟如此贪财，明明赔偿了20万，却对公公婆婆说出“一分钱没有”。第四，道德败坏与沦丧，成为乡村社会的毒瘤，直接影响良俗。婚丧嫁娶要高价彩礼，性生活过于随意，夫妻间不守贞德，于是造成乡村社会的秩序混乱，问题丛生，甚至造成各种矛盾与仇杀。《后事》写慕月明的四姨妈无缘无故被杀，儿女不让报案，后来竟说是母亲嘱咐不让报案。四姨妈的女儿不听母亲劝说，甘作夜总会小姐，而且不以为耻，反以为荣，这在乡村社会造成恶劣影响。因为“南太行乡村人无论乡邻间怎么乱来，但从没哪一个未婚女子，在任何情况下自坠风尘”[②]。还有，《张刘家往事》里写的是复杂的性关系，导致鸡犬不宁，成为笑谈。总之，杨献平笔下的芸芸众生变得白云般易逝，这是他为“死去”和正在“消逝”的生命所唱的挽歌。更重要的是，通过这些卑微生命的消亡，作者获得了超越性体验，也开启了智慧之门，于是他说：“我的这一些文字，首先是

① 杨献平：《生死故乡》，中国人民大学出版社，2014年，第33页。
② 杨献平：《生死故乡》，中国人民大学出版社，2014年，第43页。

人的，而且关乎大时代下如草芥之人群的生存史和精神史。”“世上最大的事情应当是人的尊严与生命的折断与自赎、确立与沦陷。”[①]他又说：“父亲这样的一个农民，出生时候平淡，生而艰难困苦，死如一把镰刀无意中削断的一根草尖。”“与之相对的是，父亲从没提及任何苦难。在外打工时的苦累，乃至受欺负和歧视，在村里受人的非难、邻里之间的怨隙等，很多我都知道，但他只字不提。父亲去世后，我听村里人说：最后一个好人没了！”“父亲躺下之地，便是我的根，无论身在何处，最终我都要以肉身和灵魂再次贴上去。”[②]看来，许多易逝之人事并非毫无印痕，一如风声过耳和大雁留声。

书写家谱、村史、风俗世情，为乡村社会留下永恒记忆。随着城镇化进程加快，中国广大乡村发生巨变，其中就包括村庄以加速度消失。据冯骥才统计，“2000 年全国有 360 万个古村落，2010 年是 270 万个，10 年就消失了 90 万个，现在的自然村只有 200 万个左右”，15 年间消失了 160 万个。[③]可见，在城镇化面前，乡村社会不堪一击，它面临难以保存的被解构局面，这也是习近平总书记强调乡村振兴的重要原因。问题在于，与乡村消失相关，作家对此也缺少关注，更不要说进行深度反

① 杨献平：《楔子：不是纪实，也不是虚构》，《生死故乡》，中国人民大学出版社，2014 年，第 3 页。

② 杨献平：《所谓南太行和一个农民（代序）》，《自然村列记》，百花文艺出版社，2017 年，第 9—10 页。

③ 冯骥才：《15 年间 160 万古村落消失》，《新闻周刊》2015 年第 10 期。

映。在此，杨献平散文作为实录式书写，为乡村社会勾勒出一幅南太行乡村全景图。它视野开阔、丰富多彩、细致深入、形象生动，更透出时代的显著特色，以及心灵的脉动与精神的走向。如在《自然村列记》中，杨献平既写村庄起源、家谱流传、村庄历史，也写风物与消失的手艺，《一九九二年的村庄史》更是集中写太行山南麓一个小村庄 1992 年发生的大大小小的事情。在谈到家谱和村庄文化时，作者认为："血缘意义上的合作与'开枝散叶'"非常重要，"任何一个村庄都是一个严丝合缝的社会，完整且因此具备各种性质和功能"。"我们的村庄至今保持了一个很好的传统，如遇到红白喜事，不论谁家，村人都要去帮忙。""这种约定俗成的规矩，在很大程度上，先祖可能就是为了用来保障子孙们在大事上齐心协力，不相互撂挑子、看热闹——而特别制定的。"[①] 其实，作为建基于农业文明之上的中华文明，是离不开村庄的，也离不开家庭与家族，因为每个家庭、家族和村庄都有自己独特的历史文化，都是一个实实在在的生命细胞。尽管具体的人死了，但维系家族、村庄、乡土社会乃至中华文明的根脉不断，那就是精神的魂魄永存，就像孔子留下的文化精神一样。[②] 杨献平说，小时候过年时，"家里点了很

① 杨献平：《作为故乡的南太行》，《南太行纪事》，中国工人出版社，2021 年，第 5、10 页。

② 钱穆：《晚学盲言》（上），广西师范大学出版社，2004 年，第 113 页。

多支蜡烛，桌台上、炕边、灶火上方、水瓮边、粮食瓮等，分别供奉天帝、灶王、先祖、水神、谷神等”，“母亲带着我，先给天帝敬香上供，再给祖宗、谷神、水神和牲神等神灵上供”。以前，村庄还有土地庙、山神庙、猴王庙、龙王庙、二郎神庙，甚至狐仙、蛇精等也都有祭祀之地。一般说，家谱、村史、风俗世情是小事，在许多人看来无关紧要甚至作为迷信被加以剔除；然而，在杨献平看来，它们是文化传承的载体，是中华民族得以延续的根脉所在。

叙写天地万物及其柔弱，充满同情共情之理解。杨献平也写强者，像强力的风沙扑面而来，将无数生灵摧毁，也将人家的窗户玻璃打得震响，还有那些被强者欺辱的弱者，反过来攻击更弱者，从而形成对于强力的批判态度。作者似乎更同情理解弱者，那些无能为力者，这与他对待卑微的人生态度是一致的。首先，对柔弱的动物深表同情。杨献平曾表示：他“小时候，不敢看屠夫杀猪宰羊，就是杀鸡和兔子，也扭头躲开”①，由此可见他的怯弱与仁慈。他还写道：“牲畜和人比邻而居，这体现了村人对牲畜们的尊重。”“羊们的本性温驯，即使刀子插进脖颈，也只是挣扎几下，叫唤几声。羊的善良是懦弱的，羊通常让我们看到无助者的疼痛和悲哀。”“羊们的活着就是最终把自己的肉体贡献出来给人吃。羊们的一天天长大，就是一次次向死亡

① 杨献平：《最熟悉的痛苦》，《沙漠里的细水微光》，当代中国出版社，2015年，第129页。

靠近。”“我不知道羊们是否为此感到悲哀，而人绝对不会这样想的，人觉得这些都是再正常不过的，其实更大的悲哀是人的悲哀，一个鲜活的生命，为什么要被另一种生命所吞噬呢？”“我想我应该为羊们流些眼泪，作为人，面对强大的生存，蓬勃的欲望，我们时常哑口无言。”[①] 动物本来要给人吃的，在所有动物中，羊可能是更软弱驯服，但也是最能满足人的口腹之欲的美食，在那些人类至上主义者看来，这没什么不对；然而，杨献平质疑，也对羊们寄寓了深深的同情，弱者是以无缘由的牺牲成为人类的祭品。其次，作者对柔弱的植物也饱含深情。在杨献平笔下，被狂风吹动的树木、沙漠上的草、一条弱水都会唤起同情怜悯，读了令人心悸。《一棵树死了》较好地反映了杨献平的心灵世界，对于柔弱者的敏锐感觉。他写道：“它的死令我震惊，像是突然听到一位好友的噩耗那般难以置信。”“我久久地站在窗前，看着那棵仿佛突然死去的杨树——幼小的生命，它使我疼痛，从它的身上，我看到了自己，乃至更多一些人的命运。”作者同情一棵死了的小树，并发出这样的感叹：枯了的树叶簌簌而落，它们的身躯接触到地面的那一刻，我仿佛听到了一种来自泥土深处的合唱。[②] 最后，作者还对无生命之物表示同情。杨献平曾将自家房屋说成是由“老了的石头堆起”的，他还写河

① 杨献平：《红与灰，我的沙漠故事》，《沙漠之书》，天津人民出版社，2010年，第92—94页。

② 杨献平：《沙漠里的细水微光》，当代中国出版社，2015年，第44—45页。

滩上的石头，“我知道，这些石头没有尖锐棱角，身体阴凉，体态庞大、娇小、浑圆，甚至笨憨。我想它们在一起一定很快乐，即使相互碰撞，会受伤，会疼，但不会致死一方”。[①]作者还写了篇《叫人心疼的雪》，让我想起路遥小说中那个“叫人心疼的碎花布围裙”[②]的细节。杨献平说，“怀念雪，喜欢雪，绝不仅仅只是一种外在的享受，而是一种深入内心的灵魂渴望和精神沐浴”，“雪从来就是一种象征，一种超越了时空、地域和种族的神圣的美”。他还说：“我和妻子走出院子，脚下的雪发出骨头断裂的声音，脆脆的，我对妻子说：这是雪在叫喊，是对咱们的一种抗议和谴责。”[③]这种痛感是作者施加于没有生命[④]的“物”的，也是由作家自己发出的博爱与仁慈的心语。

对所有人与物都抱有同情理解和充盈着满满的爱，这来源于万物有灵和齐物论的人性观，也是保持原生态绿色写作的内在源泉。当从同情卑微之人，到关爱动植物，再到将仁慈施于坚硬的石头和风霜雨雪，作家就会获得一种精神的超越性，它会突破人的一己之私，不为世俗利益熏染，进入一种超拔的神圣境界。另外，柔软者看似无力，如站在老子的天地之道上看，它

---

① 杨献平：《风中的河流》,《沙漠里的细水微光》，当代中国出版社，2015年，第79页。

② 《路遥文集》第2卷，人民文学出版社，2005年，第362—363页。

③ 杨献平：《沙漠之书》，天津人民出版社，2010年，第97—98页。

④ 一般人所认为的没有生命的石头、雪花，其实也都是有生命的，只不过其生命是人所难以理解的而已。

们的力量实则是无穷无尽的，就像云朵般的羊群永远宰杀不完，野草也是“野火烧不尽，春风吹又生”，还有如草芥般民众形成的汪洋，就是被踩在脚下的谦卑大地也是生养万物而不自生。因此，杨献平散文在此又有了更内在的动力源，那是从卑微柔软的生命中开出的美丽花朵和结出的硕果。

三、叙述模式的辩证性及其张力

古人云：“散文易写而难工。”真正优秀的散文不仅要有高超的艺术技巧，还要“绚烂之极归于平淡”。杨献平散文有自己的叙述方式，那是在巨大张力中不断进行的突破创新。

一是在天地间进行现实与梦幻之旅。一般而言，杨献平将更多笔墨放在“人世间”，特别是重视那些卑微的柔弱者，这是他的散文紧贴大地、着意于民间疾苦、有现实关爱的重要原因。不过，作者还有另一维度，那就是面向天空，将想象与梦幻交给苍天及其之外的世界，这也是为什么杨献平那么钟情于湛蓝的天空、梦幻、雪等，这在《南太行的民间秘史》《兰若寺：梦境的忧伤》《庙里神仙》《瞎仙子》《信神者》《梦中长哭》《梦辽阔》等作品中表现得最为突出。在《梦辽阔》中，作者让想象插上翅膀，进入天际和梦境，于是有了更大的时空。作品写道：“很多夜晚，站在空旷的戈壁上，大野如磐，苍茫宁静，天使眼睛一般的星星发出幽静的光。有月亮的午夜，沙漠真的是人间最好的地方，金黄的光辉和金黄色的沙子，天地浑然一体。”“梦见自己站在接近天堂的雪峰，拉着一根云层中伸出的绵软修长手指。”[①]作者甚至能从牦牛身上看到宗教情怀，他说：“牦牛最像觉悟和放下了的佛陀和智者，也更像是极端的和平主义者。”[②]可以说，大地情结使杨献平散文获得了“行万里路”的跋涉追索，特别是将沙漠作为大地的“顿号”带给他沉思与宁静；另一面，天穹、想象、梦幻又带来宗教情怀、道心、神圣感和神秘感，从而打破了现实主义、写实主义、自然主义的某些限度。

二是雅俗融通共赏有助于打破困局。文学往往很难达到雅俗共赏，不是俗不可耐，就是阳春白雪的高处不胜寒。事实上，当下散文的分野非常明显：学院派散文以及文化散文多不接地气，新媒体引发的全民写作散文又没有思想精神品质，从而造成当下散文的“悬浮”状态。杨献平散文一面是“俗”的，他自己也称为“原生态”[③]，在杨献平散文的推荐语中，也以“大地原声，人间烟火，现场精神，众生关怀”[④]为题记，可见其世俗化特点。这在主旨、人物、语言、风格等方面都可见其“俗”，有时确实是“俗不可耐”。比如，在《张刘家往事》中，作者塑造了张二蛋这个有点不太灵光的俗人形象，作品多用俗语，还有

---

① 杨献平：《沙漠之书》，天津人民出版社，2010年，第2、3页。

② 杨献平：《丝路上的月光马蹄》，当代中国出版社，2018年，第162页。

③ 杨献平：《散文原生态：大地原声和现场精神》，杨献平等：《原生态散文13家》，百花文艺出版社，2007年，第337页。

④ 杨献平：《南太行纪事》封底，中国工人出版社，2021年。

露骨的性描写。作品有这样的句子："二蛋闷着声喊说，我操你祖宗张和林，你日了老子老婆还敢这么大声跟老子说话？""张二蛋手抄着一把剪刀，满屋追张和林，大声嚷着说，要把狗日的鸡巴剪掉喂狗！""刘二奇说，有意思也得白有意思。老子和你张叔早就指天为誓定了亲，就是鸡巴皇帝的女儿你也休想当陈世美。"作品还有这样一段描写："娶了老婆的张二蛋那个趾高气扬啊，走路都把头仰得跟大铁锤一样，见到人就露着大红牙龈嘿嘿笑。新婚第二天，村里几个捣蛋鬼问他：'二蛋，昨晚上咋整的？'张二蛋嘿嘿笑，口水扑哧一下落在前襟。人说，二蛋你说嘛！二蛋咽了一口唾沫说，一开始挺难，后来顺了，干了十二回。人说二蛋你太能了啊！二蛋听人夸他，又嘿嘿笑说，他娘的那事是得劲儿，可就是鸡巴累得慌，最后那次，实在没劲儿了，煮了一包方便面吃了，才又搞了一回。"[①]在这黄段子似的叙述中，确实是过于世俗化了。不过，我们又不能简单否定这样的描写，因为它符合人物身份，有助于刻画人物。当然，如果作者仅止于此，散文作品很难有所提高，也就变成所谓的通俗文学了。然而，杨献平散文又有雅致的一面，那是经过提纯后的审美境界，是诗意化的纯洁之美。在《向西：从敦煌到乌鲁木齐》中，作者说："我还在敦煌市区那座反弹琵琶的伎乐

① 杨献平：《生死故乡》，中国人民大学出版社，2014年，第6、8、10、12—13页。

天身下，被一种美所震撼，尽管是石头做的，但她的美，显然穿透并且改造了石头，进而成为一种永恒的美。几乎每一次去敦煌，我都要在那尊伎乐天雕塑面前仰望，久久不愿离去。”“在我心中，对于标准女人的姿态、仪容、神色，包括肉体的判断和惊叹，似乎就是这尊伎乐天。”[①]在《苍天般的额济纳》中有这样的描写：“舞蹈的女子身体柔软，像我梦想中的蛇。她们的脚脖、手腕和脖子上悬满铃铛——清脆的声音仿佛天堂的音乐，连续的轻盈的舞蹈似乎梦中的幽灵。那位女子，黝黑的脸颊，丰腴的身体，珍珠一样的眼波让我想到了朝霞中的山溪和人类的爱情。”[②]诗意、灵性、神圣在此得到较好的汇合，形成一种美的象征。这显然与杨献平的世俗化笔调形成强烈对比，并产生了巨大的张力效果。

三是“形散”与“神聚”化合而成的点染法。当前，更多人往往一元化理解散文文体。不是讲“大散文”，就是重“艺术散文”：前者认为散文就应该“泛化”，即爱怎么写就怎么写，所以非常反感散文的所谓“精致”；后者认为散文信马由缰，随意性太强，特别是跨文体写作，必然使散文变成“四不像”。杨献平散文试图在二者之间进行融通，希望做到“形散神不散”。整体而言，一方面，杨献平的跨文体大散文写作，带来了其故事

---

① 杨献平：《丝路上的月光马蹄》，当代中国出版社，2018年，第325页。

② 杨献平：《沙漠之书》，天津人民出版社，2010年，第4页。

性和自由书写，也有其丰富的原生态自然状貌，所以读起来令人应接不暇和兴趣盎然；但另一方面，他又用几种形式将散文规束起来，不至于过散。这包括：第一，用书名、目录通过分类使散文得以凝聚。如《自然村列记》用口碑、风物、手艺、大地等进行概括，于是“史”起到重要的贯穿作用。第二，用主旨协调凝聚。《沙漠之书》分为“苍天”“沙漠”“绿洲”“传说”“故乡”。又如《南太行纪事》分成故乡、民间秘史、风花雪月、乡村笔记等几章，整体用“故乡生死明灭，众生依旧葱茏”统起。《生死故乡》也是如此，用四个部分四个分题统领，它们分别是“如此坚韧，如此卑微”“生而仓促，瞬间之痛”“正在消失，正在流传”“他者如我，众生在心”。在每部分前，作者还加了一个抽读，如第一部分写“人世间的阳光雨露是自然赐予他们的，而他们，在得不到任何尊重与尊严的卑微生存当中，却总是以各种方式对同类进行刀子一样的践踏与剜割”。第三，用画龙点睛之笔，有时用细节达到凝聚作用。如在《苍天般的额济纳》一文中，作者写“春天的额济纳河到处都是光”，于是用“光”点亮了整个作品，并将人心照亮了。作品写：“它们的身上充盈着无数的亮光——是一些细碎的光粒，照耀着人的眼睛，继而在虚无中集结，成为一座庞大的花园，有人，有马匹和羊只，有树木和青草，花朵和楼阁。”[①]在此，有了“光”，天地间、人世间、世道人心都变得通亮起来，成为一个耀眼的辉煌

① 杨献平：《沙漠之书》，天津人民出版社，2010年，第4页。

通明。《后事》写慕月明的四姨妈被杀，整个作品扑朔迷离，但有两点成为焦点：一是四姨妈的儿女不让报警，文末才揭底说，是母亲生前说好了，无论发生什么事情都不准报案；二是写四姨妈的眼睛，那是动人魂魄的，作品写："有一次，慕月明感冒发烧，迷迷糊糊地睡了，醒来一睁眼，就与四姨妈的两只眼睛碰上了。那是一双大大的，睫毛如蒲扇，整体看起来好像山涧清泉的美丽眼睛，明澈而富有灵性，看久了会使人头晕目眩，丧失本我。"① 一双眼睛，美丽得可以让一个小男孩（她的外甥）"丧失本我"，这是怎样一个女子，却被莫名其妙杀害了。其实，这是散文的神来之笔，一下子将杨献平散文之"散"聚集了。

四是出发与回归形成一个环形结构。杨献平有一个不安分的灵魂，所以"出发"和"在路上"是其散文永恒的主题。这就如林语堂所说的"大荒旅行"，那是与深林的遁世不同，是要过戈壁荒漠的。② 不论是人生还是创作，都可以看到杨献平一直在不断地开拓创新，内容和形式都是如此。这也是为什么他每部书和每篇作品都有探索求变的追求。不过，归结起来，杨献平总体围绕着故乡、沙漠展开，从而形成一个闭合结构。前者具有开放性、探索性、创新性，是一种不断走出去的动力；后者是回归、重温、反思，形成一种内敛式思维。比如，在情感表达上，

① 杨献平：《生死故乡》，中国人民大学出版社，2014年，第37页。

② 林语堂：《〈大荒集〉序》，陈子善编《林语堂书话》，浙江人民出版社，1998年，第324页。

杨献平尝试着不同的感觉，但父母之情和故乡之爱总是一致的，具有永恒性，甚至他将巴丹吉林沙漠也看成故乡。另如，作者在不同的文章中反复陈说母子情深和父子之爱，但每次又不是简单重复，而是不断被赋予新意。还有，“向死而生”成为杨献平叙述的一个母题，从中可见其思维方式和叙事逻辑。近来，曾看到杨献平写过一篇谈婚姻破裂和有些抑郁的散文，而一对父女则经常来找他聊天，于是在接受与拒绝中形成一种矛盾纠结状态。我不知道，这是不是杨献平又进入另一个出发和回归的循环？从此意义上讲，我们很难理解：杨献平能一直在出发中，抑或是总乐于回归。我认为，他会一直处于二者的复杂纠葛与张力之中。

超越他人很难，超越自己特别是实现自我更难，在精神境界上达到真正的超越性更是难上加难。以此而言，我佩服杨献平散文所表现出的精神追求，但也希望他避免撕裂感和碎片化，真正能在巨大的张力效果中寻找到内在的平衡，这是一种如同太极变幻的平衡，是一种生命智慧的深层体验。还可以打个比方，我们生活在地球之上，表面看既安稳又舒泰，其实是“坐地日行八万里”，充满着永恒的动荡。理解了这一点，就会找到平衡点，特别是内在的平衡，从而进入一种化境。不知献平先生意下如何？